原名 圣墟

万灵进化

3

辰东·著

沈阳出版发行集团
沈阳出版社

//////////

原名圣墟
万灵进化3

CONTENTS

/目　录/

图书在版编目（CIP）数据

万灵进化. 3 / 辰东著. — 沈阳 ：沈阳出版社，2017.7
ISBN 978-7-5441-8511-0

Ⅰ. ①万… Ⅱ. ①辰… Ⅲ. ①科学幻想小说－中国－当代 Ⅳ. ①I247.5

中国版本图书馆CIP数据核字（2017）第133163号

WANLING JINHUA
万灵进化 3
辰东 著

出版发行：沈阳出版发行集团 | 沈阳出版社
（地址：沈阳市沈河区南翰林路10号 邮编：110011）
网　　址：http://www.sycbs.com
印　　刷：湖南天闻新华印务有限公司
幅面尺寸：169mm×233mm
印　　张：18
字　　数：290千字
出版时间：2017年7月第1版
印刷时间：2017年7月第1次印刷
选题策划：贺　旭
责任编辑：张　磊
特约编辑：梁　洁 黄香春
统筹编辑：尚　姝 朱碧倩 张淑媛
装帧设计：杨湘豫
责任校对：天　宇
责任监印：杨　旭

书　　号：ISBN 978-7-5441-8511-0
定　　价：29.80元

联系电话：024-24112447
电子邮箱：sy24112447@163.com

第50章

头条题材

这还是头一次有人敢调戏姜洛神，而且还这么直接，让她都没有反应过来！

姜洛神怎么可能忍受呢！她红唇微张，就要开口。楚风立刻做了一个动作，竖起食指，放在嘴边，示意她不要出声。

什么意思？姜洛神略微一怔。

但紧接着她更生气了，这人真是不善，占了便宜后还想要手段不让她出声？实在可恶！

夏千语从发呆中回过神来，快速将手放在水杯上，随时准备砸色狼！

在她看来，这个人胆子太大了，姜洛神表露身份都没有镇住他，反而被调戏了，真是岂有此理。

然而那家伙反应迅速，动作快得让人眼花缭乱，一伸手就将水杯夺走了，并且对她也竖起食指，示意她别出声。

这一刻，楚风头大如斗，因为叶轻柔他们已经进来了，就在门口那边。

他以手指蘸水，快速在桌面上写字：情况危急，不要出声！

夏千语看他将手指放进自己的水杯中，眉毛顿时扬起，不过看到他写出的那一行字后却一阵惊诧。

姜洛神盯着他。她在克制，没有立刻发作，想看一看在大庭广众之下他到底还敢做什么。

再说，真要动手的话，她并不惧怕眼前这个男人，因为她的出身非同一般，现在的她早已是异人中的顶级高手。

“有几个杀手进入了餐厅，你们不要动，静观其变。”楚风写道。

他必须得忽悠到底，将情况说得无比严重，不然麻烦就大了。

夏千语忍不住想回头，心中暗自思忖：这里真有危险?

相对来说，姜洛神就淡定多了，她羊脂玉般的白皙面孔上嘴角微翘，似笑非笑，红唇带着光泽，还拥有极美的弧度。她就那么盯着楚风，一言不发。

她非常聪明，一般人怎么骗得了她？就算楚风急中生智地想了个说法，表情还严肃得跟真的似的，他也瞒不过她。

因此，姜洛神很镇定，身体放松地向后靠在椅背上，盯着对面那个面容还算英俊却显得很坏的年轻男子。

楚风稍稍安心了，最起码这两个女人都被他稳住了，没有立刻发作，这样的话一切就都好办了。

当然，他觉得需要再接再厉，继续……忽悠!

镇定下来后，楚风这才觉察到口鼻间一片芬芳，清香之中隐隐透出一股甜味，非常好闻。

楚风鼻翼微微翕动，立马就被姜洛神发现了。他马上意识到，这香气来自姜洛神！此时，姜洛神那非常好看的眉毛立即竖了起来，眼中饱含杀气。

“抱歉，我不是有意的！”楚风在桌面上写道，并且赶紧补充了一句，“什么牌子的香水？”

他想化解尴尬，故意把这种香气说成是香水的气味，当然，他也没弄明白这种香气究竟是来自姜洛神的身体还是香水。

然而，在姜洛神看来，这是进一步调戏。

这是她贴着口鼻戴过的口罩，上面除了她的气味外还能有什么？这家伙竟敢得寸进尺!

夏千语瞪着大眼睛，把姜洛神的水杯拿了过去，一旦一言不合，就准备砸色狼。

“写字累吗？”姜洛神背靠着椅子一边看着楚风写字，一边带着淡淡的笑容开口了。她的声音不大，却足以让楚风感到心虚。然后，姜洛神朝不远处快速地扫了一眼。

“那几个人跟你有关？”姜洛神问道。虽然她现在恨不得揍这个色狼一顿，但又觉得，在此之前可以先折磨他一下。

他越是担心，她就越想说话，想故意把那几人引过来。

“那几人是超一流的杀手，不要招惹！”楚风写下一行字吓唬两人。

夏千语的确有些犯嘀咕，看这个色狼一副紧张的样子，不像是装的，难道真有杀手？

姜洛神没好气地白了她一眼，道：“我要是不跟过来，说不定你真会被他骗走，然后被带到无人之地任他为非作歹！”

夏千语羞恼不已，道：“怎么可能，我又不傻！再说了，明明是你自己被他调戏了！”

楚风觉得自己要完蛋了，这两人他一个都忽悠不了，要是再多说两句，一准要露馅。

不过，让他安心的是，顺风耳欧阳青跟他一样，在城市中没有开启特殊能力，不然那噪声太可怕了。

只要姜洛神不提他的名字，估计欧阳青就不会留意到这边的情况。

楚风擦了一把汗，想了想，决定走人，不能再耽搁了。

姜洛神却微笑着道：“都中午了，还没有吃饭，点一些菜吧。”

说到这里，她召来侍者，开始点菜。

楚风僵在那里，看向对面的姜洛神，心里直犯嘀咕：“早先不是说不吃吗？怎么又要留下！”

“是呀，的确饿了，反正有人请客，挑最贵的点。”夏千语十分配合地说。

姜洛神相当熟练地点了几道最贵的招牌菜，然后又要了一瓶价值不菲的红酒。

楚风实在不安心，想起身离开。他倒不是怕被痛宰一顿，而是怕熟人过来。

“别动哟，不然我就立刻请那几个人过来。”姜洛神面带微笑。此刻她肌肤白皙晶莹，笑容灿烂而又魅惑。

楚风知道，姜洛神这是在故意折腾他。

她已经发觉他不愿和那几个人见面的事了。

他有些诧异，这女人不仅漂亮，还非常敏锐，很是难缠。

“你不吃几口饭菜吗？”姜洛神的笑容越发甜美了，她拢了拢秀发，跟夏千语碰杯的同时，又斜眼瞟了一下楚风。

“不饿！”楚风其实好饿，真的很想吃一些，但此时姜洛神还在折腾他。

“菜真不错呀！”夏千语也笑了，她心情舒畅得很，吃色狼的饭菜，还能气他，真是一种享受。

“嗯，红酒也不错！”姜洛神举起剔透的高脚杯，轻轻摇动，闻了一下酒香，而后便将酒杯放在嘴边轻啜，红唇被酒液滋润过后显得更加鲜艳了，整个人也更具魅惑力了。

楚风恨得牙痒痒，他觉得自己反过来被两个女人调戏了。

想到这里，他开始用力吸气，闻着口罩上的甜香气味，一副很享受的样子。

“给我！”姜洛神醒悟过来了，低声向他讨要。

她实在是受不了他的动作，总觉得口鼻间十分别扭，像是在跟人贴面呼吸，让她起了一层鸡皮疙瘩。

“不给！”楚风写道。

姜洛神冷笑，道：“你是想让我将那几个人请过来吗？”

“那你请吧，大不了就是被熟人看到我来相亲，被他们嘲笑一阵子。不过，我会在这里大喊一声‘姜洛神在跟我约会’，保准所有人都会回头看，看谁会更加难堪！”

楚风彻底淡定了，慢吞吞地写下了这样一段字。他豁出去了。有什么可怕的？应该是姜洛神担心才对！

“你……”夏千语被惊呆了，这个人实在太无耻了，亏他想得出这样的馊主意。

此时，姜洛神完美无瑕的面庞也略微发僵，她被气得不轻，还没有人敢这么威胁她呢！

她是谁？姜洛神，菩提基因的大小姐。居然有人敢不断调戏她，这实在令她无法忍受！

“那我真喊了，就说姜洛神是我女朋友。”楚风写道。

“你……卑鄙、无耻、下流！”姜洛神一向聪敏、从容，可现在她的情绪波动极为剧烈，很想将高脚酒杯直接扣在那张可恶的脸上。

“冷静，风采不能丢！”楚风还在那里“善意”地提醒姜洛神。

“洛神你别拦我！”夏千语比姜洛神还激动，要拿酒杯砸这个坏男人，不过被姜洛神及时拦住了。

此刻，姜洛神跟楚风是一个心思，很想离开这个是非之地。她觉得她不能再在这里待下去了，等走出餐厅再慢慢收拾这个男人好了，她非让他哭不可！

楚风也有此意，想果断闪人。

然而，他发现叶轻柔堵在了他的必经之路上，那几个人的桌位离门口太近了。

他想了想，而后很轻灵地出手，把姜洛神的太阳镜摘了下来，毫不客气地戴上，然后他又闻到了一股甜香。

姜洛神被气坏了，但同时也很吃惊，这个人的身手十分了得，竟让她没有反应过来。

夏千语同样也在瞪着楚风，觉得这个人实在是太肆无忌惮了。

姜洛神将夏千语系在脖子上的印着可爱图形的丝巾抽了过来，自己围上，遮住了半张脸，免得被人发现。

远处，杜怀瑾正在对叶轻柔溜须拍马。

“这家餐厅提前预订都不见得能排上号，想不到叶小姐只是简单地拨个号码就搞定了一切！”

欧阳青也在小声恭维她：“是啊，轻柔妹妹真厉害，这里的确比我早先预订的那家餐厅要好上许多，值得换地方！”

忽然，杜怀瑾面露疑色，道：“咦？那个人怎么有点像老大？”

要知道，这里离楚风不算近，中间隔了很多张桌子，还有其他客人挡着，即便这样，杜怀瑾也只是匆匆一瞥而已，就认出了楚风。

叶轻柔惊讶万分，难道千里眼杜怀瑾真的看到了楚风不成？

“让我听一听。”欧阳青说着，一双大耳朵摇个不停，很快，他便惊异地道，“是老大！我听到了他的呼吸声。”

远处的楚风几乎要泪流满面了，有这么两个手下，简直没有隐私可言！

他决定以后一定要好好“训练”他们一番，让他们任何时候都不准窥探他的隐私，不然直接暴揍！

果然，那三人过来了，叶轻柔没有丝毫犹豫，因为千里眼与顺风耳都在这里，他们俩不可能认错人。

“老大，真是你啊！你居然在跟两个大美女一起吃饭？”杜怀瑾还没走到楚风近前就惊叫了起来，因为那两个女人实在太漂亮了！

欧阳青也怪叫起来：“这么漂亮的两个大美女！老大你一拖二啊？我……服了！”

夏千语简直要气炸了，这是哪里来的人，果然跟那个色狼是一丘之貉！

一拖二？姜洛神闻言直接黑脸了，她着实被气坏了！

楚风不能装看不见了，只好站起身呵斥两人：“你们两个少说两句，没人会当你们是哑巴！”而他面对叶轻柔时则只是温和地笑了笑，明显是区别对待。

不过，叶轻柔并不领情，她走过来后，拢了拢波浪卷发，瞥了三人一眼，直接说道：“你这是在相亲？”

“什么，老大在相亲？”杜怀瑾怪叫一声，生怕别人不知道。

欧阳青更是瞪圆了眼睛，一眨不眨地盯着楚风，道：“佩服，太佩服了，相亲都能一拖二啊！”

“都给我闭嘴！”楚风有点头大。

因为，他发现对面的姜洛神正在运气，随时可能会爆发，这可不是什么好事。

“你们这两个色狼不许乱说话！”夏千语出言警告他们。

“老大，你吃饭时戴什么太阳镜啊，还捂着口罩，是不是在故意躲着我们啊？”欧阳青故意挑刺。

“不对，有问题……天啊！我看到了谁？”杜怀瑾忽然激动了起来，直直地盯着姜洛神。

楚风感觉要坏事，这家伙可是千里眼，透过丝巾也能认出那是姜洛神。

“天啊，我要晕倒了，居然是姜洛神！”杜怀瑾激动得手足无措。

变异之前，他只是一个普通人，对姜洛神可是痴迷到了极点，现在竟然让他遇到了真人。

“什么，她是姜洛神？”欧阳青怪叫一声，无比震惊地道，“老大，我低估你了，你是神啊，居然在跟姜洛神约会，还一拖二！”

对面的夏千语简直要疯了，她觉得这次相亲真是糟糕透顶，她绝对会留下心理阴影。

姜洛神想杀人了，绝美而白皙的面孔上满是煞气，这次的经历太可怕了，在平日里完全不可想象。

旁边的叶轻柔也震惊了，她仔细看了一下，发现那真的是姜洛神。

杜怀瑾跑了过去，迅速拿出纸张，请姜洛神给他签名。他激动得连手中的纸都在抖。

姜洛神都想杀人了，还被缠着要签名，心情可想而知，那支笔都被她捏断了。

“女神，慢点，我激动，你别紧张，我再找一支笔！”杜怀瑾嚷着。

“现在，我只崇拜老大你一个了。”旁边的欧阳青也在那里嚷嚷着，“老大跟姜洛神约会，居然是老大戴口罩和太阳镜，而姜洛神自己都不怕暴露，可以想象她这是有多主动啊！老大的境界果然高，不是我等凡人能够企及的！”

话音刚落，对面便传来“砰”的一声，原来是姜洛神一拳将欧阳青打飞了。她实在是受不了了。

楚风知道，坏了，要出大事了！

经过这两个混账一顿搅和，再加上姜洛神发飙，附近的桌位都安静了，还有许多人站了起来，试图向这边围过来。

姜洛神暴露了！

这要是报道出去，那后果……简直不可想象！

“嗖嗖……”

几乎是在同一时间，楚风跟姜洛神一起逃了，他们速度超快，肩并肩一起挤出了门，在众人反应过来之前消失了。

“嗖！”

叶轻柔也转身走了，她即便不使用双翼，动作也轻灵而迅疾，身形一晃就离开桌位，出现在了餐厅门外。

“老大、轻柔妹妹，等等我们啊！”杜怀瑾叫着，和欧阳青一起果断跟了出去。因为他们意识到了不妙，知道得火速离开。

“那真是姜洛神？”餐厅中一片骚动，一群人本来都已经围过来了，结果却硬生生被那几个逃走的人冲开了。

青云大厦八十八层，这里是一家高档餐厅，即便平日里用餐的人很多也不会很吵，这里放着舒缓的音乐，很有情调。

然而，现在这里乱糟糟的。一大群人站起了身，都在询问刚才的人到底是不是姜洛神。

“没错，我亲眼所见，绝对是她！”有人信誓旦旦地道，同时这人也非常懊悔，因为他发现得太晚了。

早知道那是她的话，他一定会凑上去找她要签名，说不定还可以有幸跟她合照。

“怎么可能！姜洛神在跟一个男人吃饭，这是在跟人约会？”有人哀号道。

通过临近几桌人的描述，人们得悉，姜洛神在和一个男人吃饭，好像是在约会。

这绝对是一则爆炸性消息，一旦传出去，肯定会引起巨大轰动。

姜洛神从学生时代就开始接戏，现在刚毕业不久，年纪不大，一直都没有什么绯闻。今天一个地雷突然间就这么炸开了，想不引发大波澜都难。

“谁拍照了？天啊，这是天价新闻啊，赶紧联系媒体，绝对会霸占新闻头条！”

一时间，这家餐厅一片嘈杂。

那几个人都跑了，这里就剩下夏千语一个了，她不是异人，哪能“嗖”的一声就没影。

她现在简直想找条地缝钻进去，因为在她偷偷溜走时，被一个服务生拦住了。对方很有礼貌，很客气地告诉她，他们用餐后还没有付账。

同时，另外一群人涌了过来，将她包围住了，确认她曾和姜洛神在一起后，便要给她拍照。

夏千语吓得花容失色，赶紧抢了一个餐盘过来挡住脸，快步向前跑，毕竟这也太丢人了。

“小姐，你还没付账。”服务生很执着，寸步不离地跟在她身边，依旧客气地提醒着她。

餐厅的经理被惊动了。餐厅里发生了这么大的事，有人第一时间通知了他。

“各位请让一让，恳请各位尊重个人隐私。”经理很沉着地请众人让开，把夏千语请到了一个安静的房间。

夏千语从来没有像今天这么丢人过，都怪那个该死的色狼楚风，她气得咬牙切齿。

同时她也有些抱怨，姜洛神怎么能把她一个人扔在这里。

“经理，这位小姐一共消费了……”服务生走了进来，告知经理这桌客人刚才的消费金额。

夏千语听完金额后，顿时觉得脑袋有些晕，他们的花费居然那么高，都抵得上常人几个月的薪酬了。

她的脸色顿时变得不自然了，因为她身上根本就没有带那么多钱，卡里的余额也不足。她刚毕业，才开始接戏，哪能有多少钱啊！

夏千语在心中暗暗诅咒那个色狼楚风，本来是想要好好地痛宰那个色狼一顿的，结果到头来竟然是她付账，太可恶了！

另一边，楚风和姜洛神如一阵风一般一齐冲进了电梯，而后狂按底层的按钮。

姜洛神逃是因为怕被人拍照然后上新闻头条。跟一个男人约会，要是出来这种新闻的话，那她会连杀人的心情都有的。

“你逃什么？”姜洛神扬着雪白的下巴，睁大眼睛瞪着楚风。她心中有一股怒气，眉毛都倒竖起来了。

“能不逃吗？再怎么说我现在也是顶着‘姜洛神男友’的光环呢，待在那里等着他们的狂轰滥炸吗？要是他们追问我跟你之间的各种难以启齿的隐私怎么办？”楚风慢悠悠地道。

姜洛神听到他的话后，气得银牙都磨出了声音。

什么叫难以启齿的隐私？说得好像他们两个之间还真发生过什么似的！当然最主要的还是，他居然敢厚着脸皮以“姜洛神男友”的身份自居。

这一刻，姜洛神特别想打人！

“别生气，这不是我的想法，而是餐厅中的人会这么认为，不信你等着看明日的头条新闻吧，保准会是这么回事。”楚风说着，还摇了摇头，“要真是这样也就罢了，可事实并不是如此啊。白白遭人嫉妒、诅咒，真是晦气！”

姜洛神绝美的面孔上顿时布满杀气!

她出身不凡，家教极严，从小就接受各种礼仪教育，出道以来一直都被认为极具修养，是举止优雅的典范。

可现在，她只想暴揍楚风，而且怎么打都不解气!

楚风诧异地看着她，问道："你怎么了？身体不舒服吗？手指头怎么在颤抖啊？"

"我想杀了你！"姜洛神咬牙切齿地说道。她情不自禁地把一只雪白纤柔的手握成了拳状。

她觉得这家伙实在太可恶了，戴着她的口罩、太阳镜，还看似漫不经心地在这里胡说八道，真是气死她了。

很快，电梯到了底层。

楚风刚要跑，姜洛神却一把抓住了他的手臂，道："别想跑，看我怎么收拾你！"

"喂，男女授受不亲。"楚风说。

"跟我走！"她拉着楚风跑了起来，速度非常快。

"我跑不动了，你背我吧。"楚风故意喘着粗气喊道。

遇上这么一个色狼，姜洛神真是被气饱了。她动作粗鲁地硬将他拽进了路边的一家店里，要不是她力气不够大，她就直接拎着他走了。

进门后，她轻轻一点就让那个中年店主昏厥了过去。然后，她就准备动手收拾楚风了。

一个色狼难道还能实力惊天不成?

"砰砰砰……"

姜洛神即便是在攻击别人，也显得特别优雅，虽然她看上去像是一只天鹅在翩翩起舞，但战斗力着实非同凡响。如果她的对手不是楚风，而是一般的异人的话，绝对立刻就趴下了。

然而，数十次攻击后，反而是她被楚风拿下了。

"发生了什么？"

千里眼、顺风耳的名号不是白叫的，这两人硬是捕捉到了楚风的踪迹，带着叶轻柔一起追到了这里。

他们推门而入，正好看到楚风制住了姜洛神的画面。

“老大，我真是佩服你，你跟姜洛神感情这么好啊，都亲密到在大庭广众之下动手动脚了！”欧阳青大声地叫着，还取出通信器，“咔嚓”一声，果断抓拍了一张。

那边，楚风与姜洛神瞬间分开。

“我很伤心，唉！”杜怀瑾叹了口气，不再想要签名了。

姜洛神简直快要气昏过去了，这几个人实在太缺德了。

她不想再在这里待下去了，楚风的实力超乎她的想象，所以她准备让菩提基因的人认真地调查一下楚风，然后再收拾他！

“还我东西！”姜洛神将手伸到楚风面前。

楚风取下口罩和太阳镜，直接递给了她，嘴上还说道：“香水不错，很香甜。”

姜洛神顿时觉得身上起了一层鸡皮疙瘩。哪里有什么香水，她今天根本就没有用过。看着他递过来的那两样东西，她直接后退了几步，不敢接了。

被一个男人用过的东西，她打死也不想碰了。可是她就这么素面朝天地走出去的话肯定会被人认出来，到时候总不能一路都狂奔吧？

“我帮你去买！”杜怀瑾自告奋勇地说。

“不用！”姜洛神一口回绝了。她有洁癖，不想任何男人动她的东西。

叶轻柔顿时笑了，道：“还是我去吧。”

青云大厦八十八层。

餐厅的经理很懂人情世故，直接为夏千语免了单，一点也没有为难她。

他知道这是姜洛神的女伴，因此想跟她结一份缘。餐厅以后再随便宣传一下，说姜洛神喜欢在这里用餐，就什么都赚回来了。

最后，经理又亲自把夏千语护送到了大厦楼下，以确保无人打扰她。

“许经理你真是好人，谢谢啦！”夏千语说了感谢之后转身就跑。

她一边跑，一边拨通了姜洛神的通信。

“姜洛神，损友，你现在在哪里啊？你把我一个人丢下，那些人找不到你，就想对我疯狂拍照，我被围观了啊啊啊……服务生还怀疑我吃霸王餐，呜呜……丢死人啦！”

十五分钟后，夏千语在这片商区边缘的一家店里找到了姜洛神。

与此同时，她发现楚风也在这里，此外还有那两个喜欢吵吵嚷嚷的浑蛋，他们都在这里。

“色狼，我跟你拼了！”夏千语看到楚风后直接扑了过去。今天她实在是倒霉透顶，竟然遇上了这个人。

“嘿，我怎么色了，霸王餐你可以乱吃，但话你可不能乱说。”楚风很不厚道地戳她痛处。

楚风的耳朵何其敏锐，并不比顺风耳差。

他刚才听到了夏千语和姜洛神通话时讲述的悲惨经历，所以知道了服务生认为她吃霸王餐这件事。

被戳到痛处后，夏千语满脸通红，急得要跟楚风拼命，一双大眼睛都快喷出火了。

“妹子别急，一会儿哥帮你去付账，就当我请你了。”欧阳青上前套近乎。

“你给我走开，大耳贼！”夏千语想打他。如果不是这个大耳朵青年在餐厅里乱说的话，她也不会这么惨。

姜洛神见状走了过来，拉着夏千语到了另一边，不让她跟那几个混账多说，不然保准会被气死，她深有体会。

刚才这段时间里，姜洛神一直在这里跟楚风对峙，其间那两个混账的嘴巴就没停下来过，什么都说，气得她都想粗鲁地打人了。

这时，叶轻柔从店外袅娜地走进来了。她拎着一个袋子，里面有太阳镜和口罩。她将它们递给了姜洛神，道：“喏，帮你买来了。”

姜洛神从来没有像今天这么狼狈过，她快速地戴上太阳镜与口罩，这才终于又有了女神范。

“你们到底是做什么的？”姜洛神恨不得现在就知道楚风的来头。她决定通过夏千语的姑姑去查楚风，弄清楚为何他的实力会那么可怕。然后，她看向了杜怀瑾，又有些疑惑了，因为这家伙请她签名时眼中的火热不像是假的。

“演员能做什么？拍戏呗。”楚风抢先回答道，一副懒洋洋的样子。虽然暴露身份也没什么大不了的，但是他乐得让姜洛神费些力气去打探。

杜怀瑾听到楚风这样回复，顿时来了精神，因为他们不久前的确在拍戏。于是，他凑到姜洛神近前，滔滔不绝地吹起了牛。

“我跟你说，前几天我们拍了一部号称划时代的大剧，它描绘了末世的波澜壮阔，再现了上古神话中的诡秘，主角是上古无敌大圣。这部剧要不了多久就会上映，你一定要等着看啊，它必然会大火，值得期待！”

其实这些都是导演周倚天的原话，杜怀瑾只是原封不动地复述了一遍，还在那里吹牛，气得旁边的夏千语都想揍他了，她暗自腹诽，这人果然跟色狼是一丘之貉，都一样爱拿拍戏来骗人说事。

欧阳青也插嘴道：“是的，这部剧上映后肯定会引起巨大轰动，等着看吧，我们几个都参演了，以后咱们也算是一个圈子里的人了。”他的脸皮比杜怀瑾的还厚。

“嗖！”

姜洛神实在听不下去了，拉着夏千语就跑。

能让姜洛神这么逃之夭夭也算是稀奇事了，主要是这两人说的话让人感觉太没谱了，都是一些混账话。

“姜洛神，你回去后赶紧找人善后，别真拉着我一起上明天的新闻头条啊。我还是单身呢，不想被你耽误一辈子。”楚风在后面大声喊道。

姜洛神一个踉跄，回头狠狠地瞪了他一眼后，拉着夏千语跑了。

楚风刚一到家，原本正在午睡的王静就听到动静了。她立刻起身从卧室出来，满脸是笑，非常期待地问道：“怎么样？”

“初见惊喜，过程跌宕，情节曲折，结局差强人意。”楚风顺口道。

“讲人话！”王静瞪他。

楚风像是颇为感慨地道：“那姑娘不错，确实很漂亮，但是呢，我们两个的理念有点不同，估计她会记我一辈子吧。”

王静狐疑地道：“还要记你一辈子？你是不是把人家怎么着了？我可警告你，别胡来！”

“没有，那么清新脱俗的一个姑娘，我哪敢啊！行了，我相完亲了，还有点饿呢，吃完饭我就准备午睡去了。”楚风边说边跑进了厨房。

“你给我讲清楚，到底是什么情况！对那姑娘还满意吗？你不是在外面吃过了吗？”王静急忙追过来，想问个究竟。

楚风快速吃完饭后，道：“妈，你别操心了，她快成明星了，马上就要大火了，跟咱们有距离。”

他相当心虚地随意敷衍了一句，然后就跑进自己的房间，关上门，任王静怎么叫也不开门，自己在房间里睡觉装死。

“什么情况？那姑娘要成明星了？瞧不上我儿子？这可不对啊！”王静有些不满，为楚风不平。

再说了，她儿子可是异人中的高手，在这个世道中，实力也不差啊。

“不行，我得问一问我那好姐妹她这侄女是不是眼界太高瞧不起我们家楚风。”

房间中，楚风的耳朵正竖着呢，清楚地听到了王静说的话，他赶紧开门，道：“妈，这事你就别掺和了！”

然而，半刻钟后，王静还是和那边通话了。

“什么，你侄女回去都不理你了？可是，我们家楚风回来说，好像是你那侄女要成大明星了，眼界有点高啊！”

“啊，你侄女说我们家小风是色狼？不可能！我家的孩子我还不了解吗？绝对不可能！”

“怎么又扯上姜洛神了？你是说我儿子要跟她上头条？不要啊，我们家小风不需要这种炒作！”

“什么，不是炒作？什么情况？”

楚风听到他妈在跟夏千语的姑姑通话后就知道这家暂时没法待了，于是迅速起床，果断跑了。

去玉虚宫研究形意拳吧。楚风暗自思忖。

果然，没过多久王静就开始联系他了，第一次他没敢接，结果就有了第二次、第三次……电话一次又一次地狂轰滥炸了过来。

楚风没办法，只得快速接通，抢先开口道：“妈，我跟你说，我在玉虚宫的密室练功，千万不要打扰我，不然我会走火入魔！还有，这两天我都不回家了，要在这边参悟一门古武神功！”

说完，他快速挂断了通信，并将它调成了静音模式，决定再也不接了。

王静一开始还吓了一跳，但很快就气坏了。什么走火入魔，楚风完全是在那儿说瞎话。她早就知道了，所谓的异人练拳跟小说中写的完全不一样!

“臭小子，我等你回家!”

另一边，夏千语真是被气得不轻。那色狼还好意思跟他妈说什么两人理念不同，还说她要成明星了，眼界太高……真是要气死她了!

“洛神，我跟你说，那小子太坏了，回家后居然恶人先告状。今天发生了这么大的事，他却只在他家里轻描淡写地说了十几个字，什么过程跌宕，情节曲折……他自己做的恶事一点都没说!我告诉你，他们家就在……”

“洛神，你赶紧找人去调查一下，什么都别说，先收拾他一顿，让我们出出气。”

夏千语把从她姑姑那里了解到的信息都告诉了姜洛神，不过她所说的住址是楚风家以前的地址，她还不知道楚风一家已经搬走了。

这次经历在她的心里留下了无比巨大的阴影，她这辈子都不想再相亲了。

傍晚，雷天城的某条街道上。

“晚报，卖报，新闻头条，姜洛神出轨，与神秘男人逍遥!”

路人纷纷驻足观望，议论不休，都什么年代了，怎么还有人这样卖报啊!

“你们不知道，姜洛神跟神秘男人约会，这则爆炸性的消息你们在别处看不到，只有这份晚报上有!”

街上顿时一阵骚动。因为姜洛神一直都没有什么负面消息，今天居然跟人约会被抓了个现形?

“网上的消息只是一鳞半爪，因为对事件的完整叙述都被人迅速地删除了，只有这家报社敢报道，全国独此一家。”卖报人喊道。

显然，这种宣传很有效果，许多人围了过来。

“我当是什么晚报呢，原来是《王德晚报》啊。以前他们创刊时还大言不惭地说这名字的寓意是‘王的晚报’，结果现在都成什么了?简直是‘缺德晚报’!上面报道的都是娱乐花边新闻，还可劲儿抹黑各路名人，完全没有节操可言。”

“是啊，我记得上次就是他们抹黑姜洛神，接连写了三篇报道，其中一篇的题目就是《姜洛神与牛神王不得不说的三天两夜》。”

“是啊，这次又抹黑姜洛神，题目是《姜洛神与牛神王再续前缘》，说那神秘男子就是牛神王，真是太没有节操了。”

……

众人一阵鄙夷。

就连卖报人都讪讪的，他也知道，这家报社的人太能胡扯，总是捕风捉影，胡乱编写各种报道。

“我记得上一次，《王德晚报》还想报道卫城山白蛇与凌山老猿间不得不说的往事呢，结果惊动了主管部门，差点被封杀了。”

“走了，走了，没节操的报纸不要信。”

《王德晚报》总部内，主编简直想吐血，终于抓到一个大新闻，结果居然没多少人愿意相信！

当然，网络上的确有人发过照片，虽然那些照片已经被删除了，但还是有一部分被人收藏了，在私下里流传了开来。

“天啊，真是姜洛神！那人是谁？！我想去杀了他！”

……

此时，周倚天正大笑不止，网络上流传出来的照片他已经在第一时间下载并保存了。

“等我的划时代大剧出来后，这就是几个撒手锏之一，到时候这必然会成为极具轰动性的大新闻！现在就先让你们压着吧，到时候我再来爆猛料，哈哈……”

随后，他联系了杜怀瑾和欧阳青，找他们确认情况。

“导演你找我？……对，是有这么一回事，我当时就在现场啊。”欧阳青提到这件事就激动，最后更是说道，“我还亲手抓拍了一张我们老大擒拿姜洛神的精彩照片呢，只此一份，要是发出去的话必然会引发巨大的震动，但是我不敢发，我怕我们老大会杀了我。”

“把照片给我，记住，你不要自己发出去，要等到时机到来才行。”周倚天跟欧阳青沟通了一番。当他看到照片后，兴奋得差点昏厥过去。

仔细算下来，他手上已经有好几个撒手锏了，到时候发一轮就能引发一场海啸，连发几轮绝对能引发地动山摇。

“金刚骑猪，姜洛神约牛神王……”他在仔细琢磨，慢慢编排着他的撒手锏。

与此同时，姜洛神头疼得很，她知道，虽然她的团队在第一时间删除了网络上的照片，并跟上传者沟通好了后续事宜，但是以后肯定还会有麻烦。她恨不得炸掉出《王德晚报》的报社，这家报社说她跟神秘男人约会也就算了，居然还写成什么出轨，实在太可恶了。

幸好这家报社早已失去公信力，没有多少人相信这则报道，影响不大。

“楚风，男，身高一百七十九厘米，未婚，出生于卫城山脚下的青阳镇……”

菩提基因的效率很高，第一时间就为姜洛神送来了一些基本资料，这些资料都是关于楚风的。

“咦，刚刚大学毕业？那所学校倒是不错，我记得林诺依也是从那里毕业的。”姜洛神慢慢地翻看着资料。

楚风在玉虚宫待了很长时间，他晚上都没有回家，准备在这里过夜。

他将那本拳经牢牢记在心中，然后将它跟陈海的那本拳谱一一进行了对比，发现两者出入不大，只不过陈海的那本拳谱中没有形意拳十二形中的任何一形。

只因为那是不传之秘！

不知道陈海是否得到了真传，他使出过形意拳十二形中的龙形、虎形、熊形这三形，可惜他身上没有相关古册。而玉虚宫里的这本秘籍则记载了蛇形、熊形、鹰形这三形。

楚风开始在玉虚宫里反复练拳。他上手很快，不一会儿就出现了雷鸣，甚至到最后还发出了一次鹰鸣！

他几乎能打出鹰形了！

要知道，形意拳十二形看似简单，但真正练到家的没有几个，一些老拳师精研了一辈子，能悟透一两形就不错了。有人说过，练好一形就足以让人受用终身，如果能练成十二形，那此人将拥有通天的本领。

尤其是在当今这个时代，有异果、花粉可以促进身体进化，对练拳者来说无异于天大的机缘。或许有人可以将形意拳十二形全部练成，从而将实力提升至最高境界。

楚风会大力牛魔拳，因此特别有底气。对于形意拳十二形，他觉得能学到最好，但学不到也不会太过失望。

一大早，老头子陆通便亲自来找楚风，面色凝重无比。

“发生什么事了？”楚风问道。

“你先去洗漱、吃早饭，等人都来了再一起说。”

后来，叶轻柔、陈洛言、杜怀瑾、欧阳青都到了，楚风他们这个队伍的人员齐了。这几个人很不解，一大早老头子就阴沉着一张脸将他们召唤过来，就跟谁欠了他一百万似的。

这跟他平日里笑眯眯的风格完全不相符。

“出大事了！”陆通说道。他刚在会议室坐下，就立刻将几张照片投影到了大屏幕上，这些照片顿时让在场的所有人震惊了。

苍狼王！它没有死，它又出现了！

第一张照片上，地面寸草不生，一个巨大的狼头从地下艰难地探了出来。照片上显示，那头狼已皮毛脱落、头骨龟裂、獠牙断落了，但是，它的确还活着。

“怎么可能，军队不是将它杀死了吗？”

“最新消息，它的确没有死！”陆通沉声说道。

这绝对是一则糟糕透顶的消息。

“唯一值得庆幸的是它受伤过重，实力被削弱了许多，这次它一定逃不了了！”陆通让他们看后面的几张照片。

硕大的狼头后面只连着一少部分躯体，它的一对前肢还在，但是爪子没了，腰腹以下部位也全都消失不见了。但即便这样，它依旧没有死，苍狼王的生命力之顽强，超出了大家的想象。

后面还有更清晰的照片，从上面可以看到，它的一只眼睛瞎了，只剩下一只眼睛，头骨也被化掉了一小部分。

“苍狼王巅峰不再，派出异人就可以杀掉它，玉虚宫决定，把它的头带回来，震慑天下，以儆效尤！”陆通郑重地说道。

如果能将苍狼王的头斩下，带到雷天城供人观瞻，一定会起到极大的威慑作用。

“再怎么说，那也是一头王级生物，一般异人去了只能送死。”杜怀瑾说道。

面对这种生死攸关的大事，他没有再开玩笑，而是很认真地对待。他不想枉死。

“它是兽王中最弱的，刚达到那个境界，而今又受了这么重的伤，根据估算，它的实力已不足原来的百分之三了。”陆通说道。

“那也非常危险！只有近百分之三实力的兽王也很恐怖！试想，三十个我们能打得过一头兽王吗？”欧阳青说道。

“他可以！”陆通指向了楚风，随后，他又补充道，“这可是一次大机缘，只要你们敢去，苍狼王身上的王血就可以给你们一部分！”

这句话让陈洛言心动不已，叶轻柔更是眸子发光。可以想象，对他们来说，这条件的确非常诱人。

“还不动心吗？苍狼王之血价值连城，也不知道有多少人想要得到，各国都想拿去研究一下，因为有专家推测它多半可以促进生物进化。”接着，陆通又道，“距离南桂高原近的几支队伍已经杀过去了，他们誓要斩下苍狼王的头。但它进了大山，不适合军队深入，里面各种通信信号都极不稳定，甚至根本没有信号。”

“老大，我们去吧，拼了，夺到王血的话可以进化啊！”杜怀瑾不淡定了。

叶轻柔也点了点头，她在关键时刻倒是很大胆，竟也想去南桂高原杀苍狼王。

“我们什么时候能进封禅之地？”陈洛言开口问道。

“你们实力还不足，登不上去，贸然闯入只会枉死，那里可不止一头兽王！”陆通告诫道。

“好，那我们先去南桂高原！”陈洛言也同意了，他想变得更强，所以不会放过任何机会。

“我想问一下，万一完不成任务应该也没什么吧？”楚风开口。

“嗯，不会有惩罚。”陆通点头。

“好，可以去试试！”楚风笑了。

时间紧迫，他们当日便乘坐大型飞机由北向南而去。

第51章

追猎

飞机呼啸，一路向南。

这架大型飞机显然被改装过，是专门为前往战斗之地的异人准备的，所以内部装潢十分讲究。

杜怀瑾自从登机后就不时会眼睛放光，他的确有些激动，毕竟机舱内的布置称得上豪华，有会议室、餐厅等，跟他们平常乘坐的飞机完全不同。影院、大理石浴缸、休息室等更是应有尽有，此外还有一个武器库，里面放着他们此行可能需要用到的各种冷兵器以及热武器等，这些武器都有专人进行保养。

随后，他们步入了会议室，有专人等在这里，为楚风一行五人介绍苍狼王的情况。

会议室里空间开阔，色调偏暖，甚至有点华贵的感觉。会议长桌、沙发等都是淡金色的，颇有种空中宫殿的感觉。

此行以楚风五人为主，但也有其他人员随行，随行人员都是为他们服务的。

比如，现在就有一个中年人正打开投影仪，详细地向他们介绍苍狼王的各种情况，包括巅峰状态时的战力，衰弱后的生命数值等。

他很专业，说的话从头到尾都条理清晰。

“很可惜，当时苍狼王不在核爆最中心，因此躲过了一劫。但尽管如此，它也丢掉了大半条命。”

这是苍狼王能活下来的最重要的原因。

而且，当时那里还有一条地缝，它一头扎了进去，拼命挖洞，一路向地下冲去，以躲避肉身无法承受的恐怖温度。至于辐射，那对它影响不大。

它在地下藏了数日后才敢冒头，结果被放在那里的探测器捕捉到了画面，因此惊动了军方。

“这头老狼真是命大！”欧阳青叹道。

先后消耗了两颗核弹都没有杀死它，还让它挣扎着逃进了大山，它的生命力确实恐怖。

不过，让人能稍微安心的是，核武器绝对可以杀死兽王，它能活下来只是因为没有在核爆中心。

然后，一个动物学家为他们讲解了狼的习性。

随后，医护人员出现了，他们给楚风一行人一人发了一个水晶瓶，里面是晶莹的紫色液体，液体还带着雾丝。

“这是救命药剂，只要心脏、头等重要部位的受损程度不是特别严重，喝下它就可以延续几个小时的生命，足以等到救护人员到来。”

“还有这种东西？”杜怀瑾惊讶万分，他想厚着脸皮多要几瓶，因为这药剂的作用太强大了，多一瓶就等于多一条命。

“对不起，炼制这种药液所需的物质太稀有了，所以目前开发出来的量极小。”一名老医师说道。

楚风他们这一次的行动级别很高，所以才会给他们配备这种物品，执行一般任务的话根本不可能拿到这种药剂。

接着，一个了解南桂高原地形的人为他们讲解起了那里的环境。

至此，无论是楚风、叶轻柔、陈洛言还是杜怀瑾、欧阳青都已安下心来，对玉虚宫也放心多了，毕竟这各种准备都太充分了。

整架飞机内的人都是以他们为中心的，服务十分到位。

再接下来，更有专人教他们如何对苍狼王下毒。毕竟不怕一万就怕万一，各种手段都得备着。

最后，他们还被领进了武器库挑选适合自己的武器，从匕首到长矛，冷兵器应有尽有，还有便于携带的火箭筒等，陈列得满满当当。

几人挑选好各自所需的武器后，有专人帮他们擦拭武器，同时检查武器是否有缺陷。

回到前舱后，欧阳青小声地道：“我刚才问了一下，如果要买那瓶紫色的救命药剂的话，至少要五十万九州币。”

他像个财迷似的，捂着藏有水晶瓶的胸口，心中暗想，不到万不得已，他绝对不会服用这瓶救命药剂。

杜怀瑾也小声地开口道：“真是跟做梦一样！刚才我也询问了一下，那些武器都是用特殊金属炼制而成的，那些金属是天地变异后才产生的，价格高得吓人。据说，我们每人一套装备下来，少说也得花费数百万。”

“还有这样的金属？”连楚风都惊讶了。他还真想试试，这种金属炼制出来的武器跟自己的黑色短剑相比，哪个更加坚韧、锋利。

“希望我们都能平安归来！”陈洛言开口说。

玉虚宫准备得这么周到，说明这次的任务非常艰巨。

他们所坐的飞机不同于普通飞机，在这架飞机上，任何人都可以与外界通话，于是几个人都先后起身和家人联系。

楚风告诉父母自己要闭关练拳，最近几天都不能回家。

“臭小子，我还不知道你吗？相亲出了事，招惹了姜洛神，你这是躲起来不敢回家了吧？”王静质问他。她声音不小，所以周围的几个人都听到了。

欧阳青听得尤为真切，在那里挤眉弄眼。就连叶轻柔也抿着嘴“扑哧”一声笑了出来。

楚风快速结束了通话，然后将千里眼和顺风耳叫了过来，警告他们以后不准再对他使用特殊能力偷看或偷听，不然，他们就要天天陪他练拳。

两人哭丧着脸。上次他们陪楚风练过一次拳，人都差点废掉，两人都知道，那是楚风在故意教训他们呢！

现在，他们又被警告了！

不远处，叶轻柔笑得花枝乱颤。陈洛言则很稳重，假装什么都没听到，独自看着飞机窗外。

从高空看去，地球还是原来的地球，好像没有多少变化。但所有人都明白，那是不可能的。

地上有隐藏的折叠空间，就连空中都变得不能用一般的科学知识来理解了。

“我们好像在绕行？”楚风惊讶地问道。

“是，有些区域看似晴空万里，其实很危险，如果贸然闯进去，就会迷失在神秘的折叠空间之中。”飞机上的后勤负责人解释道。

这条航道开辟得很艰难，他们付出了不小的代价。我们用无人机反复进行飞行验证，才发现了一条安全可靠的路线。

“最危险的情况是遇到凶禽，不过现在我们准备得很充分，可以提前预警，随后还会用火力网锁定。”

只要不是遭遇禽王，问题都不会很大。

“空中这么危险？”陈洛言闻言，忍不住蹙眉问了一句。

“叶妹妹，真有事的话你要保护我们啊。”楚风笑道，因为只有她能飞上天空。

叶轻柔笑得很甜，她眨着大眼睛，非常妩媚地道：“没问题，到时候我提着你们飞行。”

杜怀瑾顿时来了精神，道：“要真出事了的话，老大就抱你的腰，我们抱你的大腿和手臂，一起冲向蓝天。”

“去死！”叶轻柔一脚将他踢飞，摔在了沙发上。

晚上，他们回到了各自的房间休息。楚风关上房门后，第一时间就想跟黄牛联系。可是，他心里有些不放心，尽管房门的隔音效果已经很好了，但有顺风耳在，他还是不得不防。

对此，楚风的解决方法非常简单、粗暴、有效。

他微笑着敲开了欧阳青的房门，然后走了进去。

“老大，快请坐。”

“砰！”

霎时间，欧阳青笑容凝固，翻着白眼直接昏了过去。他被楚风放在床上，盖好被子，进入了“梦境”。

这个“梦”有点惨，想必欧阳青会不断地梦到被人拿铁锤敲头吧。

“这下终于安心了！”楚风帮他关上了房门。

回到自己的房间后，他第一时间跟黄牛联系，打开了视频通信。

“黄牛，我晚上练习特别的呼吸法时，那黑雾越来越浓了，而且事后我会浑身舒坦，有明显的进化，我这是不是又要突破了？”

黄牛闻言，在通信器那一端对他伸出了一只蹄子表示鄙视。因为它知道，楚风这又是在故意刺激它呢！

“我现在想去杀兽王，你说我能成功吗？”楚风问道。

“找死啊？！”黄牛只简单地回复了三个字。

“我跟兽王的差距究竟有多大？”这是楚风一直想弄清楚的问题。

“差了一个大境界。”黄牛敲字的速度不快，但还是认真地告诫他不要乱来。

楚风顿时来了精神，开始认真地向它请教，问它到底有哪几个境界，这几个境界又是怎样划分的。他十分期待这些答案。他练习特别的呼吸法有一段时间了，所以很想知道黄牛所在的世界对强者的定义。

黄牛想了想，决定耐心地告诉他，免得他鲁莽行事，真的不知天高地厚地去招惹兽王。

“觉醒”“枷锁”“逍遥”，这就是黄牛写下的三大境界。

楚风没有再开玩笑，而是很郑重地请黄牛细说。

“觉醒，这个境界正如其名。如你所看到的一般，异人都是初步的觉醒者，他们因为唤醒了体内沉睡的某种神秘因子，所以激发了特殊能力。”黄牛怕说得太复杂的话会让楚风难以理解，所以就直接用最浅显易懂的话解释给他听了。

“枷锁——等有一天你能真实地看到自己身上有一道又一道枷锁时，你就可以跟兽王对决了。卫城山的白蛇、凌山的老猿、史山的仙鹤，都属于这个层次。”黄牛又给他描述了第二大境界。它这样一表达，就更通俗易懂了。

“至于逍遥……地球上没有这个层次的生物，这个境界太高端了，恐怖得很，生物很难达到这个层次。”黄牛忍不住摇了摇头。

“具体说说最后这个境界。”楚风想知道详情。

“‘挣断枷锁，逍遥世间’，这就是这个境界最简单直白的意思。如果你想理解得更加透彻的话，我给你推荐一篇古文。”黄牛打字道。

楚风有些无语，想弄清楚第三个境界还要去看古文？

“这是一篇好文，其中暗藏大道真义，值得一读。”接着，黄牛又开始鄙夷楚风，嫌他阅读量太少。还是地球人呢，连一些有用的古文都没看过。

楚风真想揍它，它居然讽刺他是文盲。被一头外来的牛鄙视，当真是是可忍孰不可忍！

“我读过那篇文章，但没有发现你说的那些大道真义啊！”楚风说道。

黄牛鄙夷地打出了一段字，正是摘自那篇文章的。

“若夫乘天地之正，而御六气之辩，以游无穷者，彼且恶乎待哉！”

楚风让它解释。

黄牛摇了摇头，像是在说“孺子不可教也”，而后它以最浅显的文字为他解释道：“逍遥的真义，就是挣断枷锁，超脱万物，无所依赖，绝对自由。”

“黄牛，你什么时候回来？”楚风问道。总是被它鄙视，他很想跟它切磋一番。

“我已经到了昆林山，虽然这里有不少神秘小树，但是都被大妖占据了，等我先抢下一个山头再说。”

“我现在这个层次应该远胜一般的异人了，能跟兽王一战吗？”楚风再次询问道，他觉得自己比一般的异人强太多了。

他认为，觉醒、枷锁、逍遥这三大境界未免划分得太过笼统了。

“觉醒就是一个大境界，真要细分的话，可以引入你们地球的围棋段位。照你的描述，你现在应该在觉醒境界的八段或者九段。”

楚风看到这一行字后，心中有了不少底气。他的实力已经离兽王不远了，甚至可以说近在咫尺！

他进一步细问，列举了其他异人，让黄牛将他们跟他进行比较。

“一般的异人也就属于觉醒境界的一段或者两段，至于金刚，应该在觉醒境界的七段或者八段。”黄牛道。

觉醒境界的七段、八段，那绝对是在这次变异中诞生的异人中的绝顶高手了！

毕竟黄牛只划分了三大境界，以金刚现在的层次，他以后肯定会有达到枷锁境界的机会。

在目前已达到枷锁境界的兽王中，白蛇、老猿、仙鹤等兽王就是巅峰！

而达到了逍遥境界的生物，地球上根本没有！

“我这次想去猎杀苍狼王。”楚风将详情告诉了黄牛，让它参谋，看苍狼王是否可杀。

“身子断了，爪子没了，眼睛瞎了，伤到了这个地步，也就剩下百分之三左右的战力了，倒是可以一试。”黄牛打字道。

而后，它又补充道：“主要是这头苍狼才迈进枷锁境界，只是勉强成了一方兽王，还不如大老黑呢，所以你有杀掉它的希望。”

它刚打到这里，视频中就出现了一道黑影。只见大黑牛无声无息地站在了黄牛身后，而后“哐”的一下给了它一蹄子。

黄牛直接晕了。

“没大没小，什么大老黑，得叫叔或者伯！”大黑牛教训道。

然后，它露出了雪白的牙齿，冲着楚风龇牙咧嘴地道：“小子，我警告你，别带坏黄牛！什么大老黑、黑老大，以后你再敢提，我直接杀到雷天城去收拾你！”

而后，它就果断帮黄牛结束了视频通话。

楚风莫名其妙地被大黑牛教训了一顿，只能干瞪眼。

第二天，飞机降落在了目的地附近的机场。楚风他们全副武装，被一辆装甲车送进了南桂高原深处接近那片大山的入口。

“对于异人来说，一般的核辐射问题不大，足以抵御，但为了保险起见，几位还是穿上防核服吧。”

后勤人员准备得十分充分，让他们都穿上了特殊材质的防核服。

地面干裂，寸草不生，大山外围彻底化成死地，一点生机都没有。

之后，楚风、叶轻柔等五人走进了死地，寻找苍狼王！

山中死气沉沉，空无一物。经过技术改进后，军方引发的核爆的中心温度可达上亿摄氏度，任何生物都无法在这里生存下来。可惜，当时苍狼王避开了中心。

这片地带原本有许多参天古树，可现在连灰烬都没有，全都被毁得干干净净了。

一路上并没有什么好看的，几人向里面走去。

除了辐射非常强之外，这块区域还给人一种无形的压抑感。他们虽然看不到，但也能觉察到有无数密集交织的射线。如果普通人进来的话，必死无疑。

楚风、陈洛言、叶轻柔几人都是异人中的顶级高手，哪怕不穿防核服也问题不大，可是在这片死亡之地行走，还是让他们感到一阵心悸。

光秃秃的山地里没有一头野兽，草木消失得很彻底，这确实成了一片不毛之地。如果换作他们被核武器锁定，最终会是什么结果？

兽王都那么凄惨了，一般的异人就更不行了，分秒间就会被蒸干！

“找到了，在这里！”杜怀瑾突然开口了，同时，他加速向前跑去。他说的找到了并不是指发现了苍狼王，而是寻到了当日苍狼王用来躲避核爆的那条地缝。

地缝里一片漆黑，通向地底深处，可以藏匿身形，这才让苍狼王逃过一劫。

此时，杜怀瑾双目中金光大盛，不再像平时那样嬉皮笑脸了，而是很郑重、很认真地探寻起了苍狼王的踪迹，他要从这里一路追寻下去。

的确就是这里！此处看上去与探测器捕捉到的照片上的样子相符，地上也有苍狼王留下的各种痕迹。

“有人来过！”杜怀瑾皱着眉说道，因为这里干了的血被人取走了。

“滴落在地上的狼血已经失去了活性，还会有用吗？”欧阳青非常疑惑地问。

“对于各大势力来说，哪怕是干了的血也值得深入研究，毕竟他们还从未得到过王血样品。”陈洛言道。

到目前为止，只有军方得到了鹰王的尸体，那鹰王还是被史山的仙鹤击杀的，军方在第一时间运走了它。国内几个超一流的实验室正在全力以赴地化验与分析鹰王血样。传闻王血神秘莫测，有不少作用。

“不同的王血拥有不同的神效。”叶轻柔说道。

外界有人推断，王血可以帮助兽王开启近乎神通般的能力，此外还能促进生物进化。因此，各大财团都非常动心，国外的势力更是眼红无比，都恨不得立刻抢走王血，带回去研究。

他们再次上路，追查苍狼王的行踪。前进几千米后，杜怀瑾忍不住开始咒骂起来，因为有人在路上做了手脚，将苍狼王留下的痕迹清除掉了。

“太可恶了，他们就那么确信自己一定对付得了苍狼王吗！”欧阳青愤懑不已。

这样干扰了后来者，耽搁了别人的时间，如果苍狼王因此得到了喘息的时间，从而身体恢复了的话，无疑将会有大祸出现。

叶轻柔的脸色也变了，道：“那些人太贪了，想阻挡其他人的脚步，然后独自取得王血。如果他们成功了也就罢了，要是失败了的话后果将不堪设想！”

苍狼王恢复后，那将是天大的灾难！

“还会有线索的，不可能彻底断掉！”楚风说道。

他们又前行了几千米，一路上很仔细地寻找着苍狼王留下的蛛丝马迹。

杜怀瑾神情严肃，他的双目如同两盏特别璀璨的金灯，不时有光束从中飞出。半个小时后，他面露喜色，道：“又有发现了！”

一行人跟着他冲向数百米外的土石间，他捡起了一根带着少许焦痕的狼毛。

“这你都能发现？”楚风惊讶极了。他自认开启神觉后，双目的敏锐程度不弱于千里眼杜怀瑾，但是杜怀瑾这精细捕捉的能力的确让他自叹不如。

“这是我的能力，只要专注于某一事物，将其烙印在脑海中，我的双目便可以在一定范围内感应到它的各种细微之处。”杜怀瑾的这番话让其余几人都大吃一惊。

其中，叶轻柔反应最大，她警告杜怀瑾以后不准对她开启特殊能力，否则天天一顿暴打。杜怀瑾只干笑了几声，双目中却是金光闪耀。

十五分钟后，杜怀瑾在一千米外的地方又有了惊人的发现。他盯着一块土石，然后蹲下去扒开了它，淡淡的血腥味顿时飘了出来，土石下面的岩石上有黑红色的血迹，早已干枯。

“王血！”几人震惊不已。

苍狼王在这里逗留过。它有着不亚于人类的智慧，于是将自身留下的痕迹和血都用土石埋住了，不想被人追踪到。

“能值多少钱？”欧阳青问道。

“王血无价！”叶轻柔道。因为王血太稀少了，目前国外根本就没有人得到过。如果将其卖到国外的话，肯定会有很多大势力拼命竞价，即使打破头颅也要得到。

欧阳青负责收集岩石上干涸的血，他的动作极其小心，如同在面对稀世珍宝。

“这边还有！”杜怀瑾接连发现了数处有血的地方。

苍狼王显然曾在这里休憩，它所躺卧的地方都是血，可以想象它的伤势有多严重。

几个人各自去收集王血了。

“仅这些收获就能卖出天价！”叶轻柔很确定地说道。

突然，楚风身体绷紧，而后猛地跃起，朝其余四人大声喝道：“躲开！”

此时，他的神觉已经开启，因此感觉到了危机。他后脑略痛，根据以往的经验，他可以确定是有人在用热武器瞄准他们。

此时他们几个人分散在了不同的位置，离他最近的是杜怀瑾，楚风立刻抓住他，将他扔到了一块岩石后面。

叶轻柔、陈洛言很强，都排在全国异人的前五十强内，所以他们不需要楚风照顾，听到示警后便迅速避开了。而欧阳青汗毛倒竖，虽然躲闪了，但没有避开。

“噗”的一声传来，他被子弹击中了，几滴血溅了出来。

楚风带着一股狂风冲了过来，他的速度太快了，仅次于音速。

他一把抓住欧阳青，带着他避过了接下来的子弹，然后冲到了巨石的后面。

欧阳青左臂被射穿，鲜血直流，但好在没有伤到要害。他面色苍白，一双大耳朵却在飞快地颤动，而后他恶狠狠地低语道：“东面，一共有七个人！”

因为情绪波动异常剧烈，他发飙时听力似乎会变得更加敏锐，特殊的能力开启后更加惊人。

楚风惊诧极了。就算是他，此时也只能大概感觉出来那里有五六个人，想不到欧阳青的听觉竟如此厉害。

“他们身上有重型热武器，在东面一千五百米以外！”杜怀瑾躲在岩石后，窥视到了那边的人的情况。

能在一千五百米外狙击，这绝对是神枪手！

“太可恶了！他们和我们无冤无仇，居然对我们痛下杀手！”欧阳青气愤极了，毕竟他险些就死在这里。

“他们发现我们在收集苍狼王的血，眼红了，想要抢走！”陈洛言开口道。

几个人都愤怒了，那些人心思歹毒，太可恨了，为了夺走他们的苍狼血，竟然要直接杀人。

“嗖！”

楚风动了。他无视凶猛的火力，疾速奔行，躲过子弹，冲向了对面的矮山。

叶轻柔也跟了上来。她展开雪白的双翼后，如同天使降临，看上去美丽而又强大，散发出可怕的杀气。

矮山上的那几个人瞳孔骤然收缩，都觉得心中发毛，因为那个人居然能躲过他们的子弹，简直不是人。

楚风太快了，每秒钟都可以奔行二百六十米以上，迅猛如雷电，将可以飞行的叶轻柔都甩在了后面。

眨眼间，他闯上了矮山。

“砰！”

又有人冲楚风开枪了。楚风伸出手，直接将子弹抓在了掌心，肉身丝毫无损。

“啊……”那人惊恐得大叫起来。

下一刻，楚风挥手出击，那几个人顿时全部骨断筋折，大口喷血，摔了出去。

他们都跟活见鬼了一样非常恐惧，一个人的速度为何会这么快？而且他还不怕子弹！

“唰”的一声，叶轻柔降落在地，同时收起羽翼。接着，陈洛言也冲上了矮山。

“你不怕子弹？刀枪不入？”叶轻柔吓了一跳。

“还行。”楚风微微一笑。

陈洛言顿时无言以对，这也算还行？连热武器都对他失效了。

过了片刻，杜怀瑾和欧阳青也冲到了矮山上。

“你们几个人为何对我们动手？！真是太恶毒了，不去杀苍狼王，却想在暗中射杀我们，你们还是人吗？！”欧阳青捂着手臂，愤怒地吼道。

山上的几个人心中惧怕无比，他们知道自己这次踢到铁板了，这几名异人太厉害，他们根本对付不了。

楚风简单地询问了一下，便知道了这几个人的来头。

他们只是一队普通的“狩猎者”，听闻苍狼王重伤未死，想来这里分一杯羹，刚才用望远镜观察时，意外发现楚风几人寻到了狼血，便起了杀人夺血的歹念。

“这几个人太歹毒了，留着也是祸害！”陈洛言开口了。

他很英俊，看起来一点都不凶神恶煞，真正动手时却很无情，毫不心软。

“噗噗噗……”

陈洛言抽出长刀，欧阳青还没动手呢，那几个人就毙命了。

他们再次上路了。

穿过这片不毛之地后，他们终于看到了树木。它们都在发光，很是诡异。

“神树吗？”杜怀瑾忍不住一阵发呆。

前方郁郁葱葱的，树干和枝叶都在发光，非常神秘。

叶轻柔撇嘴道："没文化！这是核辐射太厉害，它们吸收了太多放射性物质导致的。"

尤其是在背着阳光、较为幽暗之地，树木的发光现象最为明显。

"原来是这样啊，我还以为遇到了神树呢。"杜怀瑾嘿嘿地笑道。

他们进入山林，踏进了大山，这意味着他们随时都要面对各种猛兽与凶禽了。接下来的一天多的时间里，他们都在追寻苍狼王的踪迹。其间杜怀瑾发挥了很大的作用，他双目如电，总能发现一些蛛丝马迹。

在路上，他们看到了一些人类的尸体，有的是彼此厮杀而死的，有的是被凶兽杀死的。

"最起码有十几支队伍进入了这片原始山林深处，他们还没有寻到苍狼王，彼此之间就已经开始争个不停，我们得小心戒备。"楚风说道。

"咦，这是西方人？"不久后，他们在山林中发现了一具金发碧眼的尸体。随后，他们又陆续发现了几具尸体，都是西方人种，显然来自同一支队伍。

"这支队伍很厉害，竟然寻到了苍狼王，不过他们都被它杀死了。"杜怀瑾说道。他在草丛中发现了苍狼王的毛发。

这说明他们在接近目标！

"西方那边的强者是怎么过来的？"楚风惊疑地问。要知道，现在两地相距太遥远了，连飞机的航线都断了，而且到目前为止还没有开辟出安全的航道，而这里却有一队西方的人马，这实在太古怪了。

他们接着向前走，然后又发现了不少尸体。

"有先秦研究院的高手，也有通古联盟的人，还有地外文明所的人……"他们这次的行动不需要隐藏身份，所以很容易从死去的异人的遗物查出他们的出身。

"情况不妙，这些人大多都是在遭遇苍狼王后死掉的！"杜怀瑾说道。

突然，欧阳青脸色惨白，示意杜怀瑾不要说话。他的大耳朵在动，很明显，他在仔细聆听。

他能听到极远处的声音，到了树木茂密之地，他的作用就比杜怀瑾的大多了。

林中有这么多杂音，包括虎啸猿啼等，欧阳青都能逐一辨别出，在这一点上他要胜过楚风。

楚风其实也能听到远处的声音，但是不能像欧阳青一样这么细致入微地全部分辨开来。

“我们多半是……遇到它了！”欧阳青的大耳朵不断地动着，面色显得越发苍白了，“我听到了一种特别的呼吸声，虽然声音不大，却对我形成了恐怖的压制，让我战栗。”

他指向原始山林深处，在正南方的一千六百米外，有一头可怕的庞然大物正蛰伏在那里。

“你们等在这里，别过来！”楚风说完就消失了。他也有所感应了，于是提着一杆长矛，快速冲了出去。

这武器是玉虚宫给他配的，由稀有金属炼制而成，极其坚韧，锋利无比。

一千六百米的距离，楚风眨眼即到！

楚风知道，别的办法都没用，这个兽王的神觉太敏锐了。

前方，苍狼王早已抬起头，目光冷厉地望着这个方向。

或许，它先一步发现了楚风等人。

“轰！”

楚风还没有到，就先给它来了一发火箭炮。

巨大的爆炸声在前方响起，火光滔天，巨木崩断。

恐怖的气息弥漫开来，苍狼王哪怕断了半截身子，只剩下一只眼，感知力与速度也依然恐怖。只见它“唰”的一下横移出去数十米远，躲了过去。

楚风看得眼皮直跳，这头狼可是断了半截躯体啊！动作居然还能这么迅疾？

“嗷——”苍狼王长啸一声，声音震动山林，许多树木折断，乱叶纷飞。

苍狼王硕大的头足有房屋那么大，它张开血盆大口，狰狞无比，残体带着恐怖的罡风向前扑来。

“嗖！”

楚风也直接冲了上去，他手持青金色的战矛，朝苍狼王的那只眼睛猛刺了过去，速度快到不可思议。

第52章

直播大战

从来没有一个人敢单枪匹马地杀向苍狼王！

而现在，有人无所畏惧地杀来了。他手持青金长矛，横空而至，速度极快。青金长矛所向，声势滔天。

“当！”

苍狼王挥动前肢，击在了青金长矛上，发出铿锵之声。尽管它锋利的爪子都脱落了，但前肢依旧恐怖而有力。

楚风感觉手中的青金长矛剧烈地震荡了起来，险些脱手飞出去。这种力量霸道无比，远胜他遇到过的所有对手。

他的虎口麻得厉害，几乎裂开。

这就是兽王之力！哪怕它负伤了，实力依旧非常强大。

但楚风毫不畏惧，在他右手中的长矛被震开的刹那，他的左拳已经勇猛无比地轰到了，力量刚猛而霸道，还带着莽牛的吼声。

“轰”的一声，飞沙走石，周围的巨树都在狂风中剧烈摇动，无数叶片漫天飞舞。

“咚！”

他的拳头跟苍狼王光秃秃的前肢撞在了一起。他没有退避，而是硬碰硬地跟它拼了一次。他的目的很简单，就是要掂量一下对手真正的实力。

这一击非常惊人，草木崩碎，形成了一股暴风，在这里疯狂地旋转。一时间，土石漫天。

楚风倒飞了出去，虽然他感觉手臂发麻，但是他并没有受伤。

他安然无恙地脱离了苍狼王的前肢与血盆大口的攻击范围。

这在过去简直是不可想象的，有谁敢独战苍狼王？

“嗷呜——”

苍狼王见居然有人敢一而再再而三地冒犯它的威严，顿时勃然大怒，发出了一声长啸，声音震动了整片原始山林，群山仿佛都在抖动。

“天啊，老大他在做什么？要一个人硬拼苍狼王吗？太神勇了！”杜怀瑾站在远处的一棵古树上，他亲眼看到这一幕后，不禁震惊无比。他没想到，楚风居然强到了如此地步，可以一个人独自面对那头恐怖的苍狼王！

“快啊，拍摄下来，然后选一个直播平台同步直播！这可是轰动性的战绩，有谁敢独自一人面对这头老狼？”欧阳青激动地喊道。

叶轻柔、陈洛言都站在巨树之巅看着一千六百米外正在进行的大战。楚风太勇猛了，上去后都没有躲避，就那么跟苍狼王硬碰硬地对打了起来，这让他们十分震惊。

要知道，不久前苍狼王还狂暴地横扫了人类的城镇，无人可敌。

这是一头兽王，层次远高于人类中的高手，人类根本不是它的对手，就算是众人围攻都没有用。

这附近还有其他异人，他们或是组队而来，或是独自而来，现在都心惊肉跳地看着眼前发生的这一幕。

苍狼王发出长啸，声音之大，超乎想象，连群山都在随之震荡！这片地带附近的生灵都心惊胆战地跪伏在了地上，甚至有一些凶禽从半空中坠了下来，落入草丛，瑟瑟发抖。

苍狼王的长啸本就是一种音波功。从它的嘴里随之扩散出了一道又一道黑色涟漪，横扫周围的林木与山石，景象恐怖。

“砰砰砰……”

巨树折断，山石爆碎，整片大山都不得安宁，各种凶兽与异禽都惊悚了。

楚风将青金长矛横在身前，他毫不畏惧，也发出了长啸，宛若一头猛兽在嘶吼。

这是莽牛音。莽牛音由人类修炼后效果就不太一样了，颇有震慑四方之势！他附近的各种山石、林木等也都崩碎了，音波向着四方扩散。

“轰隆！”

音波震荡，楚风与苍狼王之间形成了风暴，巨树爆开的声音不绝于耳。

“杀！”

楚风提着长矛再次杀了过去，眸光犀利如电。这一刻，他收起了平日的笑容，出手果断而迅猛。

“砰！”

苍狼王极其凶狂，咆哮着向前跃去，它虽然失去了后半截身子，只能靠一对前肢着地，但速度也快得吓人。

这一次，它张开血盆大口，直接咬向了楚风手中的青金长矛。

楚风猛地加速，用青金长矛向它的血盆大口刺去。这一次，他想抓住一个刺进它喉咙的机会。

“当！”

不得不说，苍狼王太可怕了！它在这种危机关头依旧有惊人的神觉，一口就咬住了矛锋。

它的獠牙早已断落，但即便如此，剩下的断齿也还是稳稳地挡住了长矛的攻势。

这杆长矛可是由天地变异后才出现的奇异金属炼成的，坚硬程度无法想象，同时还有惊人的韧性，但此时，苍狼王的嘴里发出了刺耳的声音——矛锋在变形！

“这头狼太可怕了，它的牙齿得有多硬啊！”陈洛言惊讶得握紧了手中的长刀。这种金属经过了他的实际检验，削铁如泥，如今在苍狼王嘴里却快要断掉了。

“拍摄下来了吗？算了，我来播吧！别让老大白白以身犯险，万一战死了都没有人知道。我们得告诉外界，他正在这里血拼呢！”欧阳青说道。

“别乌鸦嘴！”叶轻柔斥道。

“轰！”

苍狼王猛地一甩头，它牙齿间的那杆长矛顿时咯吱作响，矛锋扭曲了。

楚风继续用力向前刺去，想突破断齿的阻挡，刺穿它的咽喉部位，重创它。

“咔嚓！”

然而这个时候，长矛竟然承受不住那种可怕的咬合力，突然断了。接着，苍狼王凶猛地甩头，将楚风甩得倒飞了出去。

苍狼王眼中凶光大盛，向前扑击过去。它的前肢带着狂暴的罡风，力量大得骇人，足以将金属城墙打穿。

“砰砰砰！”

楚风急忙阻挡，或以长矛，或以拳头，不断地跟它硬碰硬。

苍狼王霸道无比，力量实在太强了！一棵又一棵大树被他们撞得折断，有些山石更是在苍狼王的扑击下炸开了。

这时，楚风两只手的手背、虎口都裂开了，淌出了血。

楚风倒吸一口凉气，他预估错误了，苍狼王受的伤没有他想象中的那么重，核爆过后它未被发现，所以还是给了它喘息之机，让它恢复了一些。

不过，他仍然无所畏惧。这段时间他在不断地练习特别的呼吸法，明显感觉到自己的体质增强了，不然，要不是他的实力在日日精进，他今天多半危矣！

“不好，楚风负伤了，准备接应！”叶轻柔说道。她看到有鲜红无比的血正从楚风的双手淌落下来。

“没用，我们上去的话只会拖累他！”陈洛言叹道。那个级数的战斗远远超出了他们的能力范围，他们是帮不上忙的。

“轰！”

苍狼王张开血盆大口，带着狂风向楚风杀去，一路撞碎了无数山石，毁掉了大片古树。

楚风被它撞得飞了起来，嘴角也开始有血溢出。

苍狼王非常恐怖，就连半残之身都拥有无可匹敌的力量。

“快，拿热武器支援老大，他危险了！”杜怀瑾叫道。

陈洛言立马扛起火箭筒，但犹豫再三后，他还是没敢开火，怕会误伤楚风。

“老大，不行就撤退啊！”欧阳青大喊道。这头苍狼王太凶残了，再这么下去的话，他担心楚风会战死。

“轰！”

片刻后，陈洛言还是开火了，而且发射得很有水平。他轰向了苍狼王的残体后面，一时间，那里烟尘弥漫，巨树折断。

然而，没有什么效果！主要是因为陈洛言怕伤到楚风，不敢轰击得太近。

可是，只要炮火没落在苍狼王身上，它就不会有任何损伤。

至于被炸起的土石或者冲击波，打在苍狼王的躯体上都没什么用。

而且，火箭炮对它根本无效，它完全能避开。

楚风依旧在跟苍狼王厮杀，根本就没有后退的意思。后面的几个人都有些急了，苍狼王太凶狂了，估计楚风一个不留神就会殒命。

这是生死大战，跟他们想象的完全不同。他们以为苍狼王受了重伤，以楚风的战力应该可以顺利灭掉它。谁知它恢复得太快了，现在已经非常恐怖，楚风似乎难以匹敌！

“直播出去了吗？”杜怀瑾问道。

“正在进行呢。得让人看到这场战斗，万一老大死在这里，也不算白死，他这是在拿命血拼啊！”欧阳青沉声道。

平日里，他们两个总是嬉皮笑脸，现在却有些急眼了，毕竟两个人都是性情中人。他们不顾一切地大喊大吼，完全到了声嘶力竭的地步。

“杀了苍狼王！”

“老大顶住……”

外界，异人论坛的一个视频直播厅今天忽然出现了巨大的骚动。

“这是真的吗？”

“天啊，有人在大战苍狼王？”

很快，这条消息传了出去，吸引了很多异人前来观看。

“这是真的，应该没错！因为，有证据显示苍狼王没死，只是断掉了半截躯体，躲进了大山中！”

“是真的，这是在同步直播啊。那巨兽那么凶狂，绝对是苍狼王！那个人到底是谁？居然敢跟苍狼王决战，好厉害！”异人论坛沸腾了。

还有人在同步录制着这一幕，向外界扩散。一时间，很多地方都能看到这个战斗视频。

一石激起千层浪，外界的观众们不能平静了，越来越多的人听到了这次决战的消息。有人在看直播，有人在看别人录制的片段，全都看得目瞪口呆。

“王哥快来看啊，有人在大战苍狼王！”

“娟姐，快上网，发生大事了！”

……

这则消息就像一阵飓风，迅速席卷了各地，观看这场大战的人不断地在发出感叹。

“天啊，苍狼王身子断了半截，实力还这么恐怖，远超一般的异人。咦？那个人是谁？他竟然敢只身跟苍狼王大战！他为什么会这么厉害？”

“不好，那个人的战矛被苍狼王咬断了！他的虎口在淌血，显然是受了重创！”

“拍摄距离有点远，看不真切那个人是谁啊，再近一点！”

“早晚会知道的！”

“不好，他落了下风，可能会战死！”

……

楚风和苍狼王在原始山林中的大战越发激烈了，苍狼王手段恐怖，口鼻喷吐黑火，险些将他卷进去。

不过，这种近乎法术的本领很消耗它的元气，动用数次后它就不用了。

“杀！”楚风的声音很冷。

哪怕他的双手在淌血，身体负了伤，他也依旧没有退缩。手中的青金长矛矛锋断了，他就拿来当棍棒用，握着它用力向前砸去。

“当！”

苍狼王的前肢坚硬得骇人，跟青金矛的矛杆撞在一起后居然发出了一声金属颤音，无比惊人。

它毕竟是兽王，单就力量而言要胜过楚风，如今它又恢复了不少，远没有玉虚宫的人想象中的那么弱。

楚风虎口上的裂口变大了，同时，他被震飞了出去。

苍狼王猛地跃起，准备以泰山压顶之势将楚风扑杀在下方，动作快如闪电。

“不好！”

很多观看直播的人忍不住惊叫起来，他们看出那个人正处于劣势，几乎陷入了生死险境中。一些人的心提到了嗓子眼，为那个人担忧，许多人甚至恨不得能冲过去跟那个人一起厮杀，宰了那头苍狼王！大家都真心希望他能杀死凶残的苍狼王。

楚风手中的无锋长矛已经被苍狼王击飞了。

“哧！”

就在这一刻，一道冰冷的寒光闪过。楚风从破烂的防核服内抽出了一柄雪亮的长刀，迎着扑击而来的苍狼王直接劈了过去。

他精准地计算过了自己现在的处境，所以他计划要在最危险的时候斩杀此狼。

“噗！”

血光一闪，苍狼王的脖子被劈开了一道可怕的口子，鲜血直淌。它快速地倒飞了出去，在这个过程中还发出了震天的怒吼！

而事实上，楚风的情绪波动比它的还要剧烈，这么凶猛的一刀居然都没有将它杀死？！

这可是玉虚宫为他配备的稀有金属长刀，锋利无比。

然而，苍狼王身上有一层神秘的力量，在最后关头挡住了长刀的攻势，导致他没能彻底劈开它的脖子。

“我要活剥了你！”苍狼王咆哮道。

不久前，它独自纵横于南桂高原无敌手，还一口气屠了城，导致无数人惨死。那时，它是何等的张扬与狂放，而现在却有人敢辱它！一个人类而已，就敢跟它厮杀，这让它勃然大怒！

“杀我？你做不到！”楚风声音沙哑，他嘴里有血，喉咙火辣辣的。他的确负伤了，而且伤得不轻。

这是他迄今为止最艰苦的一战，兽王的实力实在太恐怖了。

“那么多人我都杀了，还差你一个吗？”苍狼王的声音十分低沉，却震动了整片山林。它的声音在这片山脉中滚滚回荡，将四周的飞禽走兽都吓得战战兢兢的。

“今日我就要斩下你的头，为死者复仇！”楚风大吼一声，疾速冲了过去，手中的长刀爆发出雪亮的光芒。他誓要劈杀苍狼王。

雪亮的刀身流动着寒光，他带着一往无前的气势，将力量催动到了极限。

“当当当……”

苍狼王咆哮着挥动前肢阻挡。这一次它竟然没敢触碰刀锋，而是不断击打着长刀的侧面，以此来化解威胁。

响声震耳，火星四溅！

楚风手中的长刀好像化为了一道白茫茫的光，纵横激荡，笼罩着苍狼王。

山石崩裂，巨树折断，雪亮长刀所过之处，各种障碍物全都被劈碎了，场面十分骇人。

“轰隆！”

地面被劈开，出现了巨大的沟壑，坚硬的山壁更是如豆腐一般被斩开。而后，山壁爆碎，一时间土石漫天。

一人一狼杀得非常激烈，在他们厮杀过的地方，一切尽毁。

“嗷呜——”

苍狼王长啸一声，它的体表浮现出一层神秘的能量，自身力量也开始暴增，兽王之力不断向四周弥漫。

“当！”

它开始疯狂地攻击，楚风的长刀险些被它震飞。

现在不光是虎口，楚风的指间也有了裂口，从中流淌出殷红的血。这是被苍狼王巨大的力量震伤的。他竭尽所能，将速度提升到了仅次于音速的层面，每一次腾挪与挥刀都释放出了非常可怕的威力！

顿时，雪亮长刀的杀伤力更恐怖了，苍狼王也心生忌惮，不敢与之直接碰撞。

达到这么惊人的速度后，哪怕是一张纸都可以割裂肉体，更不用说是一柄由稀有金属铸成的长刀了。

一时间，长刀杀伤力暴增！

尤其是楚风将力量也发挥到了极限，一刀又一刀地向前劈去，攻势一重接着一重，令苍狼王的瞳孔都收缩了。

“当当当……”

苍狼王一双有力的前肢不断地砸在长刀的侧面，阻挡着楚风的攻势，以化解自己眼前的危机。

楚风见状，立马提速，近乎疯狂地向它攻去。

“噗噗噗……”

接连数声轻响传来，只见长刀划破了苍狼王的皮毛，斩出了一道又一道血痕，王血四下迸溅。

一时间，苍狼王的前肢已变得鲜血淋漓！

观看直播的人心头都震撼无比，那可是苍狼王啊，居然被人斩伤了！许多人激动无比，情绪起伏十分剧烈。

“杀了它，为死者报仇！宰了这头苍狼王！”

“杀啊！”

……

一些人大喊大叫起来，他们不由得握紧了双拳，恨不得冲进那片战场去跟楚风一起厮杀！而战场中的楚风现在却皱着眉，因为这苍狼王的实力实在太可怕了。

要知道，他已将速度提升到极致，每秒可达二百六十米，要将速度保持在这种亚音速状态，这无疑是一种巨大的消耗。

长时间这样下去，他会因疲惫不堪而承受不住的。

平日里他测试过，他只能保持片刻这种速度，没办法长时间高频率地挥刀。但即使是在这么可怕的攻势之下，他也只是突破了苍狼王的阻挡，将它的前肢割裂了而已，并没有将其斩落下来。

前方，苍狼王的毛根根竖立，它的皮毛上密布着一股神秘能量，可以阻挡刀锋进一步斩入。

这头兽王实力惊人，很难被击杀。再这样下去的话楚风必然会力竭，到那个时候，苍狼王就该疯狂反击了。

“嗷——”

苍狼王长啸一声，它的前肢正因受创而淌着鲜血，这让它觉得自己受到了侮辱。

堂堂兽王，应当可以俯视所有异兽，现在居然吃了这么大的亏。想到这里，它张开血盆大口，恨不得将楚风一口吞下去。

“当当当！”

它虽然失去了獠牙，断齿却依旧闪动着雪白的寒光。它数次咬向长刀，想毁掉这件武器。

“苍狼王后劲十足，情况不妙！如果这番猛攻都杀不死它的话，那么那个人就危险了！”观战的人群中有高手做出了这番准确的判断。

“是谁在直播大战？赶紧换个方向露出那个人的正面啊，那人大多时间都是背对着我们的。”有人对拍摄角度相当不满，在直播视频下面留言道。

“拍摄距离太远了，能不能再近一些？”也有人这样留言。

不过大多数人都表示理解，拍摄者也一直在冒着生命危险。出于安全考虑，他肯定是在那个高手的后面，而不敢出现在兽王的背后。

“轰！”

楚风的气势更盛了，他纵身跃到半空中，接连向苍狼王劈去，颇有不留退路决一死战之势！

“杀啊！”

很多看到这一幕的人都在大叫，情绪非常激动。

但是，就在这一刻，视频突然中断，没有影像了。

一刹那，所有人都安静了下来。但是很快，网络上爆发了一片嘈杂之声，近乎沸腾。

“天啊，关键时刻视频怎么中断了？”

“出了什么问题？赶紧直播啊，结果到底如何了？”

“拍摄者，你是故意的吧？刚才只是说了你几句而已，结果你就干脆撂挑子不干了？”

到了这么紧要的关头突然就这么中断了直播，这实在让人觉得愤懑。那感觉，就像是在要登天的那一刻突然眼前一黑，坠落到万丈深渊中去了。

“太可恶了，拍摄者怎么能在最紧张的这一瞬间中断视频呢，我要疯了。”

“大哥，我们错了，不骂你了，赶紧直播吧，距离远点也没什么，总是拍那个人的背影也无所谓，快继续吧！”

……

大家纷纷在网络上留言。

最后有人表示，或许不是那个人故意中断了拍摄，还分析出了原因所在：“很明显，这场战斗是发生在大山中的，那里的信号并不是很好，能够顺利地保持这么长时间的直播已经很难得了。”

人们这才恍然大悟，但依旧觉得百爪挠心，纷纷祈祷可以再次看到直播。

原始山林深处的欧阳青此刻正焦头烂额。的确如外界猜测的一样，他这里突然没信号了，所以才中断了直播。

“刚才的位置很好，信号是满格的，你要是不动的话，根本不会有问题！”杜怀瑾说道。

“他们早就已经脱离了那片战场，我得跟进啊，不然拍不到。”欧阳青说道。

就像在玉虚宫时陆通所说的一般，大山中信号很差，时有时无。

“准备出手，楚风有危险了！”叶轻柔的瞳孔中射出了耀眼的光束，同时扇动一对洁白的羽翼冲上了高空，肩头还扛着热武器。她此刻正瞄准前方，准备随时轰击。

“真是急死人了，我们根本帮不上忙！”杜怀瑾焦躁地说道。

别说杜怀瑾与欧阳青了，就连陈洛言也颇为无奈，那个级数的大战，就算是他与叶轻柔上去作用也不大，最多只能干扰一下。

但陈洛言并未放弃，他正在前移，准备寻找机会阻击苍狼王。

“轰！”

烟尘冲天，叶轻柔与陈洛言都在用热武器轰炸苍狼王，想削减它的嚣张气焰，可惜作用不大。但两人仍在不断接近苍狼王，希望能在关键时刻上去拼杀，帮楚风一把。

“退开，不要让我分心！”楚风的声音很低沉。

他受伤不轻。刚才他被苍狼王撞中了，那感觉简直像是被一座山砸在了身上，他整个人都被撞得横飞了出去。那种力量太霸道了。

叶轻柔与陈洛言颇为无奈，只得听从劝告，迅速退走。他们知道楚风所言不假，他们俩上去的话多半只能枉死。

“啊，有信号了，直播画面又出来了！”屏幕前的人们惊喜地叫了出来，他们全都盯着屏幕，情绪非常激动。

“糟糕，苍狼王发疯了，那个人有危险！”

人们看到暴怒的苍狼王发起了惊涛骇浪般的攻击，一波接着一波，极其恐怖。没有什么能阻挡它，那声势简直可以说是摧枯拉朽。

苍狼王不断向前扑杀，而那个人则迅速倒退。一路上，巨石爆碎，古树崩开，乱叶纷飞，一人一兽所过之处已被夷为平地。

苍狼王张着血盆大口，撕咬着劈来的长刀，一双前肢不断地拍击，地面上的黑色大裂缝也在随之不断蔓延。

一片广袤的原始山林被毁了个干净，地面上巨大的裂缝纵横交织，更是出现了许多巨坑，可以想象那是多么惊人的力量。

“砰！”

苍狼王的进攻很是凶狂，它的前肢拍落下来的时候擦过了楚风的头盔，头盔顿时发出了碎裂的声音。

楚风身上的防核服早已变得破破烂烂的了，只剩下最坚硬的防核头盔，可现在头盔也在苍狼王的重击之下破损了。

“啊……”

许多人惊呼出声，他们感觉那个人危险了，很有可能会殒命。

“咔嚓！”

头盔炸裂的声音随着画面传了出来！

这一刻，许多人都睁大了眼睛。早先那个人戴着防核头盔，看不清真容。现在人们既期待看到他长什么样，又害怕他会在这一击之下遭到重创。

突然，视频中断，又没有信号了！

“天啊，怎么又中断了？他到底如何了？真让人揪心，千万不要战死啊！”

“苍狼王为什么这么难杀？它屠杀了那么多人，真是可恨啊！”

……

很多人焦虑不安。好不容易出了这样一位顶级高手，敢只身去杀苍狼王，这股勇气激励了不少人，如果他战死了的话，那就太可惜了。

头盔炸开后，楚风也跟着摔了出去，他落地后疾速倒退，同时将手中的长刀抓得更紧了。

苍狼王的眼神冷得刺骨，动作快得骇人。它扑过来时速度近乎飞行，一跃就是上百米远，根本不像是残体。

“嗷！”

狼啸震耳，音波威慑着偌大的原始山林。

它知道，这个人类多半快不行了。早先时他的速度那么快，必然消耗巨大，而今该它出手了。

“你去死吧，兽王不可辱！”苍狼王冰冷的话音刚落，就扑杀到了楚风近前。

果然，那个人类看上去很疲惫，力量和速度都下降了，再这样下去，他马上就要死了。

苍狼王冷酷无情地出手。

“杀！”楚风突然大吼一声。在那一刹那，他的呼吸节奏变了，口鼻间白雾腾腾。他动用了特别的呼吸法，瞬间再次大幅度地提升了力量与速度。

这本该是他最虚弱的时候，但他突然爆发，打了苍狼王一个措手不及。

楚风目光冷厉，手中的刀光像银瀑一般倾泻而出，他一刀接着一刀地疯狂向前劈去。

同时，他的速度再次达到了亚音速，身体的力量随之暴增。

“终于又有信号了……”

“天啊，发生了什么？那个人居然突然变得勇猛无敌，杀得苍狼王飞速倒退！”

人们惊呼连连，看着那道背影如同战神一般一路向前推进，手中的长刀化作匹练，杀得苍狼王怒啸不止。

此时，苍狼王身上又多了不少伤口，它的头上、前肢上都是血，皮毛也被割裂了，甚至连嘴巴上都有了很大的血口子。

楚风全面发威，一刀比一刀强势。他知道，必须在最短的时间内杀死苍狼王，不然就真的要失去机会了。

“噗！”

苍狼王头部中刀，刀锋嵌入了它的头骨，顿时鲜血四溅，痛得它发出了凄厉长嚎。

如果不是它体内的神秘能量散发了出来，它此时已经被劈开脑袋，死在这里了。

那是兽王之力，让它拥有了近乎神通的本领。

“嗷！”

苍狼王的独眼之中光芒大盛，大有拼命的架势，它不计代价地再次使出了那种恐怖得超越了法术的能力。

刹那间，它的口鼻喷吐烈焰，烟雾随之弥漫，看来它是想要烧死楚风。

不过，这对它来说消耗太大了，它如今的伤体更是难以支撑它一直使用这种能力，不然它早先也不至于施展过一次就迅速停了下来。

照这样消耗下去，这一战过后，它很可能会废掉。

此地瞬间被烟雾与黑火淹没了，只能看到两道模糊的身影在那里厮杀。

楚风在使用特别的呼吸法，他的身体被一股神秘力量包裹着，有效地阻挡了黑火的侵袭。同时，他将战斗力提升到了极致，竭尽所能地将长刀劈出，恨不得一刀斩掉苍狼王的头。

"当当当……"

苍狼王的身体再次遭到重创，同时，它也发现了火焰对楚风作用不大，尤其是它的神觉还失效了，这意味着现在对手跟它可以说是势均力敌。

它感到惊悚的原因不是对方变强了，而是它变虚弱了。这是它由于被逼使用那神通一般的能力而消耗过大所导致的。

"那么多人都被我屠杀了，我就不信还杀不了你一个！"苍狼王咆哮着施展出最强本领，同楚风拼命。此时，虽然它口鼻中的烈焰消失了，但是大地已经崩开了，一时间土石翻腾，如同浪涛一般向楚风拍击而去。

这才是它的最强手段！当初屠城时，它就是动用这种惊世骇俗的力量掌控了大地之力，从而毁掉了所有建筑，杀死了无数的人。

楚风不断地踏在翻腾的山石、土浪上，身形不稳地继续跟苍狼王搏杀。

烟尘滔天，数十上百块土石如大浪一般翻滚着。

"死！"苍狼王动用了最强手段，在土石淹没楚风的同时扑了过去。

"咔嚓！"

它将楚风的雪亮长刀震碎了！

此时，它不光有神通般的本领，连肉身都变得无比坚韧，震碎了楚风手中的武器。

它狰狞无比地张开了血盆大口，要将楚风吞进去。

外界的所有人都心惊胆战，他们虽然看得不够真切，但还是可以模糊地看到苍狼王将楚风扑在了下面，要将他一口吞食。

"锵！"

楚风挣脱了苍狼王的束缚，手中突然亮起一道乌光。

一道弧线闪过，苍狼王的脖子被划开了，顿时鲜血狂涌。

这一刻，它感觉自己的身体正慢慢变得虚弱。

苍狼王怒啸不止，试图动用体内的神秘能量来阻止伤口喷血，同时，它急速后退，想要避开那道乌光。

楚风自然不会错过这样的绝佳机会，他毫不犹豫地加快步伐跟进！

他刚才可是一直都在等待机会！长刀破碎的刹那，也是苍狼王最为大意的时候，他选择了在那时突然动用黑色短剑，最后取得了奇效。

现在终于占据了优势，他怎么可能不发起猛攻！

黑色短剑锋利无比，不断地剖开苍狼王的皮毛，将它重创！

苍狼王第一次生出了惧意，它觉得自己的生命力流逝得太快了。这主要是因为它刚才使用了那近乎神通的能力，在破坏了大地的同时，它也消耗过大了。

下一刻，楚风险些一剑斩下它的头。

“发生了什么？”

人们震惊地看着屏幕中的一切。只见在滔天的烟尘中，土石大浪停了下来，那个人突然爆发，不断向前杀去，全面压制住了苍狼王。

苍狼王怒吼一声，动用了它此时最强的力量，震飞了短剑。

“死！”它嘶吼道。同时，它张开血盆大口，向楚风扑去。

失去短剑后，楚风并不慌张。他让双拳上密布神秘的能量，同时使用了特别的呼吸法，并催动了大力牛魔拳。

“砰砰砰……”

他的双拳像牛魔的犄角一般无坚不摧，拳头砸向苍狼王，让它鲜血四溅。

人们看到了那可怕的景象，顿时震惊了。那个人就像魔神一样，大步向前，不断出拳，狂暴无比，居然反过来压制住了苍狼王！

“嗷……”苍狼王恐惧了，因为它明显感觉到自己已后继无力，躯体也快支撑不住了。

“噗！”

楚风跃起，右拳刚猛且霸道地砸进了苍狼王的独眼之中。

“嗷……”苍狼王没能避开，发出了凄厉的大叫，震得附近的原始山林里的树叶簌簌坠落，百兽也为之匍匐战栗。

它的独眼被打爆了，生命力迅速衰退，眼看就要不行了！

“天啊，他杀掉了苍狼王？”

“简直如同魔神啊！”

第53章

斩王首

凄厉的狼嚎震动了整片原始山林！苍狼王的嘴里向外喷吐着浓烟，音波如同可怕的黑色涟漪一般不断地激荡开来，周围的草木全部随之崩碎，许多山石更是被炸得飞了起来。

楚风急忙后退，迅速地避开它的临死反扑。

“嗷……”

黑色涟漪以苍狼王为中心疾速扩散，给周围的环境带来了毁灭性的灾难！百兽瑟瑟发抖，附近的飞禽都被震落了，有的甚至在半空爆碎了，羽毛飘落了下来。

楚风使用莽牛吼阻挡了音波攻击，成功地化解了危机。

苍狼王的独眼被打爆了，头上满是鲜血。它在近乎疯狂地嘶吼、咆哮着，恨不得要将楚风撕碎。

现在的它什么都看不到，但又怕楚风再次接近，所以唯有疯狂长啸，试图用音波阻挡那个可怕的敌人！

它是兽王，实力远超异人，哪怕这次被核武器毁掉了半截躯体，它依旧极其自负，丝毫不惧异人，现在却遭遇了大败。

堂堂兽王，居然落到了这么凄惨的境地，苍狼王难以接受这种现实。它满身都是伤口，如今连最后一只眼睛也被对方一拳击爆了，简直惨不忍睹。

苍狼王不甘心，它明显感觉到自己的生命力在变得衰弱，用不了多久就会死亡，这让它既恐惧又愤怒。

如果是死在王级生物手中，它不会觉得憋屈，可这个人根本没有达到这个层次。

“我要活下去！”苍狼王在心中暗暗发誓，它的身体也因此发生了惊人的变化——虽然它已经皮开肉绽，满身是血，躯体像是要爆开了，却突然有一股极其恐怖的气息从它的躯体中弥漫出来。

外界的人或许看不到这些变化，但是楚风看得清清楚楚。

“什么情况？”楚风心中一惊。他见苍狼王嘴里的断牙在快速脱落，暗想，难道它是要长出新的牙齿了？同时，它那原本没了利爪的光秃秃的前肢渐渐发出了寒光，似乎有爪子要生长出来，就连它原本都快被劈断了的脖子现在都在愈合！

它居然有再生能力，这太诡异了！

“嗖！”

楚风冲了过去。哪怕苍狼王会再次临死反扑，他也得跟它决一死战，因为它正在发生惊人的蜕变！

他一拳砸了出去，蕴含着神秘能量的拳头落在了苍狼王身上，苍狼王随即发出了一声嘶吼，整个身体横飞了出去。但是，它依旧在不管不顾地咆哮。

此时，它身体上的皮毛竟然全部脱落了，并在眨眼间长出了新的细密的毛。它这一次长出来的毛更加光亮，散发出的气息极其恐怖。

“你还想活过来？不可能！”楚风双目如电，用自己最强的力量施展出了大力牛魔拳，向苍狼王发起了猛攻。

“砰砰砰……”

楚风的力量极为骇人，拳头能击穿一切阻挡。他接连十几拳全部打在了苍狼王身上，打得它鲜血四溅。

苍狼王再次发出了怒啸，它太被动了！同时，它既焦急又恐惧，因为它的蜕变还需要一些时间。

昔日，它有过非同一般的际遇，在深山中吞食了数种异果，其中一颗异果让它拥有了惊人的再生之力，但前提是它要冲破兽王初期的桎梏，这样它才能打开体内的一道血脉枷锁，然后就会有一次再生的机会！

苍狼王疯狂地翻滚身体，想要打开那道枷锁，释放出再生之力。

但是，它也知道自己现在的状态非常差，根本不适合这样做，即便能使用那种能力，它也只是能够活下去，想要残体恢复如初，它此生都没有希望了！

原本它还想休养几个月再打开体内的那道血脉枷锁，但是现在，它没有选择的余地了，不然它马上就要死了。

“嗷……”

苍狼王痛苦无比地嚎叫着。它承受着楚风的恐怖攻击，新生的皮毛都被血染红了。它的内心极为恐惧，没想到自己身为兽王，竟然也会有这样一天！不久前它还在南桂高原上大肆屠城，现在却落到了这么凄惨的境地。

苍狼王开始逃跑，借此躲避楚风的拳头。

刚才这里土石翻滚，现在依旧烟尘冲天。外界的人们虽然看不真切，但还是能看到大概的情形。很多人都感到无比振奋，苍狼王曾经何其凶狂，现在却被那道魔神般的身影打得浑身是血，只得无奈逃跑。

“杀了它！”许多人神情激动地大喊着。这一刻，他们等待很久了。

“轰！”

突然，苍狼王体内那股惊人的气息变得更强了。它所有的断牙都脱落了，并迅速长出了一对新的獠牙，十分骇人。

这是它此次蜕变的重点所在！再生之后，这对獠牙将成为它最强的武器。

很可惜，它躯体的后半部分早已血肉模糊，根本无法再生，并且它还耗去了大量的精血，导致它现在的状态糟糕透顶。

苍狼王绝望了，它知道自己这一次要失败了，只能到此为止。而且，它预感到自己快活不下去了。

“嗷……”

它咆哮的时候，一对狼耳立了起来，那是在聆听拳风。同时它还开启了神觉，以感应楚风的方位。紧接着，它扑杀了过来。

困兽之斗！它临死反扑，要拉着楚风一起去死。

外界观看直播的人都震撼不已，心想，这头苍狼王怎么又变强了？

“这怎么可能？天啊，苍狼王恢复如初了吗，为什么杀不死它？”

“好可怕的能力，这头苍狼王是拥有不死之身吗？”

“一定要杀了它啊！”

……

众人非常不安地关注着战况。

楚风并不知道苍狼王身上具体发生了什么，只看到它生出新的皮毛，长出了一对獠牙，感觉它就要恢复过来了。

都杀到这一步了，他怎么能容忍苍狼王再生？

“杀！”楚风拼命向前冲。

他在使用特别的呼吸法，同时施展大力牛魔拳，战力飙升到了极致，拳风猎猎，飞沙走石，每一拳都恐怖无比！

“轰！”

楚风跟苍狼王硬碰硬数十次后，他确定这头兽王要完了。虽然苍狼王的动作看似疯狂，但是它的力量在不断变小。

“咚咚咚……”

楚风无比狂暴地挥拳，拳头发出恐怖的爆鸣声，简直比惊雷还要骇人！

他接连数拳都轰在了苍狼王的头上，苍狼王终于抵挡不住，“砰”的一声横飞出去，满身是血。

“嗷……”

一声嘶吼之后，它的身体开始痉挛，满身是血地躺在那里，再也站不起来了。

“锵！”

楚风将黑色短剑从石缝中拔了出来，径直向前走去。

他实在不放心，不知道苍狼王是否还会再生，唯有斩下它的头他才能安心。

但楚风同样精疲力竭了，走路时身子都有些晃。这一战异常辛苦，整个过程实在太艰难了！

苍狼王预感到自己已时日无多，这一刻，它心中充满了绝望与不甘，忍不住发出了最后一声惊天动地的长啸。

“嗷呜——”

这一次的狼啸声音太大了，穿透力很强，即便拍摄地点与这里相隔很远，也还是使得正在观看直播的人都忍不住心中一阵惊悚，因为那苍凉的狼嚎声仿佛就响在他们的耳畔。

为祸一方的兽王要毙命了！许多人都长出了一口气，心中的郁闷一扫而光。

突然，楚风浑身汗毛倒竖。只见苍狼王嘴里那对新长出来的獠牙不知道什么时候脱落了，正朝着他疾速射来！

同一时间，他感觉到全身各个部位都很疼，那是被人用热武器瞄准的感觉。

此刻，楚风目光冰冷，他必须先避开苍狼王临死前最致命的一击。

他反应迅速，身体直接贴在了地面上，那两颗雪白灿烂的獠牙贴着他的身体飞了过去，洞穿了巨石，打在不远处的山壁上，直接深陷了进去。

“砰砰砰……”

紧接着，无数的子弹飞射而来，彻底将这片区域笼罩了。

“轰轰轰……”

有人动用重型热武器，疯狂地轰向这里，其中居然还有厉害的穿甲弹！

楚风贴地而行，不管不顾地冲向苍狼王。他有机会躲避周围的子弹，却没有那么做，因为不斩掉兽王的头，他始终放心不下。

“噗！”

楚风贴着地面到了兽王近前，一剑挥出，苍狼王的头被斩掉了！

此时，外界一下子沸腾了。

“该死啊，这是哪股势力？竟然敢这么做？”

“天啊，太残忍了，他们还是不是人？居然这样残暴地针对杀了苍狼王的有功之人！”

所有看直播的人全都恨不得立刻杀过去，将那些人揪出来绞杀。

“糟了！他刚才脚步都有些踉跄了，现在又遭受了这种攻击，还能活下来吗？”有不少人对此表示担心。

“螳螂捕蝉，黄雀在后。不过，要不是你现在已是强弩之末，我们还真不敢动手！”远处有人冷笑着说道，而后竟还无比张狂地大笑起来。

“啊——”

欧阳青号叫一声，然后扛着热武器，发疯一般地向前冲，要去和那些人拼命。此时，他眼睛都红了，需要更靠近一点才能通过惊人的听觉判断出敌人都在哪里。

杜怀瑾也在拼命地向前跑，同时不断地告知叶轻柔和陈洛言那些敌人的具体位置。

“你们都该死啊！”

这四人近乎疯狂，都毫不留情地出手了！他们怎么也没有料到会有人这么丧心病狂，竟然对杀死苍狼王的人下黑手。

此刻，场中硝烟弥漫，地面上有很多巨大的坑洞，都是被热武器轰出来的。楚风正躺在苍狼王的尸体下面，目光冰冷无情。他身上的衣服上有一些弹孔，手中还抓着几颗很长的子弹。

那些子弹都被他硬挡了下来，没有穿透他的身体。

他的确耗尽了力气，但他的肉身的坚韧程度仍旧超乎一般人的想象，所以他并没有被暗中下手的人杀掉。

“你们都要死！”楚风冷漠地说道。之后，他一动不动地躺着，开始使用特别的呼吸法。此时，一股神秘能量正在他的全身流淌，让他的肉身得以慢慢恢复。

山林深处，几个金发的人正在大笑，极其肆无忌惮，因为对他们来说，收获的时刻到了。

那可是一头兽王，是稀世珍宝！那兽王虽然不是他们亲手猎杀的，但是最终将成为他们的战利品，这消息一传出去，各国都要眼红！

“哈哈……”他们畅快地大笑着。

他们早已吩咐手下去收拾战利品了，然后就准备火速撤离。

两道身影快速冲来，看面孔都是东方人。他们跟那几个金发的人会合了，看样子，这两人也是头领，因为收获太大了，所以他们都很激动。

“李，这次行动堪称完美！”一名中年金发男子大笑着说道。他很高，浑身上下释放出一种野性的气息。

被称作李的人脸上始终带着笑，连连点头，道：“一切都非常顺利，现在兽王属于我们了，这值得庆祝。不过，我们得赶紧走，免得夜长梦多。”

“不错，我们应带上兽王速速离去。”一名金发老者说道。他的发音很古怪，语调显得有些生硬，“这让我想起一句很应景的诗句——‘事了拂衣去，深藏功与名。’哈哈……”

他们的那些手下闻言，行动都十分敏捷地快速向前奔去，准备将苍狼王的尸体运走。

他们每一个人都很激动。没有任何伤亡便得到了最惊人的战利品，这对他们来说太顺利了，兴奋也是在所难免的。

虽然他们不是头领，但是也能分一杯羹。

这个团队的人员构成很杂，既有西方人的面孔，也有典型的东方人，他们身上都有一股相似的气质，那就是彪悍。

杜怀瑾在远处看得两眼冒火，一路奋力狂奔的他手持某款名为“战神”的热武器，二话不说，直接开火。

“砰！”

远处，一人当场殒命。

“砰砰砰……”

杜怀瑾接连开枪，他双目中有金色光束射出，视觉远超正常的人类，可以说是天生的神枪手。他一枪一个，接连击毙了六七人。

一时间，山林中一阵骚乱。

“为老大报仇！”欧阳青也发出了低吼。他倚仗惊人的听觉做出了精准的判断，知道了对方的高手的所在位置，对着他们接连开枪。

至于叶轻柔，就更恐怖了。在得到杜怀瑾与欧阳青的提示后，她便张开了洁白的羽翼，快速前进，开始展开杀戮行动。

“轰！”

陈洛言也发飙了，不断地轰击着对方。

山林中的那批人损失不小。

“影响不了大局。”金发老者面色略沉地说道。他们移动速度极快，此时已经接近苍狼王尸体了。

“这片山林中肯定还有其他狩猎者，转移兽王最要紧。”

“轰！”

突然，山林中爆发出可怕的火光。这批人开始反击了，火力异常凶猛。

他们运来了重型热武器，极其凶狂地横扫山林，想借此压制叶轻柔、欧阳青等人。因为他们人数众多，而且外面还有接应他们的人，所以，他们只要稍微争取一点时间就足够了。

“该死，怎么会有这么多人！这不是一般的凶徒与悍匪，他们是怎么来到这里的？”杜怀瑾吃惊地说道。

足有一百多人分布在山林中，跟他们交锋。

“人再多也得死，我们要为楚风报仇！”叶轻柔说道。她在山林中穿行，不断重创对方。

“你们两个小心，我去杀几条大鱼！”陈洛言道。

他凭借从杜怀瑾和欧阳青那里得到的提示，判断出了那伙人的头领所在的方向，想杀了他们。

“放心，虽然我们两个不如你，但也算是高手！”欧阳青说。

……

外界沸腾了，一时间群情激愤。那个高手战到精疲力竭，拼了命才杀死苍狼王，结果却遭到了狙杀，攻击者还同为人类。他们无法接受这样的事实。

“我们人手不算很足，真要杀上去的话，估计占不到便宜，请速遣高手前来支援！”大山内有人向总部报告道。

“不许妄动！”能接到这类报告的都是一些大势力的高层，有人直接黑下一张脸，下了死命令，要他们别去掺和。

“那个高手已经死了，我们又不是从他手里抢，不必有什么心理负担。”

显然，大山深处的人很不甘心，他们觉得兽王近在咫尺，不去争夺的话实在难以接受。

“闭嘴！有人直播了山中的大战，现在外界都吵翻天了，所有人都很愤怒。现在冲上去，简直是找死！”

类似的对话与命令不约而同地发生在了各大势力之中。他们都下了死命令，让各自的人马千万不要惹事，不然会死得很难看。

此时，很多人已然出现在了苍狼王的尸体前。他们行动有序，动作迅速，搬运着苍狼王的尸体，哪怕是流淌在地上的血液也收集了起来。

他们一个个激动无比，眼神异常火热。四个西方人面孔的头领和两个东方人面孔的头领也到了这里，哪怕他们平时凶悍无比，此时也都几乎要颤抖了。

要知道，兽王已经成为他们的战利品了！

“那个高手呢？”那名金发老者问道。

“在那里。”有人指向苍狼王的尸体旁。

“可惜了，出头椽儿先朽烂。你很不幸，安息吧。”金发老者嘿嘿笑着拔出了枪，准备将楚风的尸身打烂。

楚风身上血迹斑斑，有的是大战时从嘴里咯出来的，有的是溅上去的狼血，它们染红了他破烂的衣衫。但是，除了虎口被震裂了之外，他身上并没有其他伤口。

“他看起来很年轻，居然这么强大，真是出人意料啊。”一名金发女子舔了舔红唇，道。她也是头领之一，说话的语气好像略带遗憾。

她也抬起了手，准备补上一枪。

“啊！”就在此时，许多人发出了一声大叫。

因为，楚风忽然坐了起来，他睁开眼睛，冷漠地看着所有人。

“天啊，他……他怎么复活了？！”

他衣服上的弹孔太多了，上面还染着血，众人看了他一眼，便以为他早已死去，怎么也没有料到他会活过来，所以每个人都吓了一大跳。

要知道，这可是敢杀并且真的杀死了兽王的人。

顿时，几个头领一个个如坠冰窖，浑身发毛，惊悚万分。他们很快意识到出了大问题，于是反应极其迅速地立刻开了枪。

然而，所有子弹都落空了。楚风的速度太快了，来的时候仿佛带着阵阵狂风。

“噗噗噗……”

楚风神色冰冷，手持黑色短剑横扫过来，眨眼间便倒下了一片。

这里几乎都是异人，却无人挡得住他。几个头领反应迅速，快速逃遁，想要离开。

一个拥有东方人面孔的头领被楚风追上了。楚风一剑扫来时，他大吼着转身迎击，可惜他根本不是楚风的对手，结果当场丧命!

“天啊……”另外几人都惊呆了。

在跟苍狼王大战之后被狙杀，楚风怎么能忍受？他恨透他们了，不管是东方人，还是西方人，他都不会手下留情。

此时，陈洛言、叶轻柔也杀到了，目标就是这几个头领，结果却看到楚风死而复生，正在这里大开杀戒，他们顿时震惊得眼睛都直了。

“天啊，老大复活了！”杜怀瑾与欧阳青在远处怪叫道。

楚风实在太快了，如同魔神一般。那里足有数十上百人，结果被他一口气干掉了过半人马。

“看不清他的动作，怎么感觉比之前更勇猛了？”

“废话，这些人又不是兽王！那人可是敢杀苍狼王的狠角色，杀这些人还不是轻而易举？”

楚风“复活”的消息震慑了山林里的所有人，一时间无人敢妄动，都怕因被误会而丧命。而且，不相干的人都在后退，他们不想再在这里待下去了。

“噗！”

另一个东方人头领被楚风一脚蹬在脊椎骨上，整个人横飞了出去。

“魔鬼啊！”那个金发女头领大叫道。

她实在是被吓坏了，根本就生不出一丝对抗的念头。下一刻，一对羽翼浮现在她背后，她整个人瞬间冲天而起，却被叶轻柔拦住了去路。

“天啊……”

就在此时，很多人失声惊呼，因为，他们看到楚风脚踏一座矮山，直接冲上了高空。

“去杀那些逃走的人，这里交给我！”楚风说道。

跃到高空中的他极其迅猛，一拳轰了过去。

“啊……”

那金发女子吓得大叫，脸上血色全无。在她看来，这个人就如同魔神一般，她根本无法力敌。

按照黄牛的划分标准，她最起码是觉醒境界五段的高手，结果现在却被楚风震慑住了，显得慌乱无比。

“砰！”

楚风一拳打穿了她的胸口，之后，他甚至都没有再回头看她，任她坠向一片山林之中。只听金发女子惨叫一声，丢了性命。

叶轻柔身在半空中，心脏咚咚咚地剧烈地跳着，这样的绝杀让她都有些心里发毛。不过，她没有耽误时间，立刻转头冲向了远方，去追杀那些逃走的人。

杜怀瑾和欧阳青怪叫连连，他们觉得楚风太彪悍了。

陈洛言也离开这里，一路追杀了过去。

山林中的其他势力的人都胆怯了，不敢待在这里，纷纷悄悄后退。

现在，苍狼王附近只剩下那名金发老者和中年金发男子，其他人都被击杀了。不是他们不想逃，而是被楚风追回来了。

一时间，这里静悄悄的。

“别杀我们，我们可以告诉你一个天大的秘密。”金发老者说道。他没有任何办法了，只能心惊胆战地尝试和楚风沟通。

楚风一脸冷漠，没有说话。

“我们知道一条密道，只要穿过一个满是迷雾的峡谷，就可以瞬间从西方抵达这片土地。”金发老者快速开口。

穿过一个迷雾峡谷，东西方就能贯通起来？

这让楚风心头一惊，这绝对是大事件。

“不过你得先放我们走，等我们到达安全区域后，我才能告诉你那个峡谷在哪里。”金发老者咬牙说道。

“不想说就死，逃向山林的人那么多，总会有人愿意说。”楚风平淡地说道。

金发老者见沟通无效，长啸一声，之后身体快速变化——他的头上生出恶魔角，身体覆上黑色鳞片，体形也变得庞大起来。

而那中年金发男子更是怪异，身体变成了银白色，还闪烁着金属光泽，只见他猛然冲来，要跟楚风拼命。

这两人的确很强，但在楚风面前根本不值一提，两人瞬间被震得浑身龟裂，大口咯血。

“噗噗！”

楚风毫不留情地结果了他们的性命。

战斗结束！

楚风接连大战，消耗了太多体力。他的身体极其虚弱，坐在苍狼王尸体上大口喘息。

欧阳青来了精神，开始继续拍摄，不过楚风没让他拍自己。当外界的人们突然再次看到直播画面时，不由得一阵紧张，都死死地盯着屏幕。

“啊，这是……”

地上是一具又一具尸体，场面有些吓人。

“天啊，这不是西方那边的通缉犯吗，怎么会出现在大山中？”有人惊叫不止。他们认出来了，那几个西方头领正是多年来的通缉要犯，如今竟都成了异人。

“刚才是他们放冷枪？”

“可是他们现在都死了，这意味着……”

外界很多人都在猜测事情的走向。

叶轻柔与陈洛言一路追杀，将剩下的人追赶到了大山外，好不容易杀得差不多了，没想到又有一队人马冒了出来，想接应剩下的那些人。

只是，后面发生的事让那批人都胆战心惊。大山外传来了武装直升机的轰鸣，有武器开始疯狂地扫射他们。

军队出现了，将他们层层包围了！

这批人并不知道，大山中的事被直播之后惊动了各方，不仅普通人激愤不已，就连军队中的人都发怒了。

自从苍狼王在这里被核武器“杀死”后，为了避免发生意外，山外远离辐射区的地方一直有军队驻扎，刚才他们得到消息后，就第一时间派军中的异人赶来了。

可以说这批人很倒霉，想逃都逃不了。

“经查，他们的头领是西方的通缉犯，还有，他们掌握了一条秘密通道……”

俘虏了这些人后，得到的消息令军方震惊。

第54章

新霸主

山林终于安静了下来，再没有人敢在苍狼王周围窥视了，全都被吓跑了。

跟刚才厮杀时的紧张气氛相比，山林中一时间变得太安静了。

杜怀瑾与欧阳青费了很大力气才心惊肉跳地将苍狼王那一对可怕的雪白獠牙从山壁中挖了出来。

这是苍狼王临死前的最后一击。它射出的这对獠牙击穿了巨石，撞进了山壁，简直无坚不摧。

獠牙足有一米多长，比手臂还粗，拿在手中觉得特别重。

如果不是因为苍狼王再生失败的话，它们还会更粗大。

“我怎么感觉獠牙当中蕴含着某种神秘能量？”欧阳青怀疑地说。

楚风接过去，点头道：“的确生机勃勃。”

他猜测这跟苍狼王的再生有关，它的再生使得獠牙中蕴含了某种生命气息。这样一来，他们可以将这对獠牙打磨成坚硬的武器，还能制成坠饰。他决定用它给父母打磨一些串珠佩戴在身上，那样肯定会对身体大有好处。

这是兽王，身上的任何一个部位都具有研究价值。别说那些财团了，就连各国都很眼红，想要得到它。

叶轻柔与陈洛言回来了。他们一路追击，战果颇丰。他们并未将那些人全部消灭，总要留下一些活口进行审讯，所以他们把剩下的人都交给军队处理了。

这一次苍狼王被楚风斩杀，想不引发轰动都不行，可以想见，外面必然已经掀起了巨大的波澜。

叶轻柔等人盯着楚风，刚才的战斗画面仿佛还在眼前，这让他们看楚风的眼神像是在看怪物一般。

“行了，什么都别说，先干几碗兽王血！”楚风说道。

话一出口，几个人都快笑晕过去了。

楚风也哈哈大笑起来。他让几人找来水壶，接苍狼王的血。

等军队带着专人赶来时，正好看到这几个人在碰杯。

一名头发花白的老者被惊呆了，他从没见过这么心大的人，竟直接喝兽王血，这也太强大了。他是国内某个超一流实验室的负责人，他带着一群人跑得气喘吁吁的，脸都白了，此时更是吓得魂都要飞出来了，慌忙大叫道：“喝不得啊，兽王血不经过处理的话，对身体有害无益！”

现在兽王血极为稀有，国内的几个超一流实验室都想研究出成果，竞争异常激烈，任何一滴血在他们看来都是无价的。这几个人倒好，竟要用这么大的水壶直接饮血，这实在是能吓死人。

“真不能喝？”欧阳青狐疑地放下水壶。

事实上，他们几个也不是真的想直接喝下去，都怕出问题，刚才不过是在故意试探而已。

“兽王血的确可以让人进化，但是需要提取出有效物质，并配上一些其他的药物，不然效果不大。”老者耐心地解释道。这几个人是大功臣，他不敢怠慢，而且上面早已发话，兽王血中的有效成分被提炼出来后要第一时间给这几个人服食。

楚风坐在远处，重新穿上了叶轻柔帮他找来的防核服，并戴上了头盔。

楚风并不想被人围观，但事实上，一群人都在好奇地偷瞄他。一个人独自斩杀苍狼王，这种战绩简直要吓死人。

连军队中的异人都很激动，如果不是要严守纪律的话，他们早就跑过去跟他说上几句表示敬佩的话了。那些科研人员的眼神也十分热切，尤其是那个超一流实验室的老者，直接朝着楚风奔去了，眼神火热得吓人。

“老头，你别过来，什么都别说！”楚风警告他。因为楚风看到那种炽热的目光后，已经猜到接下来会发生什么了。

一群人都很无语，因为他们也猜到了老者想要做什么。

老者激动得话都说得结结巴巴的。果然，他的确希望楚风能提供一些自身的血液，让他带去化验，可是，他没法强求！

“想都不要想！”楚风再次警告那名老者。

一群人都忍不住笑了。

老者张口结舌、呆若木鸡。要知道，平日里可没人敢拂逆他，基本上都是有求必应的，但现在那人既然都这么说了，他也没辙。

一大群科研人员迅速地处理着苍狼王的尸体，他们带来了专业设备收集正在流淌的血液，以保住其活性。而后，他们赶忙装运，不敢有任何耽搁。

“老先生，你好好研究，早点提炼出精华物质，我还等着服食王血好进化呢！”欧阳青殷切地叮嘱他。

“等一下！”楚风开口了。看他们在装运狼尸，他表示想留下一条狼腿。

科研人员不解地看向他，当知道他想在这儿烤一条狼腿吃后，脸都吓绿了，一起挡在那里，不让他靠近，并连呼他这是暴殄天物。

最后还是那个老者有办法。他告诉楚风，苍狼王被核武器攻击后，通体都被污染了，而且程度比较严重，吃它的肉跟吃砒霜差不多。

楚风看向自己的同伴，结果杜怀瑾、欧阳青、叶轻柔、陈洛言都拼命摇头，死也不肯吃。

“那算了吧！”

最后，他将一对獠牙扛走了。

实验室的人心疼得要死，恨不得哭给他看，结果还是没拦得住，只能眼睁睁地看着。

这些人太郁闷了，在之后很长的时间里，他们都在那里注视着他离去的背影。

当日，楚风秘密乘坐一架飞机前往北方的雷天城了，而叶轻柔、陈洛言等人则暂时留下来跟军队的人接洽，告知他们战斗的经过与详情。

外界沸腾了，跟兽王独自决战的那个人引起了大家的好奇。

“他是谁？”

这是所有人都想知道的问题，就连姜洛神和林诺依都在一遍又一遍地观看屏幕上的战斗画面。奈何当时那个人一开始戴着头盔，看不真切，而头盔被苍狼王打碎后，那里又烟尘滔天，所以很难看清他的真容。

很快，消息传到了国外，各国都眼红了。那可是一头兽王啊，具有不可估量的科研价值，他们恨不得抢走。当日，军部有人出面跟国外联系，将楚风杀死的那几个头领的照片传了过去，向他们索要悬赏。

因为，那些人都是在国外被通缉了多年的罪犯。

那边的人得到消息后一阵无语，都不知道说什么好了，心想，你们都得到兽王了，还在乎这么点悬赏吗？

飞机上，楚风在使用大雷音呼吸法调理身体，效果十分显著。他的身体在跟呼吸法发生共鸣，一时间，脏腑晶莹，骨头颤动，就像在被雷霆千锤百炼，而后排出了极其细微的杂质。他的虎口周围有瘀血溢出，随后光泽流动，伤口迅速愈合了。

不久后，他的通信器响了，是黄牛主动联系他，要跟他视频。

“哞！”黄牛的眼神怪怪的，一直盯着他，显然，它也看到了那段战斗画面。

大黑牛也凑到屏幕前，盯着楚风，道：“小子，可以啊，居然把那条土狗给干掉了，马马虎虎，有一丝我年轻时的风采！”

“黑老大，你年轻时，是几百年前还是上千年前啊？”楚风借机询问它的真实年龄。

“屡教不改！你小子等着，我回雷天城后非灭了你不可！本座牛魔王，不是黑老大，也不是大老黑！”大黑牛恼火地说道。

楚风干笑，这两个称呼太顺口了，每次他都会不由自主地喊出来。他解释道：“牛魔王老大，我没别的意思，就是想知道你是什么年代的前辈。”

“你不知道年龄对我辈来说意味着什么吗？那是秘密！”大黑牛不告诉他，而后，它嘿嘿笑道，“告诉你一则好消息。”

楚风闻言，顿时来了精神，让它快说。

“我听到了一些小道消息，有兽王放话，说一定会宰了你！”

楚风的脸色当即就变了，道：“哪只老家伙惦记上我了？”

他的确心惊胆战，感觉情况很不妙。

“吓一吓你而已，免得你变得飘飘然。不过你真得当心，出头的椽儿先朽烂，自己留意吧。”大黑牛告诫他。

楚风郑重地点头。

“你们在昆林山怎么样，我也想杀过去了！”楚风问。

“你过来吧，这边肯定有兽王盼着你来呢。”大黑牛不怀好意地说。

“楚风，快来啊，昆林山跟以前完全不同了，远远看着似乎有神殿若隐若现，可我们就是攻不上去！”周全叫道。他特别希望有个人过去跟他做伴，因为他平日见到的都是妖怪，真是太怀念人类社会了。

……

他们谈了很长时间，直至楚风的通信器耗尽电量。

第二日还没有天亮，楚风就顺利地回到了位于雷天城的家中。他没有休息，而是迎着朝霞练起了特别的呼吸法。

战斗时，他可以不断使用这种呼吸法，但真正想促进体质进化时，就只有每日的早晚两个短暂的时间段有效了。

金色阳光将他包裹，蓬勃的生命气息弥漫开来，等他停下来时，虎口上的伤已经痊愈了，连疤痕都没有留下，这极为不同寻常。楚风进一步意识到，这种呼吸法太超凡了！

王静与楚致远发现他回来后，就将他堵在了房间中。

“臭小子，你躲在外面不敢回来，是不是真的把人家小姑娘怎么着了？”王静揪住他的耳朵，质问道。

在母亲面前，楚风什么脾气都没有，他龇牙咧嘴的，被残酷地“镇压”了。

“妈，我绝对没有骗你，那姑娘眼光太高，看不上我。”楚风一边辩解，一边还不停地让王静松手。

“胡说，她姑姑告诉我，昨天晚上那姑娘还和你联系了呢，结果你不理。我觉得吧，这事还有戏！”王静说道。

“怎么可能！哦，我想起来了，我的通信器昨天白天就没电了。”楚风皱着眉说。

清晨，夏千语跟姜洛神通话时，语气带着怨念地说道：“洛神，那色狼肯定把我拉进黑名单了，昨天晚上和今天早上都联系不上他，真是气死我了，他居然先主动拉黑了我。对了，你找他到底有什么事？”

“我想再帮你看看，把把关，看你们到底适不适合再继续相亲下去。”姜洛神答道。

“找打吧？还要我跟那色狼有来往？！”夏千语发出尖叫，而后她露出了古怪的神色，问道，“洛神，该不会是你自己想要和他相亲吧？”

“想什么呢，再联系下试试！”

当王静去做早餐，只剩下楚风父子二人后，楚致远的神色立刻变得极其严肃，问道：“杀掉苍狼王的人是不是你？”

直播画面中的那个人虽然穿着防核服、戴着头盔，但经过反复观看后，他怀疑那是自己的儿子。

王静没有往那方面联想，她一直以为楚风在玉虚宫。

昨天，楚致远没敢将心中的怀疑告诉她，怕她担心。

“是我！”楚风点了点头。他没有想到自己的父亲竟然会这么敏锐。

他也怕别人认出他来，所以事后他也观看了那些战斗画面，但当时他穿着防核服，让他的身材略显臃肿，而且还有头盔遮挡着面部，虽然最后头盔破碎了，但是战场上沙尘弥漫，一片模糊，所以他觉得即便是熟人也不可能认出他来。

“那太冒险了！”楚致远无比担心地说道。看到楚风安然无恙地归来，他也很震惊，自己的儿子竟然这么强？

“如果没有把握的话，我不会去。”楚风尽量让自己看起来很轻松，笑着说道，“我给你们带了好东西回来！”

他从床底下取出一对硕大的狼牙，道：“回头我拿去店里打磨打磨，做成珠串、坠饰等，给你和妈都戴上，保准养生！”

楚致远看到狼牙这么粗大，觉得相当震撼，可以想象那头兽王有多恐怖。

“现在外界肯定有很多人都在猜测杀兽王者的身份，我能认出，估计也会有其他人怀疑。”楚致远说道。

“你是我爸，知道我的底细，自然可以猜出来，但他们没那眼光。”楚风笑嘻嘻地说。

“你打开通信器，看看都有谁在找你。”楚致远说道。

楚风点了点头。充电后，他打开了通信器，顿时有点头晕。未接来电太多了，比如林诺依的、夏千语的……随便看了一眼，他就有些头大。

“怎么样？”楚致远看向他。

楚风皱眉，道：“被你猜对了，好多人找我！”

“别担心，不可能那么多人都猜到了。”楚致远说道。因为就算是他，也是看了好几遍视频才怀疑到自己儿子身上的。

楚风点头表示同意。在楚致远离开他的房间后，他拨了林诺依的通信号码。

“你在哪里？”林诺依问道，虽然她气质略冷，但她的声音十分动听，并且带着磁性。

“雷天城。”楚风笑道，并告诉她，昨天他的通信器没电了，所以没接她的电话。

很快，林诺依发出了视频请求，楚风自然果断同意。

屏幕上出现了林诺依的身影，她的一双美目深邃无比，俏脸白皙，容貌挑不出一点瑕疵，称得上美丽脱俗。

“真是赏心悦目。”楚风笑道，眼中带着欣赏之色。

林诺依移动脚步，来到窗边。

一瞬间，楚风觉得更加惊艳了。

阳光从窗外洒进来，让林诺依的脸上有了一层光彩，就连发丝都被一层金色光晕笼罩着，整个人都显得十分神圣。此时，不要说楚风了，任何人看到都会觉得她美到极致。

“喂，我的双眼又被你晃到了。”楚风说道。

“这是你的房间？”林诺依问道。

“是，我这里没什么隐私，你随便看，保证没有金屋藏娇。”楚风嘴上这么说，眼睛却在拼命地向林诺依那边张望。

林诺依问道：“你在看什么？”

“当然是你的闺房，我还没进去过呢。”楚风相当自然地说道。

林诺依沉默，但接着，她落落大方地用通信器拍了一遍，让他看得更加仔细。

林诺依的房间非常大，干净而整洁，同时也很温馨。

“咦，为什么……”楚风反倒心生狐疑。

“你是想说，我气质偏冷，为什么房间的色调却偏暖吗？”林诺依微笑着道，神情如在冰雪中绽放的娇艳花朵，无比灿烂。

楚风自然不会错过欣赏这种美丽的机会，嘴里却说着不一样的话："不是色调的问题，而是，为什么你的房间收拾得那么整洁？不是说闺房里到处都是各种长袜什么的吗……"

林诺依直接瞪他，暗想，这家伙……压根就没变过！

"好，好，好，我不说了，真是遗憾，什么都没看到。"

"让我看一看你的手。"忽然，林诺依开口了。

楚风闻言，将通信器放在书桌上，伸出双手给她看。他的手指白皙而修长，他还相当自恋地问道，"不错吧？"

林诺依仔细地盯着他的手。

"是你吗？"她像是在轻声地自言自语。

"必须啊，肯定是我！"楚风答道。

"诺依！"就在这时，林诺依的房间外传来敲门声，有人找她。

"我妈找我。"林诺依小声地说道。

"咱妈什么样子，让我看一看呗。"楚风嬉皮笑脸地说。

"嘟！"那一边，林诺依立刻结束了通话。

"吃饭！"王静喊楚风吃早饭了。

"来啦。"

吃完早饭，楚风回到了自己的房间。他决定先看新闻报道，了解一下此战的风波与影响，然后再去回复那些人。

果然，人们都在猜测到底是谁杀了苍狼王。

一则来自军方的报道里说，斩杀苍狼王的强者并未被人偷袭杀死，而是一直好好地活着，只是跟苍狼王大战时双手受伤不轻，虎口等部位开裂了。

"这样啊。"楚风揉了揉太阳穴。

"那是一个世外高人、隐修的强者。你们看到他的拳法了吗？太老到了！据很多老拳师说，这个人最起码练拳九十年了！"

"别扯了，练拳九十年？那他得多大岁数啊，难道已经是百岁老人了？那个年龄段的人连走路都不利索了，还怎么去搏杀？现实点吧。我倒觉得那个人身手矫健，充满朝气，绝对是一个年轻人！”

“胡说，服食异果可以让人增加寿元，正因为如此，只有练拳百年以上的老宗师出世，才能有如此无敌的实力！”

“越说越扯，刚才还说练拳九十年呢，怎么现在又变成一百年了……”

网上的这些热门讨论，楚风看得津津有味。这还只是其中之一的热门话题而已，网络上还有更多关于大战的说法。当然，也有很多新奇的观点出现。

“这个人练的是形意拳，你们看到了吗？他脊背紧绷如一条大龙，而气势却若虎，唯有形意拳可以囊括这些！”

“不懂拳法就不要乱说，那分明是八极拳好不好！”

“胡说，那是糅合了八卦掌、太极拳的高深变种散手，你们都是外行！”

……

终于，军方的人站了出来，明确告知各方，出手的是一个精通古武的年轻人！这算是唯一比较权威的发言了，最起码比其他猜测要靠谱多了，顿时引发了巨大的轰动。

一个年轻人？这瞬间让很多人备受激励，原来人类并不需要练拳数十年就能有这种成就！

人们预测，古武将要大兴！

“哪里可以学古武？”

“斩杀苍狼王的那个人是我的目标，从今天开始我也要精练古武！”

……

就在这个时候，史山剑宫、凌山大林寺适时传出了声音，说要广招门徒，还声称会传授神秘古武。

“凌山大林寺、史山剑宫的确是很好的选择，传说这两地在古代都是武学圣地，值得投奔！”

“虽然是异兽，但是它们并未伤人，尤其是史山剑宫的仙鹤还帮助过我们人类。”

这绝对算是意外，古武即将大兴，凌山大林寺与史山剑宫也因此而变得备受瞩目了。

等楚风将各种报道都看过一遍后，太阳已经升得很高了。突然间，一则新闻出现，所有人都震惊了！

“宝峦山大战落幕，一位新霸主崛起！”

这么醒目的标题，想不引起关注都不可能。

事实上，它的确是一则重大新闻，这才从铺天盖地的关于杀苍狼王的报道中冲出，成功地吸引了所有人的目光。

继凌山、史山后又一座名山被占据，新的霸主诞生了，还击败了各方人马。

所有人都心头剧震，迫不及待地想知道究竟是哪一股势力成功崛起了。

让人遗憾的是，依旧不是人族！

不少人发出叹息，斩杀苍狼王的喜悦与激动也少了几分。

宝峦山是天下名山之一，颇有来头，这里自古至今都笼罩着神话的迷雾。据传，这里曾经不仅居住着古仙，更有不少闻名于世的神仙来此地问道。

宝峦山在天下名山中绝对能占据一席之地，有着非同一般的地位。此外，传说这里还是人文发祥地之一。可是现在，它被占据了，而且依然是被异兽占据的。

很快，许多人纷纷惊呼出声。因为这位霸主有点另类，让人觉得有些无语。

这是一只山龟，无论是跟大林寺那只会诵经的老猿相比，还是跟史山剑宫的那只仙气弥漫的仙鹤相比，都显得略微缺少了一些“底蕴”。

人们从未想过，一只山龟也能击败各路强敌，成为霸主。

“别看不起这只山龟，它可不一般。大家仔细看一看这则最新报道吧，不仅先秦研究院、通古联盟等人族大势力败了，就连那些兽王也都铩羽而归。”

楚风点开链接，看到了这则很详细的报道，而且最下方还有配图。

跟其他兽王相比，这只山龟的体形不大，也就一米多长，通体呈黄铜色。

“你们仔细看了吗？龟甲上的那些纹路像极了八卦图啊！”

人们看了龟甲上的纹路后无不倒吸凉气。何止是像，简直是一模一样！看来这只山龟当真了不得，龟甲上竟然有八卦图。

事已至此，各大财团也知道隐瞒不下去了，于是各自道出了一些真相，证实了宝峦山霸主的实力确实非常恐怖。

他们透露，最近这些天里，围绕这座名山发生了多场激烈厮杀，且多场大战中都是兽王冲锋在前，但是根本就奈何不了这只山龟。

它刀枪不入，热武器很难伤到它，兽王们可以撕裂山峰的力量在它的龟甲上竟然无法留下任何痕迹，可以说，它的防御力异常骇人。

尤其是到了后来，山龟开始反击了。它通体都闪烁起了黄铜色的光，而且它的动作也不再是慢吞吞的，而是开始横冲直撞，将几头兽王都轰得直吐血。

那几头最凶狂的兽王也都没辙，先后负伤，最后承认了它的霸主地位。

至于人类高手，更是无法破防，打不赢它，最后各方都只得无奈地退走。

“这个世界太疯狂了，我有些看不懂了。”有耄耋老人一边发出长叹，一边在那里神神道道地自言自语个不停。

“这只山龟最起码活了上千年吧？”有人猜测。

“必然啊，它积淀了千年，在天地变异后才崛起。”

很快，有了关于宝峦山的最新报道，还有非常清晰的视频被传到了网上。

视频中，山龟直立着身子，不细看的话，就像是一个老人正背负双手。它的四肢较长，完全可以做出这个动作。它身高一米五左右，站在宝峦山上，背着一个黄铜锅一样的带着岁月气息的龟壳。

“自今日起，宝峦派成立！”山龟口吐人言，声音十分苍老，宣布了这一则惊人的消息。

继大林寺、史山剑宫后，宝峦派成立了。

山龟虽然话不多，但是简单的话语中蕴含了惊人的信息，它坦言自己掌握着宝峦古法，可以传给有缘者。

不管是人类还是异兽，任何物种都可以拜入宝峦派！

“真是了不得！”楚风自言自语道。就在这时，他的通信器响了，有人联系他。

第55章

七大门派

“夏千语？”楚风露出惊讶之色，这姑娘怎么突然找他找得这么积极了？

要跟他继续来往？楚风可没那么自恋，上次他可是把这姑娘气得不轻，当时看她那张牙舞爪的样子，都要跟他拼命了。

这姑娘眼睛大大的，留着学生头，有种很纯净的美，看起来不像是心思复杂之辈，应该不可能猜到他的身份才对。

姜洛神！楚风估摸着多半是菩提基因的那位大小姐撺掇的，那可是一位厉害人物，非常精明。

通信器的铃声响了很多遍，楚风才接听。这样一来，对方猝不及防，所以他一接起就直接听到了那边的声音。

“气死我了，这色狼居然不理我，我前前后后都联系他四次了……”说到这里时，她显然意识到了什么，赶紧闭嘴了，因为她发现这一次竟然打通了！

“吃霸王餐的妹子，你在吐槽什么呢？”楚风开口了。

一听到“霸王餐”这三个字，夏千语就特别想打楚风，因为她上一次实在太难堪了。

“姓楚的，你别欺负人！”

“我怎么欺负你了，你倒是说清楚啊，别又让你姑姑误会我。对了，你先看一看你姑姑是不是又在偷听呢，免得回头她又跟我妈告状。”

“啊，姑姑你怎么还真在门外啊？”夏千语吓了一大跳，赶紧将姑姑推回了她自己的房间。

“楚风，你今天有空吗？能不能出来一趟？”夏千语小声地问道，显然是怕被她姑姑听到。

楚风不想出去，所以随口打着哈哈道："今天不行啊，我身体不舒服。"

主动约他居然被拒绝了，夏千语既尴尬又羞恼。如果不是姜洛神非要她将人约出来的话，她是死也不会跟这个色狼联系的。

她咬着牙忍了又忍，最后决定再努力一把，把他骗出来。

因为她仔细想过，姜洛神应该不会那么花痴才对，估计是要收拾他！

"我想了想，上一次是我和洛神不对，我们不该对你有偏见……"她努力克制着自己的情绪，昧着良心说道，就连她自己都觉得快要编不下去了。

听到她这么说，楚风在通信器这头偷着乐。他知道她不是真心的，只是想将他骗出去而已，所以他一听到她道歉就直接笑道："我接受你的道歉。就这样吧，我先挂了，我的身体实在是不舒服，要去休息了。"

"嘟嘟……"

夏千语的耳畔传来了忙音。她的脸顿时变得通红，实在是被气坏了。她无比抓狂地跟姜洛神打电话："姜洛神！为了帮你约人，我都要被气死了！我白白给人道歉，结果人家坦然接受后就直接挂了通信器，为了你我好丢人啊啊啊……"

"你是说他身体不舒服？有门道。再接再厉，一定要将他约出来。"姜洛神的声音有些异样。

"不去！要去你自己去！我死也不要跟他通话了，这辈子都没这么受过气！你喜欢他的话就自己去联系他吧！"夏千语感觉太丢人了，再也不想跟楚风联系了。

"喂，喂，喂，臭丫头你乱说什么嘛！"姜洛神纠结极了，真要她亲自出马？虽然不情愿，可是她很想验证自己心中的猜想是否正确。

楚风的通信器又响了，但这一次打电话的不是什么美女，而是玉虚宫的陆通。

"我才回来你就来抓壮丁，我还没来得及休息呢。"楚风不情不愿地嘀咕道。

但随后他还是走出了家属区，朝着远处的那片大院走去。

玉虚宫就在这片大院的地下。

"这老家伙猴精一个，除了想找我了解杀苍狼王的经过之外，估计是还惦记上我带回来的一对狼牙了。"楚风自言自语道。

在路上，他跟黄牛联系，询问苍狼王身上的那些血肉、骨头、獠牙到底价值几何，以便他一会儿应对陆通。黄牛告诉他，兽王血可以让人进化，但也有副作用，跟吃异果的道理相同。

至于狼骨、狼牙等，在现阶段对人类来说，的确算是稀有之物。

听黄牛这么一说，楚风心里有数了。他决定将自己该得的报酬都换成足够多的异土，好让石盒中的那颗雪白饱满的种子再次生根发芽，这才是最重要的事！

楚风渴望来一次大突破。

玉虚宫内。

“这一次你做得很好，玉虚宫自然是不会亏待你的，除了会送你提炼出来的王血精华药剂之外，你还可以去挑选古武秘籍。另外，上面决定重点培养你！”

陆通笑眯眯的，一上来就向楚风示好，表现出一副慷慨大方的样子。

“来点实际的！”楚风说道。

陆通瞪眼，道：“这还不实际？”

“提炼王血精华需要多长时间？”楚风随口问道。他打定主意了，精华一旦到手，就拿到黑市上去换异土。

“怎么也得几个月。”陆通皱眉道。虽然实验室摸索得差不多了，但是提纯并去除有害物质、将其与其他稀有矿物进行混合，以及放大药效等过程都需要时间。

“太慢了。”楚风摇头。

“其实我建议你少服食点兽王血和异果，你应该更侧重于其他东西，比如花粉。”陆通忽然对楚风这样说。

这让楚风心中一动，暗想，陆通也知道这个秘密？难得这个老头子良心发现，居然肯提醒他这一点。

“为什么？”楚风佯装不知。

“玉虚宫、八景宫、碧游宫的三位绝顶强者聚在一起时谈起过，在促进人体进化方面，花粉的效果最佳，而其他的东西都有一些副作用。当然，对于世人来说，这辈子可能体会不到那种副作用，或许只有极个别人达到了很恐怖的高深境界后才会有所察觉。我看你潜力非同一般，这才忍不住多嘴，希望你日后能踏上一条更加顺畅的大路。”

“多谢！”楚风郑重地表达谢意。

“你那一对狼牙留在手里也没用，要不交给那些实验室去处理吧。”

楚风瞥了他一眼，道：“老头子你还真现实，故意假装慷慨大方，而后又告诉我所谓的秘密，其实就是为了这一对狼牙吧？”

“唉，你是不知道现在玉虚宫的处境有多艰难，各种东西都十分稀缺啊！”陆通叹息道。

“这样吧，狼牙我可以给你们，但作为交换，我想要一些异土。”楚风提要求了。

陆通惊讶地问道：“你要那东西有什么用？”

“栽花种草。”

“别瞎说！”

楚风道：“你不是说花粉最珍稀吗？我想自己养一些奇草，栽在院子中。”

陆通语重心长地道：“奇草除了野生的之外，从来没有人能够自己培育成功。”他坦言，各大实验室都在尝试，但是都失败了。

楚风道：“我不信邪。我准备多收集些异土，把各种植物的种子埋进去，说不定就有一颗可以变异。”

陆通露出为难之色，道：“异土很稀有，非常昂贵，各大实验室虽然都失败了，但依旧在锲而不舍地搜罗，所以市面上没有多少异土可以交换。”

“老头子，你这分明是想压价，如果要论稀少程度，异土有我的一对狼牙罕见吗？”楚风说道。

显然，两人正在讨价还价。

“你想要多少异土？”陆通问道。

“一百公斤吧。”楚风觉得，即使那颗雪白饱满的种子对异土的需求量再大，一百公斤应该也足够了。

陆通听后吓得手一抖，茶杯都差点摔到地上，失声道：“小子，你没发烧吧？一份异土就可以让一棵植物变异了，你知道一份是多少吗？只有指甲盖那么大！”

他掰着手指头跟楚风算起了账：“一百公斤异土，大概计算一下的话，最起码也得有几万份，你让我上哪里去找？我最多能帮你找到几百份异土！”

“也就一公斤多一点？太少了！”楚风摇头。

“不少了。”陆通又要跟他算账。

楚风说道：“我也跟你算一笔账。你知道那一对狼牙有多重吗？两颗加在一起有一百公斤！你让我拿两颗稀有的兽王牙齿跟你换一公斤土？”

“话不能这么说，那是异土，不是普通的土！”陆通争辩道。

“那我不换了！”楚风起身。

“等一等。”陆通赶紧拦住他，咬着牙道，“除了我们玉虚宫之外，我再去八景宫、碧游宫走上一圈，然后跟一些实验室联系一下，估计加起来能帮你找到四公斤的异土。”

楚风看着陆通脸上的表情，估摸着这或许是陆通的极限了。

他默默地思索了一下，上一次种子发芽用了大半个拳头那么大的一块异土，这四公斤的异土已经很多了，应该能帮助它生长了吧？

“好，成交！”在楚风看来，狼牙再怎么珍贵，也没法跟那颗种子相提并论。只要它能再次发芽，一切就都值了。然后，他又马上补充道，“不过，你得帮我用狼牙磨一些手串、坠饰，我答应了要送给我父母的。”

“你这败家子！”陆通听了他的话后只想揍他，因为陆通早已知道那一对狼牙有再生之力，非同一般，值得实验室研究。

陆通只离开了一会儿就回来告诉楚风，异土凑齐了。

楚风接过来一看，确实有足足四公斤，但是他立马觉得自己被这老家伙忽悠了，这不是极限，应该仅仅是玉虚宫的收藏，陆通肯定还能再找到一些！

“老头子，还能再找一些吧？”

“没有了，都掏空了！”陆通使劲摇头。

袋子里的有些异土十分特别，足有成年人的大半个拳头那么大，光这些加在一起就快四公斤了。他暗暗感叹，这么大块的异土绝对是曾经有奇异小树扎根的，可以想象玉虚宫的底蕴有多深厚。

陆通摇头，道：“你别乱猜测，虽然这里有这么多大块的异土，但不代表那些机缘都属于我们。有些异土是从兽王的栖居地带回来的，我们也只是收集到了异土而已，果实跟我们无缘。”

楚风释然了。随后，他问陆通，封禅之地如今到底怎么样了。他非常期待那个地方，毕竟那里是历朝历代的人祭天的地方。

陆通摇头，叹息道：“那里的大战太惨烈了，可以说，在天下名山的争夺战中，那里和昆林山绝对是最难争的两个地方！”

但很快，陆通又露出笑意，提到了另外一件事。他声称人类的士气即将大振，不仅是因为楚风杀了苍狼王，还因为另外一座名山即将被人类夺下。

“谁这么厉害？”楚风十分吃惊。

陆通道：“碧游宫的那位。那位当真是勇猛无比，差一点就将一头兽王打死了，所以有效地震慑住了异兽，在那里占据了绝对的主动权。”

八景宫、玉虚宫、碧游宫在远古的神话传说中都是强大无比的特殊存在，三个异人组织居然会取这样的名字，还真是别具一格。不过，话又说回来，那个组织能以碧游宫为名，自然是有几分实力。

同时，楚风不得不感叹，碧游宫的那位果然生猛，如今竟要攻下一座名山了，如果真的成功了的话，必然会极大地鼓舞人类的士气。

陆通道：“所以，你虽然杀了苍狼王，但即便暴露了身份也不用担心，我们这边有了威慑性的力量，那些异兽也不敢太嚣张。”

楚风带着异土回家后心情很激动。他将石盒和雪白种子埋进了四公斤的异土中，等待它再次生根发芽。

次日，接连传来了爆炸性的消息。

谷山被异兽攻下了，有了新的霸主。

那是一只通体金黄的大鸟，有人说它是由金雕进化而成的，也有人说它是鹏鸟。当日，它口吐人言，自称金翅大鹏王，在谷山开宗立派！

这则消息一传出，立马震动天下。许多人都看到过它的样子——通体金黄，体形巨大，跟神话传说中的鹏鸟一样。

据传，金翅大鹏王战力惊人，摧枯拉朽般地横扫了所有竞争者。

它立下的宗派，名为谷山！于是，自这一日开始，谷山派成立。

“我掌古法，有教无类，各族有缘者皆可来聆听大道真义。”金翅大鹏王口吐人言，令天下人震惊。

人们发现，无论是大林寺的老猿、史山剑宫的仙鹤，还是宝峦山的山龟，都秉承着有教无类的理念。

很快，大洱海畔的苍连山传来消息，一头神秘异兽崛起，击败了各路兽王，占据了苍连山，成了那里的霸主。

当日，它同样口吐人言，宣告苍连派成立。

这些消息实在太具有爆炸性了。异兽先后占据了五座名山，而且都成立了门派，这也就是说，大林寺、史山剑宫、宝峦派、谷山派、苍连派都是异兽开创的门派！

玉虚宫内，陆通哑口无言。昨日他还在对楚风说人类的士气即将大振，结果第二日就发生了这种事。

同一日，昆林山也传来了消息。那里的兽王争霸多日后，最终达成了和解，决定共掌昆林山，各自占据一些山峰。至此，昆林山也几乎算是有主了，只是那里情况比较复杂。

接二连三的消息让所有人都震惊了，大家纷纷猜测，天地变异后初期的势力格局算是定下来了吗？

到了傍晚，终于有一则好消息传了出来。

“天大的消息，普梦山被人类强者攻下来了！”

“是太极拳一脉的高手打下了普梦山。”

……

消息传来后，国内震动，人们一下子沸腾了。

据传这是一位宗师，是太极拳传承的宿老，年龄高达百岁，拳法出神入化。

这位宗师在山中休养时有幸服食过异果，故寿元增加，且有了迅猛的进化，不仅变强大了，而且也不再显得苍老，看起来像四十几岁的人。

他本来就是真正的拳法宗师，进化后实力更是不可想象。但他能打下普梦山还是超出了很多人的预料。

人们发现，如今共有七座名山被占据，隐约间像是七大门派。

“凌山、史山、谷山、宝峦山、苍连山、昆林山、普梦山，当中只有一地属于人类。”有人感叹道。

从天地变异开始到现在才多长时间，一切就大变样了。

时代更迭，当某一天人们再回望这段岁月时，它在历史上究竟又会有怎样的特殊地位？

人们很难想象，异兽竟然会成为绝世高手。

虽然众人都觉得太荒谬了，但这就是现实。

“当有一天飞禽走兽拥有不逊色于人类的智慧时，你要么选择适应，要么寻求改变。”一位老生物学家叹息道。

哪怕人们已经接受了天地变异的现实，也还是觉得这一次的事件影响实在太大了。

“众生平等，愿各族安然相处！”大林寺的那只老猿站在千年古刹前双手合十道，如同得道高僧一般。

有人在网络上发出了老猿的祈愿照片与视频，人们发现，已经有人类成为它的弟子了。

接着，史山的仙鹤、谷山的金翅大鹏王、宝峦山的山龟等异兽也表达了相近的意思。

不管它们是出于真心还是另有目的，不可否认的是，它们所统御的领地相对来说更为宁静。

这让人们心生向往，因为其他区域的兽王还在争霸，难得有几处宛若净土的地方。再者，这些地方都在收徒，去了的话能学到神秘古法，让自身逐渐强大起来，这怎么能让人不动心？

神秘人斩杀苍狼王，刺激得古武大兴，而今七大门派出现，人们可以直接拜入山门，学习古武了！

“楚风你在哪儿呢？快过来一起商量一下拜师的事情！”

“疯子，我跟你说，我想去史山，我对剑仙太向往了，想不到世道变了，居然真有剑仙出世了！”

……

这两日间，一些人陆续找上了楚风，有他的发小、高中死党，还有大学时代的好友，等等。虽说找他的主要是他身边的活跃分子，但也足以说明这次事件的影响有多大，居然连这些人都动心了！

网络上更是早已讨论得热火朝天。

“我要去大林寺，那里有千年古刹，有古法经文，更有举世无双的金刚菩提圣树，可以让人变异！除此之外，那里在古时就是天下第一武学圣地！”有人发帖道，词句之间难掩激动之情。

凌山上原本就有古刹，如今更有一头会诵古法经文的老猿，而且还是第一个立派的，这的确会让许多人向往。

“我要去史山学剑仙法！一剑祭出，斩敌首于千里之外，谁与争锋？踏剑而行，纵横于天地之间，那是何等的逍遥自在！”

这个帖子的讨论热度更加惊人。剑仙，那是无数人心中的梦，对普通人来说诱惑力太大了。

“宝峦山也不错，那只山龟说自己掌握了宝峦古法。在上古时期，黄帝都在那里问过道，肯定非同凡响！”

有人发出了这样的帖子，只是讨论热度没有前两个帖子那么高。相对来说，山龟做霸主的宝峦派没有大林寺与史山剑宫吸引人。

“谷山才是理想的武学圣地。你们可曾听闻，金翅大鹏王实力强悍无比，横扫那些兽王，以无敌之势攻下了谷山！”

“你们这些人都忘记普梦山了吗？那里才是唯一由人类强者占据的名山，我们必须要投奔那里啊！”

有人痛心疾首地呼吁人们应该前往普梦山，拜入太极传承人门下，他们觉得那里才是真正适合人类的地方。

“不错，我们绝对应该前往普梦山！”众人纷纷响应，发帖支持。

事实上，现实中但凡距离那些名山近的人都已经开始动身了，一时间出现了拜师大潮。

而更多的人则是觉得羡慕，因为他们距离那些名山太远了，根本赶不过去，所以目前也只有当地人才能接近那些名山。

玉虚宫内，陆通激动无比，口中喃喃自语道：“终于将归无山打下来了，人类强势地逼走了那些兽王，真是太好了！”

人类中的绝世强者碧游宫之主强势登临归无山，击败了各路兽王，还险些当场杀死其中两头，最终成功占据了这座名山。

这条消息引发了巨大的轰动！许多人都已知晓，八景宫、玉虚宫、碧游宫是由国家成立的三个异人组织，那可是跟传说中的三位名人相对应的。今日，碧游宫之主强势出手，杀伐果断，攻下了归无山，这怎么能不引发轰动？

就连国外的人都惊呆了！

根据上古典籍的记载，归无山在仙家十大洞天中排在第一位，地位极其超然。

“这进攻很有选择性啊！”

人们意识到，碧游宫之主选择对归无山出手，一定是看中了它特殊的神话背景。

“天下第一洞天啊，居然被攻下了！”

“这真是天大的好消息，人类强者终于出手了！”

“玉虚宫之主正在攻打封禅之地，据闻已经占据优势了，早晚会将它拿下！”

这样惊人的消息的确非常激励人，同时又震慑了天下的异兽。尤其是人们想到了还有一个八景宫，根据另外两个组织的实力，他们觉得八景宫多半也会打下一座名山，于是更加喜悦了，忍不住激动起来。这样算下来的话，如果一切顺利，人类马上就会掌控三四座名山。

当日，各地的异兽都安分了。即便是在兽王争霸之地，也少有异兽再去骚扰人类。

早先时，有不少人都心存惶恐，担心这个世界将被崛起的异兽主导。谁能想到，仅仅过了两日就已风云突变，人类似乎一下子变得强势起来了。

同样的事也发生在了国外，比如，南方有一位古瑜伽大师，在进化之后以无敌之姿成功收服了一头兽王，坐镇一方，威震整片地域。

这两日听闻这些惊人的消息之后，楚风虽然心中波澜起伏，但生活仍然十分平静。

他见了发小、高中死党等，大家一起吃饭聊天，颇为悠闲。

杜怀瑾、叶轻柔、欧阳青、陈洛言几人都从南桂高原回来了。在小聚时，他们告诉了楚风两则更为惊人的消息。

“老大，那条密道的确存在，真是太神奇了！”杜怀瑾说道。

在西方穿过某条迷雾峡谷后可以直达史地，出口离南桂高原很近！

楚风闻言忍不住发了好久的呆。有这样一条秘密通道贯穿东西方，如果利用不好的话就会出大事！比如，正在西方肆虐的那条黑龙万一沿着密道跑过来了，那情况肯定会非常不妙。

“最近那些兽王可没工夫在西方屠城，都疯了一样地在围攻同一个地方。”叶轻柔讲了另一件大事。

“哪里？”楚风疑惑地问。

最近，西方的新闻报道透露，黑龙、双头犬王等异兽极其残暴，不断杀戮，人类一时间对它们无可奈何。难道有什么真相被隐瞒了？

“各大兽王齐聚迈德冈，将那里团团包围了！”几人告诉楚风。

“那里有一个圣药园！虽然那块区域并不大，但是药香冲天，圣光普照，实在太神奇了！”连不怎么爱说话的陈洛言都发出了惊叹。

之前他们留在南桂高原不断地审问那些西方异人，才得到了这样的消息。

“这么非同寻常？”楚风心头一惊。

叶轻柔点头，道：“比你想象的还要惊人。迈德冈虽然不大，但是无比可怕，各大兽王都攻不进去，全都受挫了！”

“为什么？”楚风惊讶地问。

“在那个圣药园中，有生物从土里长出来，闪现出了令人无法想象的神圣光辉！”陈洛言说。

刚得到这些消息时，他们都觉得特别荒谬，但是那些西方的异人都发誓说自己绝对没有说谎，一切都是真的。

“好惊人啊，种子真的能长出活着的生物？”楚风一时间浮想联翩。

就在当晚，楚风就确信了几人说的都是真的，因为黄牛在昆林山联系了他，基本证实了这件事。

“楚风，干票大的，去吗？”黄牛邀他助阵。

“去哪里？”楚风问。

大黑牛凑到屏幕前，咧着嘴道：“我有一个结拜兄弟最近跑到西方去了，它正在跟一群同道围攻迈德冈。小子，虽然你还很弱，但如果你想去的话，我就算你一个，我们做票大的！你去不？”

楚风听后目瞪口呆。这头大黑牛果然不是善类，结拜的都是些什么兄弟啊，居然参与了迈德冈的事件，真是太凶残了。同时，他也明白了那边急需补充人手，不然大黑牛根本不会叫上他，要知道，他现在还不能与兽王比肩。

“我跟你说，那地方太神奇了，圣药园里花粉漫天，香气笼罩了整个迈德冈，只可惜被结界挡住了。要真能杀进去的话，你就能直接突破，还可以跟各路兽王平起平坐。知道吗，西方的白象王、北方的银狼王，还有昆林山的一批老家伙全都跑过去了，去晚了的话就什么都捞不到了。”大黑牛说道。

“黑老大，我看还是算了吧。等我突破了再去也不迟。那时候，我可就是枷锁境界的高手了。”楚风抵住了诱惑。那么多老妖怪都跑去了，他过去的话，他知道估计就是当炮灰的命。

显然，迈德冈不易攻破，不然兽王还会呼朋唤友？以大黑牛的脾气，肯定早就独自杀进去了，所以，楚风并不看好此行，他不打算去那里。

而且，楚风还劝它们：“黄牛，黑老大，封禅之地的大决战快到了，你们有兴趣过来助阵吗？这要比去迈德冈冒险强！”

大黑牛倒吸一口凉气，道：“封禅之地？那是绞肉场，更适合人类，不适合我等，而且这并不会比前往迈德冈安全，我不去！”

最后，黄牛告诉楚风，它们先去西方，他留在东方，如果它们都能成为兽王的话，就一起出海一趟。

“去海里？”

“是的，海中有些好东西要逐渐现世了，到时候咱们杀过去，碰碰运气！”

视频通话结束后，楚风好长时间都没有说话，一则接一则的消息让他有点消化不了。这简直就是一个信息爆炸的时代，任何一件事都极具轰动性。

“楚风，我们的电影要上映了，名字初步定为《牛魔大圣》。虽然有些竞争对手，但不足为虑。”

不久后，周倚天兴奋地告诉了楚风这个消息，他还说他的电影绝对能激起人们的斗志。

楚风闻言，不禁一阵傻眼，心想，这片子怎么就通过审核了呢？他可是最怕这部片子出来的人，所以现在他直接犯愁了。

很快又有人找他，是一个陌生的号码。他无精打采地接通，问道：“哪位？”

通信器的另一端传来了一个很好听的声音，对方笑着和他打了招呼。

竟然是姜洛神，她说要请他吃饭。

第56章

揭过

“我最近身体不舒服，正在休养。”楚风说道。

姜洛神靠在很高的椅背上，一双修长雪白的美腿有些“肆无忌惮”地架在了实木桌上。虽然受过最好的礼仪教育，但是她私下里很随意，甚至有些叛逆。正是这种性格，让她成了大家公认的女神。

以前她亲自邀约别人共进晚餐时从来就没有被人拒绝过，所以听到这句话时，她的神色略微一滞。

“我这里有一款新型的生命药剂，要不要试一试？它对各种疾病都有效，还能慢慢改善体质。”姜洛神语气平和，让人听着很舒服。她在进行最后的尝试，因为她想尽快见到楚风，了解那个“真相”。

不过，坐在那里的她实际上可没有这么平和，她险些将桌上的一盆花给踢下去。

被人婉拒后还再次发出邀请，这可是头一遭！这让她开始有点怀疑自己的魅力了。

“药剂没用，我得了一种怪病，只有异土才能缓解病痛，可惜我费尽力气寻到的那部分异土快要用完了。”楚风说道。

姜洛神一阵狐疑，那是什么病？她美眸中闪过精光，第一时间做出了判断——这家伙在睁着眼睛说瞎话！

她想也不想，直接开口道：“这太简单了，我这里有一些异土。”

楚风其实只是随口一说，根本没指望姜洛神能这么“上道”。

楚风判断，这个厉害的女人好奇心太强了，她肯定是想弄明白他究竟是不是杀苍狼王的人，想把这件事查个水落石出。

听她这么一说，楚风便同意见面了，毕竟去了他也不用担心会吃什么亏。

“那好，一会儿见。”姜洛神说了个地点，便迅速挂断了通信器。

而后她哼着歌，把助理叫进来，吩咐道：“用一个既精致又漂亮的袋子去收集一点沙子，半斤左右，不要多也不要少。”

接着，姜洛神联系夏千语，告诉她现在自己要去吃大餐，要她马上出来。

夏千语一点也不见外，顿时开心地火速起身，直接奔向目的地。

临出门前，楚风又忍不住去看了一眼大花盆。那里面足足有四公斤异土，但是那颗雪白种子被埋进去后一直都没有发芽!

他觉得异土的总量可能还是有些不够。

“她真的会带一些异土给我？”楚风琢磨了一下，而后自顾自地摇了摇头。

那女人太精明了，而且她目的明确，就是想确认他的身份，不可能真的送出这种大礼。

夜晚的雷天城霓虹灯闪烁，一幢又一幢摩天大楼鳞次栉比，整座城市充满了现代气息，完全就是一座与时俱进的大都市。

然而，城中的人们却可以清楚地看见数十米长的猛禽在远处城外的上空盘旋，此外还有大山紧邻着这座巨城。

一边是原始之地，一边是现代化大都市，这反差实在是有点大。

“那女人？”

楚风一抬头，就在一块大屏幕播放的广告里看到了一个很妖艳的女人，竟然是许婉怡——天神生物的林家的儿媳妇。

“《末日崛起》？”

这是一部即将上映的电影的名字，现在在做宣传，宣传片中就有许婉怡，而且还给了她特写，看上去十分妩媚。

对这个女人，楚风反感到了极致。她不仅对付过他，还派出了异人针对他父母，如果不是他及时回到了雷天城，后果将不堪设想。

“她还算是主演之一？”楚风很纳闷。

显然，因为电影的主题跟目前的大环境十分契合，所以这部片子得到了一些人的支持，他们想借着影片展现出一些激励人心的东西。

“哇，这个姐姐好漂亮！”有个小男孩双眼发光，在旁边喊道。

“不好看，像狐狸精！”一个小女孩叫道。

“你说得太对了！”楚风路过时顺手摸了摸小女孩的头，以示鼓励。

随后，他又在路上看到了大量关于《末日崛起》的宣传海报，发现有很多明星参演，阵容惊人。

这让楚风感觉相当不自在，因为他主演的《牛魔大圣》也要上映了，居然跟这个可恶的女人档期相同，这也太倒霉了。要知道，他对周倚天一点信心都没有，而且参演这部片子的人也都是非专业人士。

楚风相当心虚，要是让那女人知道他参演了《牛魔大圣》这部电影，他岂不是要被笑死？

街上根本就没有《牛魔大圣》的海报，一看就是宣传不到位。这就是周倚天无惧那些竞争对手的表现？

“快看，那边太有意思了。”

“怎么了？”

“出现了一张非常特别的宣传海报！”

楚风听到有人议论，也忍不住侧目向不远处望去。

一般的海报上都是俊男靓女，非常吸引眼球，但这幅海报完全不同，极具颠覆性。海报上是一个留着寸头、皮肤如同黄玉般的男子，容貌只能算是中上等，跟英俊不沾边，他正压在一只野猪身上。这……楚风惊讶得当场呆在了原地。

“这哥们儿太生猛了吧，想走美女与野兽的路线？不过，他是谁啊？”

“看介绍啊，下面有字！”

“看什么介绍，快看那边的大屏幕，有视频，太恐怖、太激烈了。”

大屏幕上浮现出一组画面：一只恐怖的野猪直接将装甲车撞得四分五裂，蹄子踏裂了大地，雪白的獠牙上挑着尸体，当场击杀了许多异人。

“这是真实发生的事？”人们惊悚地问。

因为他们见到大屏幕下方有字幕，写着“卫城山大战现场实录”！

“太恐怖了！”

那是真实发生过的事，这让许多人感觉脊背发寒。

最后，画面一转，海报上的那个短发男子出现了，只有一个镜头——他猛地翻身，将那只野猪压在了身下，十分狂野。

“怎么没有了？以这个画面结束，啥意思？我想知道后续。”有人嘀咕道。

“看啊，有字！”

人们看到上面写着：“这是真实发生的战斗，青年男子为金字塔顶端的四大异人之一——金刚。”

最后，还有一行字，写着：“请为金刚点赞，那一天他杀了很多异兽。”

人们比较熟悉的金字塔顶端的异人只有银翅天神，现在金刚直接上了海报，顿时掀起了巨大的波澜。

“快上网，看详解！”

“怎么回事？”

“网络上都在为金刚骑猪点赞呢！”

……

楚风相当无语。

刚才他还觉得《牛魔大圣》没什么宣传力度，现在却突然发现情况十分诡异。隐约间，他嗅到了一种“阴谋”的味道。海报与大屏幕都是在正面宣传金刚，而网络上则有些变味，竟出现了《金刚骑猪》这样的引导文章，该不会是周倚天故意这么做的吧？

世道变了，四大异人的人气很恐怖，完全不输所谓的大牌明星。

这一次，金刚一出现，网络上便出现了一个热词：金刚骑猪！

仅是楚风走在路上的这么短的时间内，这个热词的搜索量就不断飙升到了一个恐怖的层次，连路上都有很多人在谈论。在这网络时代资讯的传播方式实在太多了，所以金刚的照片瞬间被传开了。

伴着这些热议，金刚参演的《牛魔大圣》也渐渐被人知晓了。

“我感觉这部电影很有意思，一定要去看一看。”

“必须的啊，有金字塔顶端的异人真身出演，而且据说都是实战，再现了卫城山血战的真实情况，我肯定要去观看。”

所谓“四大异人”，是以前在网络上传播开来的说法。虽然人们已经知道了太极宗师、碧游宫之主等人更强，但还是会习惯性地这么称呼金刚几人。

姜洛神约楚风吃饭的地点离他的居住地不算很远，他一路走过来只花了十几分钟。

楚风刚一上楼，就有人将他领到了一个桌位前。

“啊，这色狼怎么来了？”夏千语直接惊叫了起来。

“你再诋毁我的话，今天晚上我保准把你背走，直接带到我家去。”楚风淡定地对她说。

“洛神，你说吃大餐，可没说会请他啊！”

“上次误会比较深，今天我们杯酒泯旧怨。”姜洛神微笑着说。

她身着一袭长裙，将修长的身段衬托得无可挑剔，身材与容貌俱佳。在这一点上，哪怕是她的好闺密夏千语都感觉每次跟她坐在一起都压力太大。虽然夏千语也如花似玉、清纯动人，但在美艳程度上，夏千语的确没法跟她比。

姜洛神起身，拎过来一个精美的布袋。

她想让楚风伸手来接，以便看一看他虎口上是否有伤痕。照她的推算，这才过去两三天，那么重的伤不可能已经痊愈。她更是请教过多位专家，那些人一致认为，斩杀苍狼王的人虎口开裂得太过严重，即便没有伤筋动骨，那种外伤也得养几日才能好，而且那人想要事后不留疤痕，不太可能。

姜洛神只是虚晃了一下布袋，便将它放到了一旁，很自然地说道：“里面是异土，你走的时候不要忘记带上。”

因为她发现楚风没有立刻伸手，而她也不可能马上将袋子交给他，毕竟里面都是沙子，会直接穿帮。

“上次千语的脾气不算太好，但真要说起来，我们双方都有些错。”姜洛神说道。

“我哪有！”夏千语不满地抗议道。

“上次的事揭过，就当重新认识一下吧！”说完，姜洛神微笑着伸出手，就像真想从头认识一样，要跟楚风握手。

她依旧只是想看一下楚风的虎口处是否有伤，一旦看清了情况，她是不会跟他握手的。

楚风相当自然地伸手了。姜洛神看清后，顿时有些呆滞了。她的猜测竟然错了？那只手上根本就没有什么伤痕！

她想找理由搪塞一下，然后收回手，然而楚风手上的动作虽然看起来很慢，但还是握住了她修长的手指，道：“上次的事就此揭过。”

夏千语很直接地问道：“喂，洛神，你不是从来不让色狼占便宜的吗？这次怎么都主动握手了？”她很担心好闺密会玩火，按理说不太可能，可是最近姜洛神总是让她联系楚风，这让她十分不解。

楚风故意误导，道：“我的手受伤了，现在手指很麻木，根本没有占便宜的感觉，让夏千语小姐白担心了。”

“是吗？”姜洛神的脸上露出异色，她第一次觉得，可能真的要揭开真相了。

她很自然地没有松手，借握手的机会仔细地看了又看。

“没有啊。”

楚风的手掌很光滑，不比她的肤质差，跟受伤八竿子打不着。

下一刻，姜洛神反应过来，快速地松了手。她觉得这家伙太坏了，自己又被调戏了。

果然，她看到了楚风的嘴角处快速敛去的一丝笑意。

“楚先生，听说你和林诺依是大学同学？”姜洛神坐下后问道。

楚风知道菩提基因调查了他，多半是发现了很多蛛丝马迹，难怪她会这么好奇，迫切想揭露他的身份。

“是的。”楚风点头。

这顿饭的气氛很微妙，虽然没有火药味，但也谈不上融洽。

“啊！洛神你看，有人……”就在这时，夏千语尖叫了一声，然后将通信器递给了姜洛神，让她看新闻。

网络上有人爆料了。

那是一张照片，背景是卫城山的白蛇岭，姜洛神笑靥如花地跟牛神王站在一起，正密切地交谈，后面还配有文字：“姜洛神与牛神王不得不说的故事，敬请期待后续。”

下面已有一片评论。

“什么意思？”

“我想起来了，以前《王德晚报》就刊出过一篇文章，是关于姜洛神与牛神王的，原来还真有这么一回事啊。”

……

看完这些，姜洛神的脸顿时黑了下来。

夏千语气愤极了，为好闺密鸣不平：“怎么能这样，这些人太坏了，洛神你一定要去告他们诽谤！”

旁边的楚风十分心虚，牛神王不就是他吗？他有点想打人，同时他在心中不停地诅咒周倚天这个臭小子，居然把他也给编排进去了，真不知道到时候要怎么收场。

“你咬牙干吗？”夏千语瞪他。

楚风干笑道：“我……这不是为姜小姐打抱不平吗，这是谁干的？太坏了，有没有道德啊！”

“你会这么好心？”夏千语面露狐疑之色。

“必须啊！”楚风一副义正词严的样子。

姜洛神很少被人这么诽谤。什么叫不得不说的故事？这会让很多人第一时间联想到《王德晚报》的报道。

果然，她随意看了几眼后发现话题被转移了，并且《王德晚报》又跳了出来，在官网上再次开始大肆抹黑她。

这一次，《王德晚报》的标题更加可怕，更惊世骇俗——《姜洛神在安胎》！

就算姜洛神再聪明，再厉害，也气得差点把通信器丢了出去。显然，她被气到了，连呼吸都变急促了。

她快速打开通信器跟人联系，道：“李叔，为什么不能封掉《王德晚报》？”

网络上一片沸腾，不少人在骂《王德晚报》没有道德。但是也有人在分析，认为姜洛神虽然不至于在安胎，但跟牛神王肯定有私情。

姜洛神坐在那里愤恨不已。

突然，通信器的铃声响起，楚风低头一看，手里的刀叉差点坠落在地，来电者正是周倚天。楚风哪里敢接，果断而迅速地选择拒绝接听，同时还若无其事地说：“现在的骚扰电话越来越多了，老是推销一些不正经的东西。”

“你说什么呢？”夏千语气鼓鼓地白了他一眼。

“你难道没有接到过类似的骚扰电话？”楚风淡定地看着她。

夏千语气得想打人，她瞪着一双大眼，道：“你……果然是色狼！”

姜洛神一个人在边上生气，没有心情理会这两人的斗嘴，过了好长时间，她才平静了下来。

楚风赞叹道：“真不错！换作是我，早就去手撕《王德晚报》了。”紧接着，他问，“对了，这家报社什么来头，怎么总是盯着你？该不会是一个叫王德的人创办的吧，难道他追求过你，但是被你拒绝了？”

楚风开始刨根问底，八卦之火熊熊燃烧。

“吃你的饭，少说两句！”夏千语不想让闺密再被气到，因为姜洛神的烦心事已经够多了。

姜洛神忍耐的功夫很是到家，她脸上竟然又挂上了淡淡的微笑，她偏头看向楚风，道：“你和林诺依关系不错？”

“嗯，很好。”楚风点点头。

他知道，对方调查得很彻底，所以瞒着也没有什么用。

夏千语十分吃惊地问道：“你真的认识林诺依？上次吃饭时跟你联系的那个人就是她本人？”

楚风没否认：“早就说了，我没有隐瞒什么，是你对我成见太深。”

“这……怎么可能！”夏千语忍不住嘀咕一声。林诺依跟这个色狼有过一段“往事”，这让她非常吃惊。

姜洛神看着楚风，双眼半眯间，很是勾魂，浑身都散发出惊人的魅力。

不过，她心中却是波澜起伏，不像面上这样平静，因为她感觉楚风身上的疑点太多了。从她掌握的一些蛛丝马迹来看，楚风这个人极其不简单，他该不会就是牛神王吧？

她心中忽然冒出这样一个念头，直接吓了她一大跳！

要不是这几日发生了一些大事，菩提基因对楚风的调查因此中断了，不然她一定可以推断出更多的东西。

“你将所有最新的发现都传给我，继续调查楚风！”吃饭期间，姜洛神发了一条文字消息，吩咐相关的人。

她越看楚风越觉得疑点甚多，到最后脸色都略微有些变了。因为一想到网络上有人编排她与牛神王的事，什么三天两夜，什么安胎，如果牛神王真是楚风的话，那真是要气死她了。

“洛神！”夏千语叫了她一声，并且快速向她发了一条文字消息：“你可别玩火，该不会是你觉得他和你的竞争对手林诺依有过一段往事，觉得新鲜，所以也想试试吧？别犯花痴！”

看到夏千语发过来的话，姜洛神很想打她。姜洛神真是要吐血了，她怎么犯花痴了，哪里玩火了？

夏千语不服气，继续发文字消息：“还说没有，你刚才盯着他的脸看个没完，就算他还算俊朗，但是他那么可恶，你至于吗？你可是姜洛神，你从来没有这样失态过！”

姜洛神终于醒悟过来了。刚才她在猜测楚风的身份，走神了，不免多看了他几眼，但要说她对他有什么想法，那真是笑话。

事实上，她真的很想找人把楚风拿下好好审问一番，如果他真是牛神王，那她非要揍他不可！

最近这段时间，她不断被人编排和牛神王之间有什么故事，那人却从没有现身解释过，太可恶了。同时，如果楚风真是牛神王的话，他就真的有可能是杀死苍狼王的人，这样一切便都能串联起来了。

想到这里，姜洛神很吃惊！她越来越期待后续的调查，想立刻知道他的真正身份。不过，在餐桌前姜洛神表现得很自然，她微笑着看向夏千语，道：“《末日崛起》就要上映了，这可是你的处女作，提前祝你火遍大江南北。”

楚风也笑道：“我在来的路上看到很多宣传海报，有许多大牌明星助阵，对了，也看到你在海报上。未来的大明星，先恭喜了。”

夏千语很开心，她也很期待这部大剧上映，同时她还不忘打击楚风，道：“你不是说你也是演员吗，还主演了一部片子，什么时候上映啊？”

楚风一听，顿时蔫了。他连跟苍狼王大战都不怕，但就是担心那部片子上映后会带来各种糟糕后果。

姜洛神笑得很灿烂，道："不会跟千语的那部片子'撞车'了吧？那你的片子可就惨了，《末日崛起》里面可都是大牌演员，明星阵容极其豪华，可谓神挡杀神佛挡杀佛！"

其实，她哪里会相信楚风真的出演了一部片子，这完全是在调侃他。偏偏楚风还很认真地点头，唉声叹气道："碰上一个破导演，我简直倒霉死了！"

他觉得藏着也没用，这部片子肯定会上映，两人终究会看到他的演出。

姜、夏二人笑得花枝招展，笑容满面，略微有些"放肆"，丝毫不注意形象，显得非常开心。

"你们两个人能不能有点同情心？"楚风不满地嘀咕。

"说得好像你真的拍了一部大剧并且要上映了似的。"夏千语打死也不信他参演了某部戏。

"为什么你们总是不相信我呢！算了，反正到时候你们就会知道，等着看吧！"楚风算是豁出去了，她们俩爱怎样就怎样吧。

姜洛神笑着问道："你主演的那部电影叫什么名字？"

"这……还不能说！"楚风觉得，真要说出来的话，估计他今天晚上就没法从这里离开了，以姜洛神的敏感肯定能猜到更多，她非得跟他拼命不可。

姜、夏二人都笑了，更加不相信楚风了。

但很快，她们就笑不出来了。夏千语惊叫道："洛神，那家伙又在搞事了，天啊，他所说的'敬请期待后续'竟然这么快就来了，完全是想搞爆炸性新闻啊！"

姜洛神听到后吓得花容失色，她实在是被那没节操的《王德晚报》吓到了，怕又出幺蛾子。于是她赶紧用通信器搜索一番，结果这次不是《王德晚报》，而是早先爆料的那个人写了篇报道，标题是《姜洛神和她的白马王子》。

虽然题目不是很令人恶心，没有《王德晚报》那么无聊，但还是让姜洛神恼火不已。尤其是看到里面的照片以及大致的内容后，她真想摔碎通信器，更想不顾形象地打楚风一顿。

照片的背景是青云大厦八十八层，他们三个人上次用餐的地方。画面中的年轻男子看起来很酷，戴着太阳镜，捂着大口罩，跟两个女人坐在一起。

毫无疑问，年轻的男子是楚风，另外两个女人则是姜洛神与夏千语。前者跟蒙面大侠似的，别人认不出，后面两个人的镜头却很清晰。

文章非常注意引导舆论，说姜洛神为了这个男人不顾一切，完全不在乎暴露自己，因为她连太阳镜与口罩都没戴，这足以说明她用情之深！

看完这段话后，哪怕姜洛神再精明厉害，也差点被气得抓狂。

她的太阳镜与口罩分明是被抢走了好不好？当然，重点是这篇文章分明是在胡说八道，故意混淆视听！

文章最后更是发出疑问——这个男子到底是谁？为什么能让姜洛神如此痴情，不惜这样主动追求？想必他的身份肯定不凡，一定要挖掘出来。

至于后面的评论则更是恐怖。

“天啊，反过来了，姜洛神不隐藏自己，那男人反而需要藏起身份，太不可思议了！”

“我的女神，你怎么能这样？太不矜持了！”

“这就是姜女神的白马王子？我看也就一般，还不如我，姜女神你眼光真差劲！”

……

姜洛神真要杀人了，她眼中喷火，瞪着楚风，险些就将餐具全都丢过去。

“不关我的事，我也是受害者！”楚风鸣冤叫屈，一下子推了个干干净净。这件事他绝对不能沾，最起码现在能避则避。

此时，楚风想去找周倚天，把周倚天狠狠地打一顿。这家伙都没跟他商量一下，直接就扔出来这么猛的料，实在可恨。

“都是因为你，太可恶了！对了，爆料人该不会就是你吧？！”夏千语叫道。

“怎么可能，我人还在这里呢！再说了，我傻啊，我还没有结婚，现在就跟你们闹绯闻，我的名声坏掉了，以后还怎么找喜欢的姑娘？我也是这次事件的受害者，懂吗？”楚风再次叫屈。

夏千语听后顿时气得不行，但马上又忍住了，因为她的通信器响了。

“糟糕，是导演找我，肯定是因为这次的爆料事件。”夏千语的心怦怦直跳，接通后，她小声地叫了声“赵导”。

果然，那边传来发脾气的声音：“小夏你怎么回事，在《末日崛起》中你可是以非常清纯的形象出场的，这是片子里最大的亮点，戏份十足，你……你在拖整部片子的后腿啊！”

夏千语吓得不轻。

还是姜洛神镇定，她接过通信器，跟赵导说这没什么，简单几句就说服了他。然后她又动作迅速地联系别人帮忙删帖，但她发现，这次不管用了，她找的那个人不停地搪塞她，显然事情很难办。

“洛神，情况不妙啊，有点棘手！”夏千语帮忙分析，“这些事一件接着一件，这是故意抹黑你，要制造爆炸性的消息啊？”

楚风正襟危坐，没敢发表什么意见，他打死也要先把自己撇干净。更何况，此时姜洛神正死死地盯着他，美眸中带着阵阵杀气。虽然她被称作女神，但现在她真想像暴力女一样打人啊！

突然，楚风的通信器又响了。

他一看，又是周倚天，脸都快绿了，于是赶紧挂断，道：“这些骚扰电话太没完没了了。”

正在家中的周倚天不解地自言自语道：“兄弟，我想跟你分享喜悦，你忙什么呢，为什么不接我的电话？现在的宣传效果实在太火爆了！”

对楚风来说，哪里有什么喜悦之情，他现在遇上的分明是惊悚事件！因为，他都快穿帮了！

姜洛神神色不善地盯着他，问道：“有人打电话给你你怎么总是不接？”

第57章

引爆

“就跟《王德晚报》使劲抹黑你一样，只是我不是女神，也就只有这些骚扰电话找我麻烦。”楚风很淡定地说，同时还不忘戳一下姜洛神的痛处，从而转移话题。

三人实在太闹心了，这顿晚餐已经不能愉快地吃下去了。网络上关于姜洛神的新闻报道一则接着一则，姜洛神光看标题就能气饱。

晚餐结束。

楚风巴不得早点走，他真不想待下去了，怕周倚天再突然联系他。

“我怎么觉得你一副如释重负的样子？”夏千语怀疑地问。

姜洛神闻言，回头朝他看了几眼。

“早就说了，我是带病之身，想回家看看新闻，早点睡觉。”楚风答道。

听到“新闻”这两个字，姜洛神浑身都不自在，毕竟这一晚上都在被这两个字折腾，她忍不住狠狠地瞪了他一眼。

“你故意的吧？”夏千语也很是不满。

“哪有的事。”楚风转身要走，不过他很快又停了下来，看向姜洛神，问道，“姜小姐你帮我带异土了？”

“对不住，拿错了。”姜洛神很自然地将那个精美的布袋收了起来。

“好吧，那就算了。不过，能跟姜小姐共进晚餐，这真是一个愉快的夜晚。再见。”楚风微笑着挥手。

“愉快什么，这家伙绝对是在故意刺激我们，这一晚上我都要疯了！”看着他的背影，夏千语气鼓鼓地道，“今晚真倒霉，各种乱七八糟的事都来了，洛神你被黑惨了。”

姜洛神也一直盯着楚风的背影，心中暗自思忖，难道他真的是牛神王？如果是的话，那就更可恶了！

楚风一回到家中就跟周倚天通话。他还没说什么呢，周倚天就噼里啪啦地说了一大堆。

“兄弟，我一直在找你，想跟你分享喜悦，今天晚上特别顺利……”

“什么喜悦，那是惊悚好不好！我警告你，别让我举世皆敌啊，不然回头我非将你扔白蛇岭去不可！”

“兄弟，这就是你的不对了……”

这是一次痛苦的通话，任楚风磨破了嘴皮子，周倚天都是一副死猪不怕开水烫的样子。

“好了，回头我会注意分寸！”最终，周倚天也只妥协到了这一步。

通话后，楚风了解到周倚天得到的支持力度可不小，因为有些机构认为这是一部纪实大片，它再现了白蛇岭的大战，所以给予了各种方便，这让楚风大吃一惊。

清晨，楚风醒来后便沐浴着朝霞练起了特别的呼吸法。他发现自己的实力每日都有提升，体质不断增强，这样的发现让他心情愉悦。

但这个早晨，有一些人的心情注定不会很好。

金刚吃早饭时终于看到了报道。他一惊，心想，到底是什么情况，自己怎么一夜成名了？

这些天，他一直早起练功，所以实力越来越强，如果有合适的异果，早晚能跟兽王争霸。但是现在，他的心情糟透了，很多人都在为他点赞，不，是为“金刚骑猪”四个字点赞！

金刚看到那四个字时差点将餐桌砸塌。谁干的？太可耻了！

特别是“金刚骑猪”四个字太醒目了。他仔细看了一下，发现在热词搜索榜上，能与之一战者，只有姜洛神一人。

“气死我了！”

最终，“轰”的一声，餐桌塌了。

同样，在这个清晨，姜洛神的心情也糟糕极了。她绝美的面孔阴沉着，简直想一巴掌拍死爆料者。

现在关于她的报道铺天盖地，最可怕的是，关于她的热词出现了好几个，比如：姜女神事发、三天两夜……

“啊啊啊……”姜洛神气得直尖叫。捏造报道者真是太可恶了，她从来没有遇到过这样的麻烦。

这一天，许多人茶余饭后都在热议《牛魔大圣》这部片子，这是目前最好的谈资。

“太有意思了，原来金刚这么威猛啊，我对这部《牛魔大圣》颇为期待，到时候一定要去看一看。”

“卫城山真实一战，原景再现，的确非常吸引人，我也想看一看那条白蛇有多恐怖！”

“哈哈，可怜的金刚和姜女神，这两个人真是太倒霉了！”

“姜洛神背后的男人到底是谁？有小道消息传出，他可能是《牛魔大圣》的主演！”

……

各种议论铺天盖地，众人在谈论金刚和姜洛神的同时，《牛魔大圣》也有了要火的迹象。

很快，《末日崛起》有了压力，宣传力度开始变大。他们效仿这种宣传方式，也弄出了各种噱头来赚足大家的眼球，毕竟他们阵容豪华，参演的都是大牌明星。

不过《末日崛起》这部电影的人气却没能直接盖过《牛魔大圣》，后者虽然是野路子出身，但阵容也绝不逊色。

就在当日，网络上发布了《牛魔大圣》的各种宣传图片，有银翅天神、金刚、姜洛神、林诺依、白虎的妹妹卢诗韵等等，最重要的是还有数千名异人。而且，这是真实的异人大战，不是特效。

周倚天丢出来的这些东西具备爆炸性的威力，所以《牛魔大圣》这部影片在社会上引发了极大的轰动。

“天啊，银翅天神好帅啊！”

“啊？姜洛神也要出现在《牛魔大圣》这部影片中？”

“不会吧，当日那个只露出一张侧身照就引发轰动的女子也会倾情出演？她可是天神生物的大小姐！”

“天啊，我们太幸福了。数千名异人，绝对是真正的大场面，比所谓的《末日崛起》真实太多了，我们必须要支持！”

……

周倚天频频放大招，一次次引爆网络。可以说，这些剧照出现后，《牛魔大圣》的热度便居高不下。关键时刻，周倚天更是丢出了一张模糊的白蛇照片，那白蛇身形恐怖、蛇躯庞大而雪白，隐在白雾中，实在太过惊人。

《牛魔大圣》的这一卖点非常抓人眼球——原汁原味的大战，一切都是真实发生的，绝非特效！这自然引发了巨大的轰动，很多人都在期待这部影片。

所以《末日崛起》剧组压力倍增，没想到半路杀出个程咬金，从导演到演员再到监制等，一个个都沉下脸来。

“不是说他们设备简陋，只拍了一些不清晰的画面吗？怎么完全不是这么一回事？”

“快联系相关的人，想办法阻击！”

……

从这一天开始，两部大片对上了，宣传力度都非常恐怖，还不时有各种盘外招。

《牛魔大圣》的确开始遭遇阻击了，但每次遇到危机，周倚天都会丢出一些重磅炸弹，摧枯拉朽地直接轰了过去。

比如这一次，《末日崛起》的原班人马便做客了某一期非常火爆的综艺节目，只为宣传该剧，用各种爆料来抓住观众的眼球。

周倚天的应对方法简单而粗暴，他又放了一组照片。其中，有牛神王用弓箭射爆武装直升机的画面，还有跟银翅天神大对决的震撼照片。

他在画面上加了特别注释，表明那一切都是真实发生的事情！

“真的假的，用弓箭可以射爆飞机？这男人太彪悍了，牛神王当真神勇啊！”

“战争、玄幻、神话，尽在《牛魔大圣》中，一定要捧场！”

周倚天还一再强调，这都是真实大战，绝非特效。

《末日崛起》的原班人马被气坏了。因为周倚天每次都会特意说绝非特效，很明显是在针对他们的片子，而且，两者一对比的话，这杀伤力的确太大。

很快，《末日崛起》的人反击，开始使用各种抹黑的手段泼脏水。但是，周倚天已经成功激起了人们的期待，许多人自发地维护起了《牛魔大圣》的声誉。

“《牛魔大圣》不倚仗大牌明星，因为这就是真实发生的大战，既壮观又恐怖，堪称一绝，肯定超越所有同期的片子！所以，到现在我都没有公布剧中男主演的真正身份，因为不需要！可是，既然大家一致希望看一下，盛情难却，那就给你们看看！”

周倚天又发了一张照片。照片中，一个男子戴着太阳镜，脸被口罩遮住了，他以一个擒拿动作制住了姜洛神。

这张照片非常吸引眼球，网络上立刻爆炸了，杀伤力大到无边，造成的轰动极其持久。

“这不是和姜洛神一起吃饭的神秘男子吗？天啊，他是《牛魔大圣》的主演？”

“这个人绝对有天大的来头，能让姜女神倾心的，一定很厉害。”

……

网络上一片沸腾，气得姜洛神肺都疼了！她怎么也没有想到这张照片会被传出来，爆料者太可恶了！

这是她跟楚风交手时，他的那个狐朋狗友抓拍的。

此时，欧阳青正跟人吹嘘呢，这是他的功劳，是他把照片发给了周倚天，照片才能这么爆出来。

姜洛神气坏了，同时，她想到了很多的事。

“那个浑蛋真的主演了一部片子！”

此时，她恍然大悟，原来他所说的那部片子就是《牛魔大圣》。

姜洛神气到不行，感觉自己从头到尾都在被人蒙骗，那个楚风太可恨了。

她直接拨通楚风的通信器，道：“姓楚的，你真是好演技，一直在骗我们！”

“我哪里骗你了，我一直都在说我参演了一部戏好不好，是你们自己不相信。”楚风说道。

姜洛神立刻就没脾气了，迅速挂断了通信。

想一想还真是如此，那混账一直都说他是主演，只是她与夏千语不相信而已。

“别告诉我你就是牛神王！”刚放下通信器，姜洛神顿时想到了他的身份，气得咬牙切齿。牛神王一直跟她纠缠不清，这身份更可恨了。

夏千语也蒙了，那色狼居然真的参演了一部戏？没有骗人？而且最重要的是，还跟她的戏存在竞争关系！

“这个骗子！”夏千语感觉相当无语。

时间一天一天过去了，离两部电影上映的日子也越来越近了。

双方各种手段尽出，还好有后台力挺周倚天，不然他早就被人用盘外招收拾了。

最近这些天，林诺依也看到了这些报道。她很无语，因为连她都被人利用了。她出演了《牛魔大圣》？太荒谬了！

金刚、银翅天神自然也都震惊万分。

至于姜洛神，则准备动用法律武器起诉《牛魔大圣》剧组。因为她根本没有参演所谓的《牛魔大圣》，这样强行拉上她，算是侵权。尤其是一想到楚风居然是主演，她就不能释怀，整个人都很生气。

然而她的助理告诉她，有手眼通天的人打了招呼，希望她能谅解。如果想要出场费的话好说，但务必要支持这部影片。

那个人姜洛神惹不起。这样的支持力度也算是空前绝后了，连姜洛神都呆住了。

“天啊，我要跟那浑蛋一同出镜？谁能理解我被动演了这部戏的心情！”姜洛神觉得，她又要上热搜榜了。

最近这段时间，楚风很低调，不想露面，这部电影把他折腾得够呛，让他处在风口浪尖上。可以想象，等这部电影上映后，他被人认出来的话会有怎样的后果。

终于，明天就是两部电影上映的日子了。在这样的关键时刻，自然会爆出各种猛料。《末日崛起》就不用说了，演员阵容太强大，气场十足！周倚天也不含糊，丢出惊人剧照。那是一头大黑牛，在视频中它会说人话，此外白蛇真身也正式出现了。

“不要以为是特效，这一切都是真的。你们知道这头大黑牛是谁吗？它就是传说中的牛魔王！”

周倚天信誓旦旦地告诉大众牛魔王的身份。

这则消息爆出后，想不引起舆论轰动都不行。

并且，在这一日，周倚天还给出了剧透：“《牛魔大圣》演绎的虽然不是牛魔王的故事，但是它也有一段重要剧情，那是一段可歌可泣的爱情故事——牛魔王不远万里从烈炎山来到白蛇岭，只为见自己那暗恋了千年的白蛇仙子！”

这个大招放出来后，不仅网络上沸腾了，连昆林山都沸腾了。

昆林山的一群大妖魔受黄牛影响，现在也个个手持通信器关注着人类社会的动态，所以瞬间就知道了这件事。

“老牛可以啊！”

“大老黑要追求白蛇仙子？好猛！”

……

听到这些话后，还没有动身去迈德冈的大黑牛几乎要被气炸了！什么情况？它火速上网去了解详情。结果，当日昆林山发出惊天动地的牛魔吼：“敢编排你牛爷爷，不想活了吧！那个破导演你等着，我早晚杀到雷天城扒了你的皮！”

黄牛蔫坏蔫坏的，果断偷拍了大黑牛的这一段，发到了糗事晒图网上与大家分享喜悦。同时，它还通知楚风前去观看。楚风看到后，先是呆了一下，而后一阵狂笑。看到大黑牛被气成那个样子，于他而言真是一种享受。

“黑老大，没什么好气的，真男人就要敢于追求！”远隔万里的楚风有点不怀好意地安慰它。

“小子，你给我走开，我不想看到你！”大黑牛吼道。

楚风隔着通信器都能感觉到昆林群山在颤动，一时间相当开心，愉快地结束通话。并且，他第一时间将这事告诉了周倚天。

嗅觉敏锐的周倚天不负所望，看到那段视频后马上开了一个隆重的新闻发布会。在发布会现场，他直接播出了牛魔王在昆林山咆哮的视频，顿时让所有媒体闻风而动！那可是一头兽王，但凡与兽王有关的动态都会在第一时间被媒体报道，想不引起轰动都不行。

这本来是很严肃的话题，但是所有人看过视频后都没有对兽王产生恐惧之情。看着牛魔王被气得咆哮连连的样子，众人相当开心。此外，众人一点也不同情周倚天，全都笑场了。

“这部大片绝对是神作，还没有上映就开始跟兽王互动了，周倚天真是个人才，但最后别真被牛魔王扒了皮啊！”

“必须要去观看，我有预感，那头牛魔王也会观看这部片子，事后肯定还会有更加精彩的互动！”

“说得太对了，赶紧订电影票，明天去捧场！”

……

可以说，牛魔王的一声吼成了这部大片上映前最好的宣传题材，视频火遍各地，甚至传到了国外。

《末日崛起》的原班人马压力倍增，一个个都傻眼了，上哪里去找兽王跟他们来场互动？想都别想!

这个夜晚非常不宁静。连周倚天的后台都被惊动了，急忙找他谈话，让他安分点，虽然对他的支持力度很大，但绝对不能再去招惹兽王。

周倚天赶紧心虚地拍胸脯保证，再也不会这样做了。事实上，他很有分寸，虽然招惹了大黑牛，但没敢得罪白蛇，而是以仙子的名头来称呼它。

第二天，两部大片先后进行首映礼。

《末日崛起》的首映场地大牌明星云集，他们跟观众互动，场面非常火爆。

相比之下，《牛魔大圣》的首映礼就很冷清了。别说没请到当红明星捧场，就连主演楚风自己都没去。他现在可是在风口浪尖上，哪里敢露面，也不知道有多少人在盯着，就等他出来呢。

《末日崛起》首映礼以压制对手的姿态登场，该剧的投资方人脉太强，请来了很多重量级人物，豪华的明星阵容震撼了所有人。他们底气十足，首映礼上对外放出豪言——要打破一切纪录，创造票房奇迹，没有谁可以阻挡他们!

其中，更是有明星面带不屑之色，批评有的片子粗制滥造，都没有专业演员出演，还能指望什么？他很傲慢，说票房决定一切，那些“野路子”也只能初期炒作一番，暂时小火，后面会遭遇滑铁卢。虽然这个明星没有点名，但人们知道他在说哪部片子。

在《牛魔大圣》首映礼现场，剧照中的姜洛神、林诺依、金刚等人都没有到场，现场只有几个演员。叶轻柔、陈洛言来了后，一看情况不对，果断跑了。只有杜怀瑾、欧阳青在现场非常开心地跟观众频频互动，过了一把明星瘾。

“我们不请明星，我们只请观众。这是不是真正的无敌大片，我们交给观众去评判，我们会以票房神话让某些人闭嘴！”这是周倚天的豪言。他也不想表现得这么狂妄，但实在是没辙，因为他根本就请不到明星来现场。

首映礼结束后，两部大片正式开始公映！

这一天，各大影院人山人海，挤都挤不过来，从来就没有这么火爆过。别说其他的，就连爆米花都售罄了，现在更是一票难求，场外的票贩子都临时惜售，卡着时间点将票价抬到天价。

从来没有过如此盛况！用媒体人的评价来说就是“疯狂”！

这两部大片能如此火爆，除了两部大片契合当下的大环境的原因外，还有各种理由。

喜欢《末日崛起》的人中有不少是狂热的追星族；至于要去看《牛魔大圣》的人，则主要是因为猎奇心理。它太另类了，有真实的异人大战，有恐怖的兽王，这在过去是无法想象的。同时，它的另类还体现在一些演员是“偷来”的，比如姜洛神、金刚、银翅天神、林诺依等。

“我要看牛魔王与白蛇仙子的恋情，哈哈……”

昆林山的大黑牛也在时刻关注电影的动态，当它看到很多观众给出这样的观影理由后，差点将通信器摔了出去。

“哞，气死你牛爷爷了！”而后，它逮住黄牛一顿乱揍，道，“小兔崽子，你竟敢偷拍我，还把视频放到网络上去，看我打不死你！”

黄牛急了，开始威胁大黑牛，要是大黑牛再敢动它一蹄子，它会让楚风将更多的视频发出去，让牛魔情圣名动天下、家喻户晓。

大黑牛被气得干瞪眼！

其实，《牛魔大圣》在各大影院火爆的原因还有一个——大家都想看主演到底是何方神圣。而且，这段日子大家都在传，那个人跟姜洛神的关系太暧昧了。

“我想知道那家伙到底是谁，一直都神神秘秘的，这次他要露馅了！”

“没错，我也想知道他到底有什么来头！”

一群人憋着劲想要了解《牛魔大圣》主演的身份，而这些人中间，也包括姜洛神。

“天啊，洛神你要去看《牛魔大圣》，而不是我的《末日崛起》？你太让我伤心了！”夏千语不满地说。

“我是想看一看他们是怎么编排我的，好早点想出应对的办法。”姜洛神说的是真心话，她就怕这部片子将她卷入风暴中心。

在海明城，林诺依也走进了影院，去看《牛魔大圣》，有些事情她想在这部大片中寻找到答案。

“儿子，你都不看自己主演的电影？”王静想叫楚风一起去，但楚风直接摇头，打死也不去。没办法，王静只好拉上楚致远，两个人一起赶往电影院，为儿子的电影票房做贡献！

公映开始后，两部大片场场爆满。这个时候，楚风关闭了通信器，他怕一会儿通信器会被打爆，但是，他又觉得待在家中不够安全，就直接“跑路”了。他想，还是去城外狩猎吧，眼不见心不烦。

最近这段日子，他时常出城，进入山林，每次都会带着猎物与各种浆果回来改善家中的伙食。这次，楚风决定走得更远一点，反正他已经在家中留了便条，在野外待个两三天再回去也没什么事。

雷天城郊外，异兽很少在村镇附近活动，大多都在山中。

如今偏僻的村落几乎没有人了，村民们都搬迁到了交通方便的城镇地域居住，这样也方便军队保护他们。政府甚至也在商讨居住区域的重建，下一步很有可能会将人口进一步集中。

相对来说，雷天城附近还算平静。一般来说，只要不闯进神秘的大山深处，人类都不会遇到特别恐怖的怪物。

“咦？”

突然，山林中的楚风伸手，接到一朵自空中飘落的雪白的花。

楚风抬头，看向远方。他双目凝视，看到一棵足有数百米高的巨大的树，连附近的矮山都挡不住它。

在看到这棵大树后，他想到了天地初步变异时的景象：刚开始时，太空中出现了很多神秘植物，严重影响到了卫星的通信。他曾在列车上看到一棵银杏古树，比山岳还高，在雷电中舞动。他还看到一根悬浮在空中的藤，将一颗人造卫星都给拉了下来，使其坠落在列车上。

事后，各国都非常紧张，动用无数火箭，想将那些诡异的植物摧毁。同时，地面上的一些巨大的古怪植物也成了打击目标，所以它们后来都消失了。

楚风到了玉虚宫后也了解过这些事。当时，陆通神色严肃地告诉他，那些植物或许危害很大，所以被提前除掉了。

在后文明时代，无论是东方还是西方都发生了数起神秘变故，所以要在危机初期果断出手！

陆通告诉楚风，那一役过后，各国的火箭、导弹等武器险些用尽。还好后来各国都抓紧时间制造武器，快速补充了一批。

楚风神色凝重地想，这种巨型植物又出现了！

他戒备着前进，绕过矮山，来到巨型植物近前。

这是一棵粗大无比的槐树，足有五百米高，一串又一串雪白而透亮的槐花漫天飘舞，如同纷飞的鹅毛大雪。

楚风闻着淡淡的花香，确信它没有办法让人进化。因为，他就站在大树不远处，身体并无任何感觉，更没有要进化的迹象。同时，他感应到树体中有一股力量。所以，他觉得它不像是一般的植物，而像是一个略有灵智的生物。

楚风的神觉以前并没有显露出来，所以在列车上时没有体会到那根将卫星拉下来的巨藤有多恐怖。而现在，他是一个高手，神觉惊人，自然能感应到这棵槐树的非同凡响之处。

“这个世界还在变化中，迷雾重重，现在还无法触及真相，真是让人看不透！”楚风叹息道。

可惜，虽然槐树非同一般，但它的花粉不能促进楚风进化，对附近的其他异类也无效。

楚风离开了那里，开始长途跋涉，搜索雷天城附近更多的区域。但他最终也只发现了那一棵古槐树而已，其他植物都还算正常。

楚风越走越远，到傍晚时，他已经远离雷天城四百千米了。因为体质惊人，所以这点距离并不会让他感觉疲累。

夕阳之下，山林都被染红了。楚风独自在山林中穿行，这片区域很安静，听不到野兽咆哮，看不见猛禽横空。他想找个地方坐下来吃些食物，休息一下。

“呼……”他忽然听到一种十分奇怪的声音，那声音距离他还很远，就被他那远超常人的可怕听觉捕捉到了。

“像是呼吸声，可是，山林中怎么会有呼吸声这样粗重的生物？”楚风心生疑问。他谨慎地戒备，而后悄然接近。

走出去数千米后，他看见山中有一座废矿，它不时喷薄银光，发出的声音就像是粗重的呼吸声！

楚风大吃一惊。他还看到一棵怪树，不是很粗，却很苍劲，树皮裂开，如同一条老龙蛰伏在那里。

这棵树扎根在废矿边缘，高一丈，枝叶呈淡紫色，并带着火光。

“可以让生物进化的异树！”楚风可以确定，这就是一棵神秘异树。

它竟然这么高，远超过去那些三尺高的小树。

“这是一座银矿？”

楚风心惊，他觉得这座废弃的银矿像是有了生命！

为什么会这样？这的确让人难以理解！

第58章
奇异金属

银矿附近树木较为稀疏，因为当年采矿时大树都被伐倒了，红褐色的岩石很多，堆成小山。

“密平银矿”，银矿附近刻着这四个字。

看样子，这座矿也就是前些年被废弃的。

楚风绕着银矿，在附近转悠，从四个方向观察那棵树。

这棵树有一丈高，带着蒙蒙火光，淡紫色叶片像是在焚烧，散发着惊人的生命气息。可惜，楚风认不出它是什么植物变异的。

它就扎根在银矿边上，树干直径能有一尺，与卫城山的变异小松树相比，不知道要粗壮多少倍。

要知道金刚、银翅天神等异人所发现的小树也不过三尺高，那样的树体都能让他们傲视一代人。可以想象，这棵树会有多神奇！它的主干上满是巴掌大的裂皮，像龙鳞般张开着。

“奇树！”楚风叹道，但是他一直都没敢靠近，哪怕这棵树非常吸引人，他也没有付诸行动，因为这地方实在太诡异。

“相距这么远都能闻到扑鼻的清香，这棵树必然结出果实了。”

楚风选了一个有利位置，终于透过茂密的枝叶看到树冠深处的两颗果实，它们都有碗口那么大，通体银白，喷薄霞光。这两颗果实的形状像李子，香气随风飘散，非常诱人。

“要是将这东西吃下去的话，我能跟兽王对抗吗？”楚风暗想。

应该足够了！但不知道为何，这地方让他浑身不自在，他始终觉得不安，甚至心悸。

这里太安静了，没有凶禽靠近，也没有猛兽路过，十分诡异。甚至附近连一只虫子都没有，只有植被。

偶尔，这口银矿还会发出“呼吸声”。

的确就像是在呼吸，矿井中喷银光时像是在出气，颜色暗淡时则像是在吸气。

“咦，还有花蕾？”

楚风再次换了一个方位观察，他在浓密的枝叶中看到即将绽开的花骨朵，银白透亮，而且很大。

这让他有一股想直接奔过去的冲动。但他想了想，跑到很远的地方捉了一只尺许长的山鼠，然后提着它的尾巴，“嗖”的一声向银矿扔去。

山鼠落在距离矿洞还有数十米远的地上，一对眼珠子骨碌碌地转动，它盯着奇树，眼中露出贪婪之色。

突然，它惨叫一声，而后被一束银光牵引，没入矿中，很快就无声无息了。

这地方果然很古怪。

之后他又捉了几只异兽进行试验，结果它们都被银矿吞了！

楚风发现，以银矿为中心，大约百米为界，进入百米内绝对会有危险，像是有一片无形的场域，能将生物拉进矿井中，而在百米外却很安全，完全不会有事。

小到山鼠，大到四五米长的变异的狗，只要进入百米内，都会立刻被银矿吞掉。

最后，楚风捉来一条足有七八米长的色彩斑斓的毒蟒，将它的头部放进银矿百米范围内，他则用力拉着蛇尾，想试探银矿拉扯异物的力量有多强。

毒莽吐着蛇信子，但还没有等它挣扎，银矿就开始发光，要直接吞掉它。

楚风立即拉紧蛇尾，当时就感觉到了一股要将他一起拉走的巨大的力量。他猛力向后拽，结果七八米长的毒蟒身体紧绷，差点被巨大的力量扯断，身上都渗出了血。

楚风一见，赶紧松手，因为那股牵引力太恐怖了，而且银光的范围越来越大，都冲着他来了。

“嗖！”

毒蟒坠入矿井，然后寂静无声。

楚风皱着眉，脊背略微发寒。幸亏他足够谨慎，不然多半就死翘翘了。

银矿周围百米内是绝地，生物踏进去必死无疑。最起码，以他现在的实力没有办法接近。

“那朵花要开了，我就等在这里，到时候使些手段，我就不信得不到一些花粉。”楚风心想。他很谨慎，不想冲过去，准备在外围等待。

天色暗了下来，他吃了一些食物，喝了一些水，就坐在不远处静静地守着。

花骨朵已经展开少许，看这情形，随时会彻底绽放。退一步讲，最迟两日时间也差不多了，楚风完全等得起。事实上，花朵的绽放时间比他预想的要早。当银月高挂时，这棵奇树的枝丫上的花骨朵突然发出一声轻响。

一瞬间，楚风汗毛倒竖。凭直觉，他感应到了足以威胁他生命的巨大危险，于是他想也不想，以亚音速快速远遁。

楚风的速度太快了，带着一股狂风，连空气都发出爆鸣声。不久后，他站在了与银矿相距五千米的一座山峰上。

楚风的视觉超级强大，能跟千里眼杜怀瑾一较长短。他看得真切，那棵怪树上的花骨朵绽放后，散发出璀璨的光辉，花粉四下弥漫。

它的香气飘出数千米之遥，吸引了远处的生灵。

不久后，很多凶禽猛兽便出现了，它们朝着银矿那里冲去。就连大山中的生物都躁动不安，不停地嘶吼着。可惜它们出不来，像是有禁制阻挡着它们。

楚风百爪挠心，感觉太遗憾了，就只能这么眼睁睁地看着，错过大机缘吗?

突然，他瞪圆了眼睛，震惊无比。因为，他看到那片地域的野猪、猎狗、獾、青狼、豹子等全都莫名其妙地倒了下去。那些生物像是闻到花香后就直接毙命了!

“什么情况？”楚风非常不解。随后，他看到更为惊人的一幕：银矿中出现白光，看那情形，像是金属银在汇聚，还化成了一个生物，不断闻着花香。

“金属有了生命？”楚风惊恐不已。

夜空中，有一只散发着恐怖波动的八米长的蝙蝠快速俯冲而去。

这绝对算是一只很强大的异兽，就算是楚风要收拾它，估计都要花费一番工夫。这只蝙蝠飞行时，嘴里释放出黑色光雾，使得山崩地裂，将银矿周围的石堆等都摧毁了。很可惜的是，当它闻到花粉后也直接一头栽了下去，当场毙命。

楚风终于知道早先自己为何会不由自主地想逃离了。原来那朵花的花粉是致命的，根本不是什么机缘。然而，令他不解的是，银矿附近所有生物都死掉了，可银矿中银光灿灿，金属液体凝聚，银矿竟然真的有了生命!

除此之外，附近的地面上出现了一团又一团银白的金属，应该都是白银。白银接触花粉后，居然在化形，要成为生命体。最后，白银“模仿”那些死在地上的生物进行化形，一些银狗、银豹等纷纷出现，并且它们行动相当快，将那些尸体拖进银矿，或者埋在怪树的周围。

“当作肥料！”楚风明白了。

很长时间过后，香气才淡了下去。

银矿喷薄银光，银豹、银猪、银蝙蝠等全都飞速冲去，化成液态金属，而后没入银矿，与之融合为一个生命体。

银矿中，金属在不断变形，最后，银矿周围恢复了宁静。

“太恐怖了！”楚风在那里自言自语，他感觉事态极其严重。

果然，这个世界还在变异中，还有更多的怪异事件出现!

很久以后，他才又一次接近银矿，谨慎地站在百米外。

“咦？”

在地上，他发现一团银光。那是一块雪亮的金属，没有变异成生物，但应该接触过一些花粉。

楚风小心地将它用兽皮包裹起来，带着它转身离去。

他觉得有必要请专人鉴定这块金属，于是他没有丝毫耽搁，连夜向着雷天城狂奔。一口气在夜里狂奔四百千米，当楚风回来时已经是深夜。可雷天城依旧很热闹，可以看到街道上不时有人走过。

楚风像是一阵风冲过，即便这样，他还是听到了牛神王、楚风、白蛇等关键词。显然，这是刚从影院出来的人。

现在他没时间去关注这件事，而是直接来到玉虚宫，让人去找陆通，把他从睡梦中叫醒。

“小子，你是不是兴奋过头了？我知道，你是牛神王，现在火遍大江南北，但是也不至于半夜庆祝吧！”陆通睡眼惺忪，抱怨连连。

"老头子，出大事了！我看到一座银矿有了生命……"楚风把事情的经过快速讲述了一遍，并将那块雪亮的金属拿了出来。

陆通惊得睡意全消，道："什么？连矿物都开始变异，发生进化？而且那棵怪树能促进金属进化？"

他知道这件事很严重，接过金属块，火速联系某一实验室的负责人，而后他派专人将金属块连夜送了过去。

楚风没有在玉虚宫等下去，决定明天再来看结果。

等他回家时已经很晚了，但父母都在客厅。尤其是王静，很兴奋，见到他回来后直接喊道："儿子，你这次演得真不赖！"

楚风一阵头大。他早已关闭通信器，不知道现在是什么情况。

"《牛魔大圣》备受好评，很多人找你，都联系到你爸和我这里来了。"王静美滋滋地说。

"都有谁啊？"楚风心虚地问道。

"好多人啊，比如跟你相亲的那个小姑娘，她一晚上联系了我和你爸好几次，一直问你回来了没有。她这么主动，我看行，有戏！"王静说。

楚风一听就知道不是有戏，而是有气。

估计夏千语是在替姜洛神找他，想把他诓出去，跟他拼命。

果然，王静接着又告诉他："还有个姑娘，说自己姓姜，她很激动，说话时声音都在发颤，她让我告诉你，回来后给她回个话，还说你知道她是谁。"

楚风不用想就知道那是姜洛神！她怎么可能是激动，必然是冲动，要跟他拼命呢！应该是因为《牛魔大圣》上映后，她又上热搜榜了。

姜洛神声音发颤？那怎么可能！楚风猜测她多半是在磨牙，看来是被气得不行了。

"什么情况啊，难道又有爆炸性的报道出来了？"楚风狐疑地问道。

"明天早上你自己看新闻吧。"楚致远说道，然后让他早点休息。

王静道："真的有好多人找你，一个个都非常激动，不过呢，我总觉得有哪里不对劲儿。"

楚风起身，咕哝道："世界这么美好，他们却那么暴躁。"

不管了，他现在可不想接招，于是跑去冲了个澡就直接上床睡觉了。折腾了一天，他早就有些疲累了，自然很快就进入了梦乡。

这一晚，楚风睡得非常香甜，可是很多人都觉得无比闹心，想睡也睡不着。

姜洛神、夏千语、金刚、银翅天神、许婉怡还有穆家的人，甚至包括林诺依，都毫无睡意，有些人恨不得直接杀到楚风他们家去。

甚至连异兽中也有些睡不着的，比如大黑牛就正在昆林山火冒三丈。它想联系楚风帮它抓人，结果却联系不上这小子。

当然，还有不少其他异兽也毫无睡意，今日公映的两部大片就像为它们打开了一片新天地！

清晨，楚风练习完特别的呼吸法后，觉得身心愉悦、精神奕奕，整个人状态非常好。吃过早饭后，他将自己一个人关在房中，打开通信器，准备开始进行一场“大作战”！

通信器一“复活”就响个不停，简直是狂轰滥炸，短时间都没法看了。楚风只能将它扔在床上，任它在那里响个不停。

这么多消息？楚风心虚了。

足足过了几分钟，炒豆般密集的铃声才有所减弱，楚风将通信器调成无声后才拿在手中，翻看一条又一条消息，满满的未接来电啊，认识的人差不多都呼叫过他。当然，陌生的号码就更多了！

至于文字消息，估计够他看一上午了。

楚风先从发小、同学这块入手，硬着头皮一条一条地回复消息。相对来说，这群人还算安全，不会带来可怕的杀伤力。

“疯子，终于联系上你了，你要吓死我们吗？你怎么就成了《牛魔大圣》的主演了，天啊，真跟天方夜谭似的！对了，你跟姜洛神到底是什么关系，快点说，我心中的八卦之火可以焚烧整个大地！”这是楚风的一个发小，声音很大。楚风无奈，只得耐心说了一遍。

接着是他的大学同学苏灵溪，一个美女。她现在也变得特别八卦，刨根问底道：“楚风，你的灵魂是不是被别人的灵魂替代了？这完全不是你的风格啊，快说，到底怎么回事……”

随后还有他的高中同学、邻居的孩子等都在铺天盖地地询问各种问题，楚风简直要疯了。谁说这些熟人杀伤力不大，简直是无穷大，轰炸得他快要抱头鼠窜了，他实在受不了了。最可气的是，大学时的一个跟他一起追过林诺依的竞争对手相当幸灾乐祸，但也很嫉妒羡慕，那个人哈哈笑道："楚风，听说你跟姜洛神的孩子都快要出生了，哈哈哈……恭喜，那我就可以继续去追求林诺依了！"

"别捣乱，一边儿凉快去！"楚风真想打人。现在，估计外边有各种乱七八糟的关于他的新闻报道吧。

……

一上午，楚风都在被持续轰炸，不过这还只是一部分熟人，还没有涉及有"大规模杀伤性威力"的人群呢，比如姜洛神、林诺依等人。

"这死老头子捣什么乱啊？！"看到陆通也在轰炸他，楚风气到不行。

"老头子，我们近在咫尺，我离玉虚宫又不远，你添什么乱？"

陆通嘿嘿笑道："回头给我一百份签名海报，我孙女要送人，这个忙你得帮。"

楚风果断结束了通话，这个糟老头绝对是故意的，成心添乱。

在楚风头疼欲裂时，很多人则因为一宿没睡觉，早上醒来后都是熊猫眼。

金刚已经砸烂了三张餐桌，鼻孔中都在喷白雾，嘴里都快着火了。他在《牛魔大圣》中虽然很神勇，但也太不优雅了。

那位可耻的导演来了个"神奇"的分镜头，在他将那只野猪按倒后，一只鹦鹉飞过，嘴里喊着："有人欺负猪！"

然后……就没有然后了！

后来，没有任何关于他的镜头，只听到野猪在那里大叫。

光有声音，没有镜头，鹦鹉还配合捣乱，让人浮想联翩。

此时热搜榜上的关键词已由"金刚骑猪"变成"金刚欺负猪"，搜索量更大了！

金刚肺都要气炸了，他立刻让人安排好飞机直接飞往雷天城，他要好好地跟周倚天去"谈一谈"！

同为四大异人之一的银翅天神在《牛魔大圣》中很帅气，震慑群雄。虽然银翅所向，难逢对手，但他也很郁闷，因为对他早先的强势的刻画都是为了衬托后面的一战——他被人拿着弓箭当靶子乱射，实在太凄惨了！

在这部电影中，周倚天将画面处理了一下，但在银翅天神看来，这些处理算得上是过分渲染，他的翅膀都让牛神王给射掉了！同时，在《牛魔大圣》中，他饰演的角色追求林诺依未果，因爱生恨，一个人走到人类对立面，又孤独又无助。

现在，在网络上，他被称作“悲情帝”！

他本身人气就高，再加上电影上映的缘故，“悲情帝”三个字在热搜榜上搜索量飙升，和“金刚欺负猪”这个热词不相上下！

在林夜羽的家中，许婉怡也是憋了一肚子火。她最不想看到的人居然跟她同时上了银幕，并且大火。她本来还想着再次回归银幕能红遍大江南北呢，结果仇人先红了，莫名其妙地成了人气暴涨的大黑马，实在让她恼恨。

她气得脸色铁青，杯盘摔了一地。

同样，天神生物穆家内，一群人的脸上都挂着寒霜，一个个恨不得杀到雷天城去，活剐了那个导演。

“许婉清那女人上次没说谎，现在更加可以确定，楚风就是牛神王，该杀啊！”

“虽然《牛魔大圣》做了一些处理，并没有丑化我穆家，但也不见得有多光彩。穆被牛神王当众斩杀这段居然就这样播出去，他是想气死我吗？”穆的父亲穆清河眼神阴鸷。此时，他杀气澎湃，双手在哆嗦，恨不得当场杀人！

“这是在警告财团，不然绝不会通过审核，这意思很明显，就是在敲打我等！”一位老者说道，话语略微有些冷。

此时，楚风略微有些颤抖地点开一些新闻报道，即使平常十分冷静，现在他也要抓狂了。因为，关于他的各种新闻太多了，标题也都很是惊世骇俗，比如：《楚风大学时代旧恋》。

看到这个标题他就头大，真想去殴打那个记者一顿，连这种事都要抖出来？

楚风点进去一看，这些记者果然神通广大，将他和林诺依的一些旧事爆了出来，甚至结尾处还在感叹，财团家长棒打鸳鸯，导致两个人劳燕分飞啊！

这还算好的，虽然捕风捉影，无限夸大，但终究有点根据。

接下来的标题让楚风都想去杀人了，比如《牛神王的私生子》，比如《姜洛神与楚风的三天两夜》……

网络上大片大片五花八门的报道简直将楚风气得不行。

这群记者太缺德。

这一次他没有办法笑金刚、姜洛神等人了。他预测，热搜榜上他将与那几个人“平起平坐”。当然，这还仅是一小部分，后续的挖掘与报道正在源源不断地出现。

比如，有一则新闻的题目是《楚风就是牛神王》。

这则报道论据充分，条理清晰，让人信服，直接给他来了个大扒皮。一时间，轰动天下。

楚风被惊得麻木了，以至于通信器震动时，他看都没看便接通了，那边顿时传来姜洛神的“呐喊”声：“楚风，牛神王，你这个浑蛋！”

姜洛神气极了，跟她平日的精明与厉害完全不同，此刻她一点也不从容，都想跟楚风拼命了。

“你那孩子不是我的，是他们胡乱报道！”楚风为自己辩护的话脱口而出。

但紧接着，他汗毛倒竖，快速醒悟过来了。

他真是被轰炸傻了，这种话怎么能乱说？

果然，通信器那一端传来气恼到极点的尖叫声：“啊——”

楚风迅速挂断，不敢再跟她通话了。最起码，现在不能！

姜洛神气得想杀人，她一宿没睡，顶着黑眼圈，好不容易找到正主，想叫出来跟他清算一番，结果通信器又被挂断了。

“他是牛神王……他竟然真的是牛神王？竟然成真了！”姜洛神忍不住碎碎念。虽然早有这样的猜测，但事情经过证实后，她还是被惊得不轻。同时，她也很生气，楚风的身份越是暴露出来，她越是火大！

“啊——”这一日，姜洛神尖叫不止。

两部电影都创了新高，双双打破以往的票房纪录，数据十分恐怖。

最终，《牛魔大圣》上映第一天的成绩略微领先，成功震撼业界，许多大导演与演员都惊呆了。

这只是一部小成本制作的电影，内容还是以偷拍为主，结果火爆到这个程度，实在是不可思议。

“发动舆论，压制他们！”《末日崛起》的人坐不住了，从投资方到导演再到演员等，全都行动起来，进行各种舆论压制。

比如，一个大明星站了出来，不屑地说道："某电影粗制滥造，只是前期炒作厉害，后劲肯定不足。都是什么人在主演？野路子出身！没有专业演员的修养与素质，太烂！什么是艺术，他们懂吗？什么是精品，他们能体现吗？我希望大家去看一看真正的艺术家的心血杰作，去支持《末日崛起》。"

显然，这么高调的人最容易挨炮轰，哪怕他是大明星也一样。

网络上许多人纷纷回骂，讽刺他吃不到葡萄说葡萄酸，那些明星也算是艺术家？太往自己脸上贴金了！

当然，深谙娱乐圈规则的大明星对此事早有预料，他就是为了树个靶子而已，接下来就看各种影评家、评论家的了。他们纷纷登场，众多名人一面倒的评论全都在抹黑《牛魔大圣》。

名人效应很可怕，只有一个大明星说不好，你可以不信，但是一大群名人都跳出来，的确能左右舆论。

接着，《末日崛起》中的各大明星纷纷站出来发表自己的言论。比如，某个女明星就"直言不讳"道："一个三流小作坊出产的电影，除了炒作还能有什么，都是糟粕，看了都会脏眼睛。"

周倚天、杜怀瑾、叶轻柔等人都被气坏了，喜欢《末日崛起》这部电影的人很多，所以不少人都在骂他们。

楚风没忍住，哪怕处在风口浪尖上，他还是在网络上发了一则消息："三流女明星，不知廉耻！"

现在铺天盖地都是关于他的报道，这么出头的举动，想不引发热议都不行。同时，他的公众平台关注人数暴涨。

那个女明星气到要吐血，扬言要去告楚风辱人。

"呸，还好意思说别人侮辱人，先看一看你自己吧！"许多人纷纷留言。

楚风发完后，果断下线，没有再理会那个女明星，他也只是一时气不过而已。

许婉怡最终也没有忍住，跳出来在自媒体上发话，道："某些人真是没有修养，随意出口伤人，这样的人该直接封杀。那样的作品有谁会去看？前期宣传过头，后面必然要遭遇滑铁卢。"

因为，她看到名人效应起作用了，对《牛魔大圣》的各种抹黑很成功，不少人都动摇了，他们觉得那部电影或许真的有些粗制滥造。

《末日崛起》的原班人马认为，《牛魔大圣》的票房多半要大跌了。

……

楚风不再理会那些网络上的纷争，专心处理起了通信器上的各种信息。

没多久，大黑牛再次呼叫楚风，楚风仔细看了一下通信器里的未接来电记录，一夜而已，它就呼叫过楚风十八次！楚风满头雾水，难道大老黑没有睡觉吗？

刚一接通，大黑牛的咆哮声就传了过来："小子，你故意的吧？竟敢跟我玩失踪，这一宿你去哪里了，该不会真的陪那女人去安胎了吧？"

楚风道："黑老大，你乱说什么呢，你怎么也开始关注这些没用的八卦了，你……没睡觉吗？原本就是大黑眼，现在更黑了！"

"哞！"大黑牛气得险些发飙。

楚风赶忙将通信器放到远处，隔空喊道："小声点！我的通信器都快被你震坏了，我怎么感觉昆林山都在摇动呢，你悠着点，别震塌两座山！"

"小子，你演的那部电影我看了，气死牛爷爷我了。你不是在雷天城吗，去帮我把那个叫周倚天的导演绑过来，我要扒了他的皮！"

"等一等，你怎么看到电影的，你不是在昆林山吗？"楚风好奇的是，大老黑去哪里看电影了。

大黑牛十分不屑，道："昆林山最大的影院被我们包场了，我自然能看到！"

楚风有点发蒙，一群大妖怪跑去包场了？

果然，没过多久，一则爆炸性新闻震动全国，甚至连国外的人都被惊呆了。

那是一张照片。照片中，昆林山下的一家电影院中坐了一排又一排的大妖魔，它们全都是异兽，有的阔口獠牙，有的金翅璀璨，有的拖着蛟龙尾巴，有的顶着硕大的犄角……一个比一个凶残，一个比一个瘆人。

牛魔王稳坐前排中心，不是因为它实力最强，而是因为它沾了《牛魔大圣》的光，所以通过一群妖魔的推选后坐在了那里。

一时间，各地沸腾。

《末日崛起》的投资方、原班人马、影评家、名人等看到这则新闻后全都眼前一黑，险些昏过去。

第59章

化形

此时，一群影评家、自媒体的名人都傻眼了，他们收钱后拼命去抹黑的《牛魔大圣》是要冲破天际了吗？他们都要哭了，这次注定要自打嘴巴。

他们这么多人一起拍砖，用最差的评价来引导舆论，刚有一些效果，结果现在全没用了。

这群大妖魔中的任何一头跳出来都会引起大轰动，它们的杀伤力极大，最起码不会比苍狼王差！而它们竟然齐聚一堂，包场看电影！这像是一股飓风席卷天下，任谁也挡不住。可以料想，《牛魔大圣》注定会火到无边。

如果只是文字消息，这种事情大家也不会相信，可是真的有证据！电影院的负责人颤颤巍巍地冒死拍下了这个画面。但那些大妖魔只看了他一眼，什么都没说，因为它们根本不在乎。

网络上一时议论纷纷！

"《牛魔大圣》的影响力真是无穷大啊，你们看到了吗？连兽王都组团去看电影了，魅力无极限！"

"稀奇啊，太不可思议了，这部电影到底有什么魔力，竟能让一群兽王组团包场，快吓死人了！不行，我还没有看过这部电影，得马上买票看看到底有多好看。连异兽都在看，我一个人类不看说不过去！"

……

《末日崛起》的导演真哭了，关键时刻居然挨了这么一刀，简直是让他无计可施！该电影的一群大牌明星也傻眼了，心想，怎么可能？一群兽王啊，随便哪一头都拥有恐怖的实力，结果它们居然聚在了一起，只为看《牛魔大圣》这部电影！

有些明星气得直跳脚，比如之前那个大明星。早先还不屑地说《牛魔大圣》粗制滥造，演员素养太低，热度难以持久，现在，他彻底急了。

很明显，《牛魔大圣》的票房即将迎来爆发式的增长，这是要狂打他的脸。

那个被楚风奚落为三流女明星的演员更是气急败坏，几乎到了口不择言的程度。她在自媒体上写道："炒作，绝对是炒作，一群野兽懂什么？"

她的经纪人吓得脸色煞白，颤抖着提醒她，那是一群兽王。这个女明星也怕了，当时就哆嗦着删掉了自己的评论，再也不敢在网络上露面了。

许婉怡觉得很受伤，她的胸腔中仿佛憋了一口瘀血，想吐又吐不出来，真的太难受了。她一直想杀掉楚风，结果却发现，他不仅活得很好，而且还跑到影坛来跟她竞争了，他主演的《牛魔大圣》的票房奇迹般地压制了《末日崛起》，这让她十分受伤。

第二天，《牛魔大圣》的票房火速攀升，比第一天还恐怖。这一次，它彻底将第二名《末日崛起》甩开了。

第三天，《牛魔大圣》的票房居然依旧在增长，而《末日崛起》的票房则是逐天减少的。

"这实在是太不可思议了啊！"许多人都在惊叹，《牛魔大圣》以不可阻挡之势压制竞争对手，注定要创造票房神话。

在网络上，影评家们还在不断地给《牛魔大圣》打极低的分，抹黑它，但就是阻挡不住观众的热情。可以说，这部电影越抹黑越热，到最后已经是黑得发亮了，那些名人、影评家的点评根本不管用。

后来，终于有些人不再昧着良心说话了，站出来称，《牛魔大圣》是一部现象级的作品，超越以往的电影作品。但是，人们根本不领情，你们早做什么去了，一开始全都口臭得冲破云霄，现在想反转？有点晚了。

《牛魔大圣》像是一匹大黑马，以神挡杀神之势一路勇破各种纪录，成为有史以来的最高票房奇迹。

不要说楚风这个主演了，就是配角叶轻柔、陈洛言也都大火，二人因为形象非常好，戏份也很足，所以备受瞩目。就连在电影中本色演出的杜怀瑾、欧阳青也为人熟知，被亲切地称呼为千里眼、顺风耳。

那个大明星、女明星还有许婉怡的部分预言成真了，他们不点名地说某部电影粗制滥造，要遭遇滑铁卢，结果变成真的了。

不过，那部电影不是《牛魔大圣》，而是《末日崛起》。

真正看过电影的观众评价《牛魔大圣》是良心之作，场面十分残酷，真实地展现了大战的可怕景象。尤其是无数异人惨死的场面，太震撼了。

这也让人们意识到卫城山一战有多惨烈，激励了人们要奋斗、要崛起！

至于《末日崛起》，太花哨了，除了明星这一看点，其他什么都没有，对于末世的描述过于苍白无力，没什么感染力。它所营造的惨烈氛围跟《牛魔大圣》一比，那就是一部幼稚戏，假得不能再假了。

如果没有对比，人们或许还会觉得《末日崛起》是一部不错的特效大片，但是它真不应该跟《牛魔大圣》同时上映，两者同一题材，深刻度与可看度却完全不是一个级数的。

《末日崛起》惨遭滑铁卢，从导演到演员都恨不得找条地缝钻下去。

林诺依和楚风通话，她心情很平静，语气也很缓和，并没有什么杀伤性。因为，林诺依早已知道他就是牛神王。

卫城山大战结束后，白蛇扬言要屠城的那个夜晚，在那么紧迫的情况下，林诺依选择去看望他，还为他准备了一架飞机，想把他送到安全的地方，这让他颇为感动。

同时，也就在那一晚，林诺依有种直觉，他就是牛神王。她一向聪敏，可以说是第一个猜出楚风身份的人。但是，当时两个人很有默契，一个人没点破，另一个人死守着这个秘密。

“楚风，你要小心，穆家的人什么都知道了，他们是不会善罢甘休的，你要谨慎一些。”林诺依提醒他。

这一次《牛魔大圣》上映，一时间传出了楚风的许多花边新闻，连姜洛神安胎这种事都传了出来。此外，也有不少消息是关于林诺依的。不过林诺依都没有提及，直接无视了。

“我知道，我会小心的。”楚风答道。

“苍狼王是不是你杀的？”最后，林诺依简单而直接地问。

“是！”楚风告知了她这件事。

林诺依很严肃地帮他分析道：“这件事，穆家还不知晓，一旦他们得悉的话，应该会有些忌惮，毕竟你是在为许多死难者复仇。但是这件事有一点很不好，一旦曝光，异兽就会对你产生非常强烈的敌意。你要知道，当日南桂高原、史地、雷天城三地同时发生兽乱，背后一定有恐怖的兽王指使，苍狼王、鹰王不过都是出头鸟，被当枪使的货色而已！”

楚风点头，他明白这些道理。

这两天，天神生物内很不宁静，无论是林家还是穆家都是如此。

“楚风就是牛神王？”林家的一些人坐在一起时，轻声议论。

这超出了他们的预料。

当初，因为林诺依的关系，他们当中有人派人去取楚风的头发进行化验，确信他不能成为异人。怎么能料到，楚风居然不受影响，成了大名鼎鼎的牛神王！

“这个年轻人有些意思，我们低估他了，按照现在反馈的最新消息来看，他非常强，将来或许能匹敌兽王。”

“当时是谁横拦竖挡，不让他接近诺依的？”

“这些没什么，我们是天神生物的成员，有自己的傲气，无论是谁，达不到要求便进不了我们的视线。关键看诺依，我觉得她很聪明，早已看出楚风是谁。”

……

穆家则有人动了杀意，同为天神生物主要成员，他们拥有非同一般的权势。

“风口浪尖上，用软刀子更好！”穆家一位中年人冷幽幽地说道。

旁边，穆的父亲穆清河开口了：“将穆天叫回来，他亲弟弟都死了，他却一天到晚行走于名山大川间访友寻圣，该有些动作了。”

穆天是他的长子，早在二十一年前，还是一个幼子时，就有幸于谷山误食一棵小树上的异果。这么多年过去了，穆天的实力深不可测！

菩提基因内部也很不平静。

姜家有老者笑呵呵地找到姜洛神，问她和牛神王到底是什么关系。

原本姜洛神的笑容还很甜美，但当她听到这种询问后，俏脸上的表情顿时变了。

变脸的速度实在太快了!

“洛神，外界不是都在传你和他关系不错吗，怎么回事?”那位长辈不解地问。

有人赶紧轻扯这位大人物的袖子，暗暗提醒他差不多就可以了，别再多问，没看姜洛神的脸都黑了吗?

能让姜洛神的脸黑成这般模样，这里面的情况肯定十分“复杂”。而且，外面传得有鼻子有眼的，都说她在安胎，跟牛神王有不得不说的故事。同时，这些天来，这件事一直都在热搜榜上，热度居高不下。她一直都憋着一口闷气，随时准备爆发!

另一方面，《牛魔大圣》的票房依旧火爆，不断引发热议。

“《牛魔大圣》都让我落泪了。一个人类误食异果，有了牛魔一样的面孔，不可逆转，饱受磨难，不被人类所容，一生孤独、凄凉，没有人理解他，视他为异类，可他还是在尽着身为人类一员的义务，跟异族大战，直到流尽最后一滴血，太可怜了。”

“你们女生就是感性，我看到的是热血，是激情，牛神王并不可怜，他自己也没有觉得自己可怜，反而一直在勇往直前!”

“剧中他的初恋林诺依、红颜知己姜洛神都跟他相逢而不相识，怎么不可怜?最后，他一个人孤独地战死，直到很多年过去了，她们才知道他是谁，这还不可怜吗?你太冷血了!”

一对情侣在争论。

“谁说他战死了，只是一个人踏上那条无法回归的路而已，你看着吧，以后肯定会有《大圣归来》这部续集!”

……

事实上，《牛魔大圣》的确火爆到了让所有人目瞪口呆的程度，即使在国外也大受好评。

东方的电影很少在西方火爆，但《牛魔大圣》打破常理，以摧枯拉朽之势压制一切同期大片。

在而今这种大环境下，虽然西方也拍了几部励志电影用以激励世人，但都没有办法跟《牛魔大圣》争锋。

因为西方人也听到了连昆林山的一群大妖魔都去看了《牛魔大圣》这部电影的

消息，一时间因为好奇心，纷纷跑去观看，结果一看就都陷了进去。

不过，随着时间的推移，越来越多的证据指向牛神王的真身就是楚风，这引发了极大的争议！

……

“楚风，你带回来的那块金属太坚硬了，超越所有材料，已经不算是白银！”

陆通告知楚风，实验室的分析结果出来了，那块金属具有惊人的价值。

事实上，玉虚宫已经派了不少异人去那座银矿了，想详细了解情况，然后再决定是否动手。

此外，陆通还告知了楚风另一则消息：“最近出现的情况有些诡异，各地都出现了神秘的巨树，这东西真是灭绝不了啊，而外太空也开始再次出现神秘植物，让人头疼。”

楚风心惊！

户山，天下名山之一。这里曾有兽王激战，但最后都退走了。如今，这里有一棵参天古树，枝繁叶茂，就长在户山瀑布旁。

此时，四大强者出现在户山瀑布前，一起看着这棵古树。

四大强者分别为一只老猿、一只金翅大鹏，还有两只仙鹤，它们是异兽中的绝世强者，分别占据了凌山、谷山、史山，并已经开宗立派。

“请道友送出一些化形果。”老猿、金翅大鹏、仙鹤一起很客气地施礼，向户山瀑布旁的古树索要一种果实。

“可以。”这棵古树居然开口了，同时它摇动枝丫，抖落下数十颗黄澄澄的果实，赠予它们。

“多谢道友。”几位绝顶高手一起施礼，而后离开了此地。

在路上，它们各自吞食了一颗果实，紧接着，它们的身体噼啪作响，发出了刺目的光，到后来全部化形，变成了人类的模样。

化形果让这四大强者化成了人形！

“我等的子弟也能化形了。”他们手中还有不少化形果，准备带回去让同族化形。

“是时候去跟人类谈一谈了，三日后，我们在雷天城相见。”

说完，他们就此分别。

三日后，雷天城。

老猿、金翅大鹏、仙鹤一同进入雷天城，震动天下，引发轩然大波！

很多人都被惊呆了，兽王联袂而至，究竟是福还是祸？

这一天，许多人感觉十分压抑，总在担心着什么，不知道这几大兽王想干什么。现在调遣高手过去还来得及吗？毕竟，顶级兽王进入雷天城，一旦凶性大发，结果将会极其恐怖。

“希望八景宫、玉虚宫、碧游宫的三大强者能及时赶去，不然后果不堪设想！”有人低语。

这件事影响太大了，一旦处理不好，很有可能就会出现震惊世间的大祸。因为雷天城居住的人类太多。

这一日格外宁静，人们都在静静等待结果。

“我想你们多虑了，雷天城的防御能力差不多算得上是国内最强的，兽王体形巨大，特征明显，隔着很远就会被监控到。如果不是达成了默契，怎么可能让兽王进城。”

有人分析认为，不会有什么大祸。然而，接下来的一则消息让人们不安了。

“天啊，惊人的消息！兽王化形了，以人类的形态进入了雷天城！”

这像是一场地震，让所有人都毛骨悚然。如果这是真的，那人类将会很不妙，兽王一旦化形，就意味着这些兽王出现在人群中时，会很难辨别。那个时候，一旦兽王想出手，谁能在第一时间阻拦？

“我想应该不会有大祸吧，毕竟史山的仙鹤对人类很友善，那只老猿也不是凶狂之辈。”

有人以很微弱的声音发表意见，但实在缺少底气，不能确信是否会有灾祸。

两日后，兽王们离开了雷天城。消息传出后，所有人都长舒一口气。

老猿、金翅大鹏、仙鹤代表的不仅是他们自己，而且还有背后的一些兽王，想通过跟人类商谈，来达成一些共识。

“据传，以后人类与异兽可以和平共处了，不用再担心兽潮！”

当然，所谓的和平共处，主要是指在一些已经有主的名山范围内。至于还在惨烈厮杀的地方，不见得能遵守这一约定。但不管怎样说，这都算是天大的好消息，各地都在庆祝。

这些天楚风一直待在玉虚宫，哪里也没有去，因为《牛魔大圣》的影响力太大，他现在备受瞩目。他不想被人围堵，更怕那些记者胡编乱写，只能暂时避风头，躲在这里研究拳法。

他杀了苍狼王，立下大功，陆通倒也守约，再次帮他取来了一本《形意古拳经》。略微发黄的经书，见证了岁月的变迁。

形意拳中的十二真形，称得上古武精华，练拳一辈子的老拳师都在感叹，掌握其中的一形就足以受用一辈子！但这部拳经中有楚风感兴趣的东西，有龙形、虎形、猴形！

他决定将龙形与虎形练透。

当日，陈海奉穆家之命追杀他时，曾使用龙虎争霸的绝招跟他碰撞，威力巨大。

“嗷……”

当楚风打出虎啸音时，陆通瞪圆了眼睛，骂他变态，这才几天的时间而已，他就入门了。

三天后，楚风左手捏龙形，右手施虎形，共同出击，在玉虚宫地下的练功室内，打出暴雷音！

“轰隆隆……”

声音不绝于耳。隐约间，一条龙与一只虎在虚空中显露，虽然只出现了一刹那就消失了，但依旧无比惊人！

“砰！”

前方的钢铁墙壁被他生生打穿！要知道，那墙壁足有一两尺厚，是以百炼精钢浇铸而成的，在他的龙形与虎形的合击之术面前，它却仿佛是纸而不是钢铁。

“你这小子真是祸胎，想把地下练功室给拆了吗？”陆通大吃一惊，眼皮都在狂跳，这小子才练形意拳多少天就这么厉害了！

他慢慢走近，仔细地看了又看。他发现，那钢铁墙壁被洞穿后，整体出现了龟裂，于是叹息道：“你发现形意拳的秘密了？”

“是！”楚风点头。他掌握了大力牛魔拳，再练形意拳时事半功倍，修习十二真形中的龙形与虎形时，很快便练出了一般人练不出的螺旋劲。这种力道很古怪，连钢铁都可以轻易撕裂，威力奇大。

“许多老拳师练一辈子都掌握不了这一秘诀，你却这么快就参悟出了。”陆通感叹。

螺旋劲是形意拳的不传之秘，是底蕴所在，藏在十二真形中！

楚风很开心，研究古武秘籍果然是有极大好处的，他觉得今日收获巨大！

“给你！”陆通递给楚风一个圆环，圆环雪白如玉石，晶莹而有光泽。

楚风不解，他要手环做什么？

陆通告知楚风：“这是你带回来的那块稀有金属，看着像白银，但其实不是，它比金刚石都要坚硬很多倍，熔点也极高！”

当然，这只是其中的一小块，大部分留给了实验室，但也不能不给楚风一些表示。

“我找八景宫的人帮你把它炼成了金刚琢。”陆通说道。

“什么？”楚风吓了一大跳。在东方神话传说中，居住在八景宫中的神仙就有一个金刚琢。难道说，国家成立的异人组织八景宫真的懂一些“门道”？

陆通仿佛看穿了他的想法，大笑道：“想什么呢，不过是帮你打造了一个防御性的手环而已，关键时刻可以当利器用。”

楚风瞪他，但还是愉快地收了起来，套在手腕上。

他试了又试，发现怎么捏都无法在这金刚琢上面留下指痕，然后他使用形意拳的螺旋劲奋力拍打它，居然都被它防御住了。

陆通很认真地开口道：“别试了，这东西坚硬得离谱，应该没有比它更结实的东西了，而且我们用最先进的锻造方法锤炼了成百上千遍，最后才铸成此器，算是当下的一件瑰宝级冷兵器。”

楚风笑了，表达谢意。接下来的几天，除了偶尔回家，楚风一直在玉虚宫练拳，研究形意拳的几个真形，尤其是龙形与虎形，被他参悟得很深了。在这期间，叶轻柔、陈洛言、杜怀瑾、欧阳青也常来这里练功，看到他用螺旋劲将数尺厚的钢铁轻易撕开后，一个个瞠目结舌，吓到不行。

“老大，你实在变态啊，还是人吗？我觉得再这样下去的话，你都能跟真正的兽王一战了！”欧阳青惊道。

这几人也都在抓紧提升自己。玉虚宫说到做到，给了他们一种古法，当中藏着部分呼吸法，让几人的实力突飞猛进。

他们是异人，练古武可以帮助进化，好处巨大无比。

这一天，陆通又来了，喊停楚风，道：“别练了，你都快成武痴了。”

“我这不是为了避风头吗？”楚风咕哝，不然他也不愿意躲着不出去啊。

“不用躲避了，现在外面有比你风头更劲的人。”陆通说道。

“什么情况？”楚风惊讶地问。

这时，欧阳青、叶轻柔他们几个人也来了。杜怀瑾说道：“老大，你真是两耳不闻窗外事，一心只练形意拳。出大事了，外面都快翻天了，热闹得要死！”

“一些异兽进入雷天城了！”欧阳青说道。

楚风觉得，前些天几大兽王都来过，现在又有异兽赶到，不算稀奇。

叶轻柔补充道：“是兽王的子嗣，它们全都化形了，正在人类社会中游历，影响巨大！”

楚风吃了一惊，异兽都开始化形了？兽王的子嗣竟然都可以化形了。

“来头不小？”楚风问道。

“何止不小啊，都大得离谱，我随便跟你说一些你就会明白了。”欧阳青感叹道，“大草原的异兽中的第一高手银月狼王，他的后辈来了，化形成了一个银发年轻男子，人气极高。”

接着，他又道：“大林寺的老猿，他的强大毋庸置疑，号称绝顶兽王，他的后代也有一个在雷天城现身了。”

陈洛言也开口了，道：“还有更厉害的，连大林寺的老猿都自叹不如，那就是孔雀王，据闻他曾想攻下人类历朝历代的封禅之地。他的后代也来了！”

楚风倒吸一口凉气，第一次听闻惦记封禅之地的恐怖王级生物中竟有一个孔雀王，曾经指使苍狼王与鹰王的该不会就是他吧？

楚风只是有些怀疑，但并不能确定，因为打封禅之地主意的兽王不止一个！

楚风问：“他们都闹出很大的动静了吗？听你们的意思，这些异兽化成人形后有很高的人气？”

“唉，异兽化成人形后，男子一个比一个俊美，女子一个比一个漂亮，让人羡慕不已！”杜怀瑾嫉妒不已，道，“身为兽王的后代，他们进入人类社会后想不引发轰动都难，一些权贵、名流等都愿跟他们结交。”

“这么惊人吗？”楚风讶异地问。

欧阳青叹息道：“这些年轻的异兽本身就非常不平凡，再加上每一个后面都有一个兽王，你说有心人会不想结交吗？”

“今天晚上有个酒会，邀请了不少人，只为欢迎那些兽王后代，老大你去不去？”欧阳青问道。

“不想去。”楚风摇头，他不愿动身。

陆通开口道：“还是去吧，结交那些兽王的后人有好处，以后说不定会常打交道，先熟悉一下。”

“都有哪些人要去？”楚风问道。

“人可真不少，比如一些明星、名媛，还有一些大势力的人，多半都会到场。”

其中，先秦研究院、菩提基因、通古联盟、地外文明所、天神生物等，也都会有人赶到。

楚风呆住了，这些大势力都会派人参加？

叶轻柔叹息道：“没办法，这些异兽来头太大，背后都有一个兽王，代表着恐怖的势力，很多人都想跟他们来往，日后好借助他们的力量。”

陆通叮嘱道：“记住，去了以后开心就多待会儿，不适应的话就退场，尽量不要惹事。”

话虽这么说，但在他内心，他还是希望楚风几个能结识一些兽王子嗣的，这样对他们日后有好处。

“好吧！”楚风点头。

晚间，麒麟大厦前，各种名车不断驶来，走下车的人来头都不小，既有红极一时的女明星，也有财团的高层。

楚风几个人也到了，为了酒会，他穿得比较正式，衣服是在来的路上由叶轻柔几个帮他挑选的。

第60章

酒会

叶轻柔、杜怀瑾、欧阳青和陈洛言几个人也都身着正装，都是为参加这场酒会准备的。

“老大，你得多谢轻柔妹子在路上帮你精心挑选衣服。”欧阳青笑道。

楚风点点头。其实他倒也没有抗拒心理，既然来参加酒会，就得穿正式一些，如果非要跟人家宴会的格调反着来，那是成心找不自在。

电梯到了高层，几个人先后走了出来，这里安保很严格，保安对每个人的请柬都检查得很仔细，认真对照了一番。

因为有异兽出没，所以郊外的别墅庄园区不能去了，现在这样的地方是最好的选择。

麒麟大厦十八层十分奢华，装修讲究，场地开阔，称得上富丽堂皇，经过精心布置的水晶灯饰将这里映衬得很有气氛。

金碧辉煌的宴会厅中，早已来了很多人。这些人三五成群地站在一起，热络地交谈着。

“那不是三流女明星吗？”杜怀瑾特别眼尖，一眼就看到了那个女明星。不久前她还嘲讽《牛魔大圣》呢，结果惨被打脸，更被楚风叫成三流女明星。

当然，现场红极一时的女明星并不少，她们正周旋于贵宾之间。

“有不少重量级人物啊。”叶轻柔对这种场合很熟悉，她在这里看到了一些财团的高层。

“喏，连林夜羽都来了。”她小声地提醒楚风。

林夜羽是林诺依的小叔叔，这意味着，连天神生物的重要人物也来这种场合了！

而且，看得出来，他兴致颇高，正跟一些人站在一起，不时发出笑声，显得很融洽的样子。

楚风没有过多关注他，而是看向他身旁的那个女子——许婉怡。

许婉怡的身材不错，一袭红色晚礼服将她衬托得越发妖娆。敏感的许婉怡显然早已看到楚风，此时见他望过来，她什么也没有说，自顾自地慢慢转过身去。

“咦？你不是楚风吗？牛神王！太好啦，竟然在这里遇到你，快跟我们来张合照吧！”就在这时，两个小女生跑过来，看起来才十几岁的样子，面对楚风时非常兴奋。

“老大你自求多福，我们看美女去了。”杜怀瑾、欧阳青很没义气地转身跑了，混入人群中，一眨眼就不见了。

叶轻柔笑容灿烂地回眸一笑，也走开不管这里了。陈洛言摊了摊手，表示无能为力，同样消失在人群之中。

楚风无奈，只得跟两人合影。结果还没有逃离呢，又有一些人过来了，他们对他很好奇，哪怕没有见过，也上前攀谈，问东问西的。

“楚兄，你跟姜洛神到底是什么关系？”一个年轻人问得很直接。

“我看到姜洛神也来了，就在不远处哟！”要求合照的小女生叽叽喳喳地指向远处。

楚风觉得，估计自己会有麻烦。现在的他有些后悔来这里了。

“楚风？”正在这时，一个陌生的声音传来。楚风抬起头，循声望去，只见一名手持酒杯的男子出现在楚风面前，他非常英俊，二十六七岁的样子。

“你是？”楚风不认识他。

这个人很沉稳地慢慢走来，英俊中带着老练，看得出来，他不是一般的人。而且他的眉心居然有一道竖纹，很是古怪，不过，这也为他增添了一种奇异的魅力！

“我叫穆天，是穆的哥哥。”他很直接，一上来就这么自我介绍道。看得出，这是一个从容而冷静的人。而且，他见到楚风后没怎么掩饰，直接说出了自己的来历。

楚风瞳孔微缩，这就是穆的兄长？二十一年前就早已成为异人的那位？据说他深不可测，想不到他们竟会在这种场合相见。

穆天的确卓尔不群，镇定而沉稳，英俊的面孔上，眉心那道竖纹像是有奇异的力量弥漫，这让他看起来很神秘。

“卫城山一战，你表现不俗，我个人对你颇为欣赏。不过，你杀了我弟弟穆，这笔账让我很难办。”穆天摇头说道。

“希望能有化解之法。”他又笑了笑，拍了拍楚风的肩头，就这么离去了。

对于穆天的举动，楚风很是诧异，他暗自感慨，这个穆天很不简单！

此人十分稳重，仅仅是过来跟他简单地说了几句话，根本就没有发难的意思。

“他是谁？穆天？难道是天神生物的那位笼罩着迷雾与神环的恐怖年轻人？据闻，他十几岁时就徒手击毙过一头发疯的大象！”

“是他，别人到现在都摸不清他的底细，只能用深不可测来形容。”

附近，有两人在低声谈论穆天。

楚风发现，有几个非常出众的年轻男女附近围着很多人，那架势如同众星捧月。他估计那些年轻男女多半就是已经化形的兽王子嗣。这让他心里好一阵感慨——异兽崛起得太迅猛了！

他没有过去凑热闹，而是拿了一杯酒，又选了一些食物，向较为偏僻的地方走去。

有一个男子跟他的目的类似，也很低调，正好走了过来，坐在他旁边。来人跟他打招呼，笑道：“你是楚风？”

“你是？”楚风讶异地问。

这是一个有着一头银色长发的年轻男子，他双眉如剑，眼睛炯炯有神，英俊程度远超一般的男子，一看就与众不同。而且，这人的长相有一种阳刚的气息，再加上那一头银色长发，想不引人注意都难。

“你可以叫我白川。”银发男子笑着自我介绍道。虽然他的笑容很灿烂，但是藏着一种迫人的气息，这证明他的实力绝对强大。不过，他很好地控制着自己的力量，让其“蛰伏”在体内。

“我来自大草原。”白川说道。

楚风心头一凛，一下子就想到了某个兽王——银月狼王！银月狼王号称北方大草原异兽中的第一高手，实力恐怖无比，所向披靡，杀得四方臣服。

“银月狼王是我爷爷。”白川微笑着说道。他没打算隐瞒什么。

“久仰！”楚风客气了一番。其实，他还真不知道怎么跟这个异兽强者打交道，毕竟，他不明白这个异兽强者是抱着什么目的来的。

尤其是，如果让对方知道是他杀了苍狼王，同为狼族，估计会敌视楚风。

白川道：“别紧张，我找你没有恶意，我是真的很喜欢你的电影，那部《牛魔大圣》我看了三遍，回去还准备看第四遍！”

来的路上，楚风总觉得兽王子嗣都会很骄横，难以相处，谁知道，遇上的第一个异兽中的年轻强者竟对他极为欣赏。

楚风有些愕然，这跟他最初的想象完全不一样。

“我很认真，不是开玩笑，有机会我们或许能合作一番，拍一部好的史诗级大片。当然不能在片中太敌视其他种族，要更有深度才行，而且战斗要完全真实，那样才热血、激昂！”白川说话时非常投入，滔滔不绝地跟楚风谈着自己的想法。他银发披散，眼神璀璨，阳刚之气很盛，全身弥漫着令人心颤的力量。

一个异兽中的年轻强者要跟楚风合作拍大片？这实在古怪！但是，楚风无法拒绝这种善意，也很认真地在这里跟对方交换自己的看法。

“哈哈，楚兄你太合我胃口了，这些想法很棒，看来我们以后一定能愉快合作！”

“你为什么执意要拍大片？”楚风问。

“也算是一种修行吧。”白川告知。他们来人类社会是为了历练，想要融入进来，体验各种生活。

他非常喜欢《牛魔大圣》，所以想从这方面找突破口。

“你们人类的活动太丰富了，还有海量的各种知识，要彻底融入进来，也算是修炼吧。”白川坦言。

白川的气质相当不一般，银发之上有光泽流动，体内像是藏着一个火炉，弥漫着恐怖的力量。因此很多人向这边望来。

白川直接起身，道：“算了，我要走了，以后再联系。说实话我不喜欢这样的场合，我们狼族粗犷、奔放、狂野，在这种规矩较多的地方我很不适应。”

终于，有人认出他来了，一些财团的高层更是带着热情的笑容相继走了过来，想跟银月狼王的子孙交谈。白川应付了一番，最终还是快速离开了。

在现场，能认出楚风的人也不在少数，但不可能像那两个小女生一样跑过来热情地要合照。这些年岁很大的人无论是身份还是背景都很不一般，根本不看重这些，所以楚风也乐得安静。

“老大，刚才那个人是谁？银月狼王的子孙？”欧阳青跑了过来，吃惊地问。

叶轻柔等人也走了过来，都惊讶万分。因为，那些财团的大人物都没能跟白川长谈，楚风却与他聊得那么投机。

“碰巧遇上。”楚风说道。话音刚落，忍不住发出一声惊呼，“嗯？”

他抬起头看向远处，感觉到一股敌意，因为他的神觉太敏锐了。

那边，许婉怡、穆天以及几个非常出众的年轻人被簇拥在中心。事实上，那几个人也是整场酒会的中心，包括一些身份非同凡响的人，全都围绕着他们转。

楚风甚至还看到了姜洛神，她也在那里，正在跟一个极为漂亮的女子交谈。

“兽王后代过来了！”杜怀瑾低声说道。

酒会的中心开始转移，那几个年轻人向这边走来，目标就是楚风他们。

楚风心头一沉，许婉怡、穆天都在那边，跟那几个人站在一起交谈，楚风不了解穆天，但许婉怡那个女人绝对不会说什么好话。

为首的一个年轻人长相太俊美，拥有一头披散到腰际的紫发，穿着礼服，看起来超凡脱俗。他是一个罕见的美男子，甚至比一般的美女都要漂亮。

“他叫孔盛，应该是孔雀王的后人！”叶轻柔在楚风耳边轻声道。

这让楚风心头一凛。孔雀王极其可怕，连凌山那么强大的老猿都自叹不如，可以想象他有多厉害与恐怖。

封禅之地是人类的必争之地，人类不可能放弃，孔雀王却敢参与，一直想要拿下来。可以说，孔雀王是无敌王者！

在孔盛的旁边，还有一男一女。

男子浓眉大眼，英气勃发，身材魁梧。

“他是云豹王的子孙，叫云飞！”叶轻柔告知楚风，很显然，她在酒会上转了一圈，了解到了足够多的有价值的信息。

“旁边那个女子叫苗菲，不知道出身，但肯定是兽王后代。”叶轻柔继续道。

那个女子一头短发，很清爽，也非常漂亮，大眼睛如同宝石般略微发出绿色光芒，十分奇异、美丽。她跟姜洛神比较谈得来，两人正边走边说话。

“稍微落后一步的男子叫黄小仙，很讨厌！”叶轻柔说道，她也不知道黄小仙来自哪个种族。

黄小仙或许是唯一一个长相一般的异兽，他的长相实在是不讨喜：中等身高，偏瘦，一头黄发，下巴很尖，可以说毫无英气，眼睛中还不时出现精光，整个人看起来有些妖气。

“你就是牛神王楚风？”黄小仙率先开口了。他嘴角微翘，略带轻慢，有一股不知从哪里冒出来的自信。

“是！”楚风很平静地回应道。

“久仰大名，我们可以好好聊一聊。”黄小仙说道。

虽然刚融入人类社会，但他很快就适应了，语言沟通等都无障碍。

他眼中精光闪烁，看着楚风，又向前走了几步，道：“听说你在《牛魔大圣》中杀了各族很多高手？”

这明显是来挑事的。楚风没有说话，就这么看着他。

“我对你挺感兴趣，要不我们出去单独聊一聊？”黄小仙看着楚风，虽然脸上带着笑，但眼神中略带不屑之色。

卫城山一战的电影他也看了，但是，他对所谓的牛神王的战力不屑一顾！

欧阳青打圆场道：“算了，我们还是在这里聊吧，酒会本就是结识朋友的地方，不用换地方。”

他怕兽王的后代将楚风诓出去，找没人的地方下毒手。

“你算什么东西，我和牛神王谈话，有你插嘴的地方吗？”黄小仙翻脸翻得特别快，相当不给面子。所有人都没有想到他会这么霸道、不客气。

“你很过分！”楚风道。欧阳青是为他出头，他怎么能让欧阳青受辱？

杜怀瑾也气愤无比，道：“朋友，这里是酒会，大家还是和气一些比较好。”

“笑话，我在跟楚风说话，轮得到你们俩出头吗？”黄小仙说到这里，看向在场的人，道，“我想知道，刚才说话的两个人是谁，也是被你们邀请来的吗？”

显然，他故意发难，就是要找碴儿。

几名兽王后代本就来者不善，只不过这个黄小仙最为霸道，翻脸最彻底。

酒会举办方顿时冷汗涔涔，根本就没有预料到这个结果。他们不想为难那两个人，但也得罪不起兽王后代。

“真是无趣，什么破酒会，连阿猫阿狗都混进来了！”黄小仙冷笑一声，轻声说道，虽然是在说欧阳青与杜怀瑾，眼神却瞟向楚风，分明是在针对他。

明眼人一看就清楚是怎么回事!

此时，欧阳青、杜怀瑾脸色一阵青一阵白，他们从来没有这么被人当众侮辱过，实在窝火、难受。

楚风冷声道：“你说他们两个是阿猫阿狗，你又是谁，什么出身？”

这就有点针尖对麦芒的意思了。很显然，黄小仙是异兽，自然是飞禽或野兽化形而成的，真要说出身份，就等于被羞辱。

“你……”黄小仙目露凶光，怒视着楚风。

叶轻柔上前揽住楚风的一条手臂，怕他冲动之下跟兽王后代开战，轻声道：“算了！”

黄小仙忽然笑了，模样有些妖邪，并且眼中射出带着淡金色的光束，道：“我正好缺个舞伴，美女可否赏脸？”他在对叶轻柔笑，并冲她招手。这一刻，叶轻柔竟然直接松开楚风的手臂，走了过去。

许多人的脸上都露出异色，黄小仙这一手太过分了，竟想当众抢走楚风身边的舞伴，这姿态，相当盛气凌人。

“你这是在侮辱我们，轻柔回来！”陈洛言都忍不了了，在后面喝道。

对于叶轻柔的表现，楚风起初有些惊异，而后猛然色变，轻叱道：“醒来！”

一刹那，叶轻柔停住脚步，眼神中略显迷茫，而后她惊呼一声，快速倒退着回到楚风身边，像见了鬼一样地盯着黄小仙。

“还是过来吧！”黄小仙微笑着说，眼中淡金色的光芒更加强盛了。

楚风知道了，这个人的精神力非常强大，能惑人心神。

楚风顿时杀意弥漫，将叶轻柔挡在身后，大步向前逼去，这个人一再挑事，本就是来找碴儿的，他怎么可能会退缩。

“你虽然是兽王后代，但记住，这里是人类的城市！”楚风声音冰冷，杀意丝毫不加掩饰!

黄小仙的笑容凝住了，瞳孔略微收缩，面色有些难看。没想到，初到人类社会，居然被这样警告!

“人类的城市又怎样？我们依旧是贵宾！”他开口道。虽然心中恼怒，但他面孔上仍浮着笑意，还很放肆地看向所有人。

“现在各族和平共处，哪里还分什么地域与城市，那样只会显得心胸狭隘。”许婉怡微笑着开口。她穿着一身红色的晚礼服，更显艳丽与妖娆。

这个女人果然出来挑事了，楚风轻蔑地扫了她一眼，道：“许小姐雍容大方，那就请你跟这位黄先生跳支舞吧，也算是代我们人类赔礼了。”

许婉怡面孔略微发僵，笑容顿时消失了。她怎么可能陪黄小仙跳舞！哪怕他的祖父是兽王，实力恐怖。但她心里有数，那应该是一只黄鼠狼!

再说了，如果她现在陪黄小仙跳一支舞，传出去后她还有什么颜面？毕竟她是天神生物林家的儿媳。

黄小仙倒是一脸微笑，他不介意跟一位美女跳舞，所以什么话也没有说。

许婉怡婉拒道：“我身体不舒服，而且是那位美丽的小姐得罪了黄先生，我看还是让她陪着跳支舞赔个罪吧。”说话间，她指了指叶轻柔。即使是此刻，她还是想着将祸水东引。

楚风嗤笑一声，道：“呵，我看你刚才跳了几支舞都很不错，怎么？看不起黄先生？”

许婉怡面色略微发僵，她恨死楚风了，没有想到他反应这么快，让她跟着陷了进来。楚风接着道：“所谓和平共处不是这么来的，人家都羞辱你了，你还要赔笑，这是性格使然呢，还是觉得理应如此？”

这等于是当众戳许婉怡的脸，就差直接说她有奴性了。

“你……”许婉怡大怒，她从来没有这么受辱过。

楚风早就看她不顺眼了！她三番两次想杀他，还派人去动他的父母，已经触到他的逆鳞，今天她还敢跳出来惹事，楚风自然不会有什么好脸色给她，如果换一个地方的话，楚风早就动手了!

林夜羽从远处走了过来，冷冷地看了一眼许婉怡，他觉得今天自己的妻子太失分寸了，完全是在自讨没趣。

“楚兄不能那样说，各族融合是大势所趋，请你不要带个人偏见。”主办方有人站了出来，这么说道。孰轻孰重他拎得清，在他看来，楚风即便是牛神王又如何，比得过兽王后代吗？能跟天神生物林家的儿媳相提并论吗？

楚风微笑着道："是，各族融合是好事，但什么事在一开始都很难一帆风顺，需要一个磨合与过渡的过程，刚才我跟银月狼王的后人就很谈得来，成了朋友，而跟这位黄先生脾气不对路也很正常。"

他十分平和，也很克制，不想让相关的人难办，但他也绝对不认同这个人说的话，所以提及银月狼王的后人，既是刺激，也是提醒。

果然，这个人有些尴尬，面色微沉，不好再说什么了。

此时，不少人站出来打圆场，气氛闹得太僵对谁都没好处，大家都不想发生这样的事。尤其是主办方，在向黄小仙赔礼，和他在那里低声说着什么。

此外还有人来到楚风近前，小声地要他别再多说了。

黄小仙微笑着道："翻过这篇没问题，但是，他得过来给我赔礼道歉！"

他指向楚风，虽然在笑，但有些盛气凌人。他那很尖的下巴向上扬起，显得非常自负。他可不怕什么牛神王，因为他仔细观看过那部电影，对楚风的实力早已有所评判，得到的结论是楚风不如金刚与银翅天神。在他看来，楚风所倚仗的，只是一张大弓。

楚风不屑，懒得理他，直接转身。

"你……"黄小仙的脸色沉了下来，大步走来。

旁边，有人劝楚风，道："楚兄，何必这样，低头服个软算了。"

"办不到！"楚风转身看着劝他的人，而后又很轻蔑地扫了黄小仙一眼。此时他没有动手就不错了。

"那我来教你怎么向我道歉！"黄小仙冷笑一声，面目狰狞，人也快速移到近前。

这是一言不合就要动手吗？要出大事了！

另外几名异兽中的年轻强者自始至终都没有出声，只是冷眼旁观。

黄小仙瞳孔中金光大盛，直接挥拳过来。他傲慢且不屑，准备一拳将楚风打得骨折筋断。

"砰！"

一个皮肤呈古铜色的留着寸头的男子走了过来，人看着很硬气，且十分英武，他一把抓住了黄小仙的手。

“袁大哥？”原本想发怒的黄小仙回头看到这个青年后，脸上顿时赔笑。

那男子平静地看着他，道：“这是什么地方，你想在这里动手？”

“袁峰，来自凌山！”有人低语。

一时间，所有人都猜出了他的来历，单看他一出场就镇住了黄小仙，就能知道他身份不凡，应该是大林寺老猿的后人。

一直没有说话的孔盛这时向前走来，道：“袁峰，你也来了？”

“是，我刚到。”袁峰点头，放开黄小仙，走了过去。

“我正好有事找你。”孔盛说道。他的容貌极其罕见，紫发披散，身材修长，气质太过出众。虽然俊美，但是他不阴柔，且略带威严。因为体内藏着恐怖的力量，弥漫出的一点气息就让人感觉到了压力。

“什么事？”袁峰问道，同时又看向黄小仙，道，“这种场合下不宜让他乱来。”

黄小仙有些尴尬，也没有再出手。

孔盛露出无比灿烂的笑意，开口道：“这些都是小事，那个人说得对，各族在融合的过程中难免会有摩擦与碰撞，需要一个过渡期，让他们自行解决就是了，你我管得了一次，管得了两次三次吗？”

“这……”袁峰想说什么，但是被孔盛拉到一边。

黄小仙笑了，孔盛这样说话，让他底气十足，完全不怕事情会闹大。

楚风心头一凛，难道孔雀王真是指使苍狼王与鹰王的恐怖兽王？并且孔盛已经知道他杀了苍狼王这件事？因为，从他的言语中判断，孔盛明显对他没有什么善意，想放任黄小仙行事。

“袁峰哥！”异兽女子苗菲甜甜地叫道。

云豹王的后人云飞也上前，向袁峰问好。

“袁峰，我想用一些东西跟你换金刚菩提圣树的花粉与果实。”孔盛开口了。

“你找我是为了这件事？”袁峰神色凝重地问道，“你拿什么换？”

金刚菩提圣树是凌山上的一棵千年古树，是目前最珍贵的异树，所结的金刚菩提果有神效，可以让生物迅速进化！

孔盛道：“凌山的金刚菩提树虽然号称圣树，但现在肯定还不是，它需要随着时间的推移才能逐步复苏。你放心，我的交换物不会次于它现在的花粉与果实。”

“你想突破，成为王级生物中的一员？”袁峰问。

孔盛笑了笑，越发显得妖邪、俊美，目光深邃，他回道：“你我一样，想必猿王也早已为你准备好进化所需要的花粉与圣果了，要不了多久凌山就会多一个王者。”

两人交谈时并没有遮掩，很多人都听到了，人们震撼不已！

异果何其稀少，别人成为异人都有难度，他们却在挑挑拣拣，要成为兽王！这就是占据天下名山的好处吗？简直让人疯狂！

“菩提古树结出的果实太少，我不见得有资格享用。”袁峰摇头。

“老猿王暂时不需要那么多，他已经天下无敌了，肯定会考虑让你突破的。”孔盛微笑道。

……

周围的人听得心惊胆战，渐渐明白了是怎么回事。兽王后代进入人类栖居地，是为了增长阅历，了解人类的各种知识，开阔自己的视野。对于这些异兽来说，人族许多方面都值得他们学习。甚至，这人世红尘对他们来说都是宝藏，人情世故等如果能够研习到位，他们的心境会大不相同。

兽王的后代不像兽王那样经历过数百载岁月的洗礼，经过了诸多磨难，积淀够深。兽王有自己的思量，他们想让后辈融入人类中，在滚滚红尘走一遭，在“大染缸”中沉浮一段岁月！不然，凭孔雀王、老猿等的实力，找到最珍稀的异果让后代现在就突破也不是什么难事。

这让许多人惊悚不已。兽王的后代果然得天独厚，注定要突破到较高层次，而且前路早已被安排好！

事实上，黄小仙也极其愤懑。

同为兽王后代，命运却大不相同，他们这一脉的老祖也只是刚突破到兽王层次而已，怎么顾得上他们？而且，他们这一脉只抢占了一座在北方略有名气的山峰，奇树不多，估计很难培养出第二个兽王。所以，黄小仙越发不平，心中有一股怒火在烧。黄小仙本就看楚风不顺眼，现在更想杀他了。

“两位有话好好说，可以坐下来谈。”有人看出气氛不对，想要劝阻。

黄小仙皮笑肉不笑地道："我这个人很好说话，也不会计较什么，让这位美女陪我跳支舞赔个罪就可以了。"他指了指叶轻柔。

叶轻柔脸色变了，现在她也猜出了这个人的来历。要是她被逼着陪一只黄鼠狼精跳舞，事后肯定会成为他人的笑柄。

随后，黄小仙又指向欧阳青与杜怀瑾，道："另外，这两人很碍眼，让他们滚蛋！"

"你！"欧阳青与杜怀瑾气坏了。楚风自然知道黄小仙是故意的，明着针对叶轻柔、杜怀瑾他们，其实是想羞辱他。抢他女伴，斥责他朋友，黄小仙的这种行为嚣张而霸道。

"还不快过来！"黄小仙扬着下巴，看向叶轻柔。他动用了精神力，眼中金色光束射出，想强行控制她走来。

他的精神力强得可怕，周围许多人都被影响到了，忍不住昏昏沉沉的，更不要说他的直接攻击对象叶轻柔了。

叶轻柔脸色发白，身体晃动。

"滚！"楚风这一声大喝中蕴含着牛魔吼，同样含有精神攻击，强行中断了黄小仙的精神束缚。

"轰！"

黄小仙脸色阴沉地直接对楚风出手了。他一拳轰出，发出惊雷声。

"砰！"

楚风抬手，直接挡住了他的攻击，冷冷地凝视着他。

"两位不要如此，各退一步可好？"主办方焦急万分，冲过来不少人，想将他们分开。

"去天台一战，不要影响别人。"楚风说。他今天已经足够克制了，但现在，他不得不出手了。

"生死有命。"黄小仙笑道。他很放松，完全没有将楚风放在眼中，因为他刚才根本没有用力。

片刻后，所有人都跟着他们俩上了麒麟大厦的天台，宴会厅立刻变得冷清了。

繁星点点，夜色柔和。天台很开阔，足够两人交手。即使站了很多人，也没有什么杂音，所有人都在远远地看着他们。

黄小仙虽然很自负地站在天台中央，但没有大意。这一刻，他眼中璀璨金光暴涨，对楚风怒喝道：“还不过来跪下！”

黄小仙的精神力极其恐怖，刚一出手，就使用这种近乎神通的本领，想操控楚风的精神，让他当众下跪，羞辱他。

楚风的脑袋一阵刺痛！他正在遭受精神攻击。他缓慢向前挪动脚步，身体像是要弯曲了。

黄小仙畅快不已，哈哈大笑起来。他很享受这种操控他人的意志从而掌控一切的感觉。

“老大！”杜怀瑾、欧阳青脸色铁青，同时大声喊道。

叶轻柔很揪心。如果楚风在这里受辱，那真比杀了他还要可怕。此情此景，让她难受不已。

“楚风！”陈洛言喝道，想唤醒他。

此时，就连姜洛神都于心不忍。哪怕此前她想暴打楚风，但也不愿他在异兽面前受辱。她张了张嘴，想要说什么。

孔盛很平静地站在那里，一动也不动，一头垂到腰际的紫发被夜风吹得扬起，俊美的面孔上毫无波澜。

“这样好吗？”袁峰低声道。

“总有过渡与磨合期，让他们自己解决。”孔盛瞥了他一眼。

这个场面的确让人不自在，许多人都在摇头叹息。毕竟，即将被羞辱的是楚风，他是一个人类。

许婉怡在笑，那笑容是发自内心的，这让她感觉畅快无比。她终于等到这一天了。

“很好，很听话。”黄小仙微笑着说。他双目中的金色光芒越发强烈了，这一刻，他觉得自己可以掌控任何人的生死。

他发现，楚风的腰似乎又低了一些，这让他更为享受了。

然而下一刻，风雷爆响，楚风突然动了，一拳砸出，快如闪电！

早先，他向前挪动脚步，不过是为了接近对手，他略微弯腰，是为了蓄力挥拳！

“你……”黄小仙惊叫。

他根本躲不开，因为对方的速度太快了。他只能快速伸出双臂挡住，然后再反击。然而，从一开始他就低估了楚风，在挨了第一拳后，他当场脸色就变得惨白。

“咔嚓！”

第一拳砸落，他的右臂直接被楚风击断。

“咔嚓！”

当楚风的第二拳落下后，他的左臂发出了瘆人的骨头碎裂的声音。

“轰！”

楚风第三拳轰出，击在他的胸膛上。

“咔嚓！”

黄小仙的胸膛塌陷，胸骨折断四根，大口吐血，整个人横飞了出去。

“嗖！”

楚风以恐怖的速度跟进，空气都发出爆鸣声，直接追上在半空中横飞的黄小仙，而后一脚踢出，“砰”的一声之后，他的左肋噼啪作响，很明显，断了一些肋骨。

至此，楚风才停下，一动不动地站在那里。

“啊……”

直到这时，黄小仙才发出惨叫声，浑身多处骨折，剧痛让他难以忍受，“扑通”一声坠落在天台上，满地打滚，嘴里不断吐血。

所有人都震惊地盯着前方，一副难以置信的表情。

楚风太狂暴了，居然这么干净利落地结束了战斗，让人心惊胆战。

“太粗暴了，太狂野了，不过，我喜欢！”很长时间后，欧阳青才怪叫出来。

其他人听到后都不由自主地想点头，他们都有这种感受，觉得特别酣畅淋漓，就是要这么粗暴地横扫黄小仙才畅快啊。

同为人类，很多人早已看黄小仙不顺眼，只不过敢怒不敢言，没法表露。现在，有人出头将他痛击，实在大快人心！

几位异兽强者都面无表情地立在原地。

“你该死啊！”黄小仙大叫起来。

黄小仙的确是黄鼠狼，天生精神力强大。关于黄鼠狼有太多的传说，最出名的就是能操控人的精神，很诡异。

黄小仙进化后，这种能力自然更强大了，结果却遭受了这种惨败。

楚风也承认，黄小仙的实力确实很强，最起码在觉醒境界八段，换作其他人的话肯定着道了。叶轻柔那么厉害，都被黄小仙出其不意地控制过心神。

如果不是楚风掌握了牛魔吼，内蕴精神攻击，想要收拾他，估计会费一番工夫，不可能这么干净利落。

“杀！”黄小仙怒吼一声。

“哧！”

一道雪亮的光芒突然从黄小仙那里冲出，向楚风斩去。

“天啊，竟然是飞剑！”有人失声惊呼。

那的确是一柄短剑，不过巴掌长，雪亮而刺目，向着楚风的脖子斩去。

“不是只有史山有御剑术，我们这一脉也精通。”黄小仙心中冷笑，这是他的必杀技，他精神力强大，可以控物杀人。

然而，楚风的表现十分慑人，只见他左手捏龙形，右手施展虎形，形意拳的龙虎争霸绝招瞬间释放。他双手合击，在最危急的关头，直接夹住了这柄雪亮的飞剑。

“咔嚓！”

他双手一交错，龙虎争霸，爆发神音，震动天台，同时爆发出螺旋劲，直接折断了飞剑。

“怎么可能？”黄小仙大惊失色，这柄飞剑的材质十分稀有，居然就这么被折断了。

下一刻，楚风来到黄小仙近前，一脚向前踏去！

“咔嚓！”骨裂的声音传出。

“啊……”

第61章
杀苍狼王者曝光

黄小仙不停地惨叫。楚风这一脚落下之后，他另一部分还算完好的胸骨也塌陷下去了，这意味着他全身都骨折了。

“砰！”

接着，楚风又扫出一脚，黄小仙应声飞起，这一次重击之后，他的脊椎骨完全折断了，伤势极其严重。

“有意思，一只黄鼠狼而已，竟然连飞剑都放出来了！你还有什么手段？尽管施展！”楚风说道。

“我要杀了你！”黄小仙愤怒地大叫。坠落在地上的他满嘴是血，身体痉挛，剧痛使得他全身直冒冷汗。

在这次天地变异之前，他就已经活过了二十几载岁月，且有了灵性。那个时候，他就在某一偏远地区被尊称为“大仙”。全面进化后，他的精神力暴增，连飞剑都祭出来了，斩杀觉醒境界的生物跟切菜似的，实力极其恐怖，不然他也不会被黄鼠狼一脉的老祖看上，立为继承者。

可以说，自从出道后，黄小仙还没有吃过这么大的亏。除了楚风，觉醒境界的人中根本就没有多少可以与他抗衡的！可惜他碰到了楚风，今日注定会无比凄惨。

“你还嘴硬！”楚风上前，又是几脚踏了下去，帮他进行“全身骨折运动”。

“你……”黄小仙怒了，主要是太痛了，身体上的剧痛让他难以忍受，所以他不由自主地颤抖了起来。

他虽然愤怒，但是也不敢叫板了。

即便这样，楚风依旧踏了几脚，把他的下巴也给踩骨折了。

这一刻，黄小仙已是一把鼻涕一把眼泪，那种痛他实在受不了。他现在说话都说不利索了，因为下巴断了！

夜空中，繁星点点。天台上一片寂静，人们都震惊了！

刚才楚风如同魔神般迅猛出手，以摧枯拉朽之势在最短的时间内结束了战斗，干脆利落。

“痛快！”欧阳青、杜怀瑾都在欢呼，就像是他们自己动手痛打了黄小仙一顿一样，出了心中的一口恶气。因为刚才黄小仙还轻视他们，脸上满是看不起人的神情，甚至称他们为阿猫阿狗，那姿态，嚣张霸道到了极点，结果现在他被打残了。

叶轻柔也笑了，她非常讨厌这个黄小仙，他险些控制了她的心神，现在被打成死狗一样，这让她十分开心。

不光他们，在场的许多人都觉得痛快，这一战鼓舞了士气，让人类扬眉吐气了。

主办方的人则在擦冷汗，身体都发颤了。大事不妙啊，那可是兽王子孙，竟在这儿被打得浑身骨折，他们要没法向兽王交代了。

当然，也有人觉得愤懑与憋屈，那就是许婉怡。早先她还在微笑，想看兽王子孙折辱楚风，甚至希望将他当众斩杀，哪里料到最终会是这么一个结果。她脸色铁青，相当难看，黄小仙的落败让她很烦躁。

那些财团高层也很震惊，他们觉得自己低估了楚风，他的强大程度远远超出了他们的预料。

连姜洛神的心都怦怦直跳，楚风无疑就是杀苍狼王的人了。她早先就怀疑过，还将那段视频看了十几遍，结合现在看到的一切，她更加确定了。

许久之后，人们才回过神来，顿时议论声四起，人们的兴奋与激动之情溢于言表。

直到这时，主办方的人才慌忙冲了过去，小心翼翼地为黄小仙检查身体，并且低声道歉，说各种好话。刚才他们可不敢乱动，因为楚风的样子如同魔神，他们根本不敢接近。

现在，他们在心中暗暗叫苦的同时，也对楚风心生怨愤。楚风将黄小仙打成重伤，几乎到了废掉的程度，让他们接下来怎么面对异兽强者？

“楚风你实在……”有人想对楚风发火。

但是，当那个人看到楚风向他投来的冷冷的目光时，顿时没声音了。他十分害怕，毕竟楚风实力恐怖，不是一般的人。看这情形，楚风目前的强大程度远远超过其早先的身份——牛神王！

“这件事没完！”黄小仙吐了一口血后说道。

他从来就没有吃过这么大的亏。

“你不是想让我按照生死有命的规矩来吗？”楚风冷漠地说道，而后直接跃了过去。

他的速度迅猛如雷电，当他落地时传出了“咔嚓”一声，他的双脚踏在黄小仙的双腿上，显然是黄小仙的骨头断掉了。

“啊——”黄小仙凄惨地大叫。

“不知死活！”楚风冷声道，接着他向前迈步，一脚踏在黄小仙的脸上，顿时让黄小仙的牙齿掉落了很多颗。

“不！”黄小仙惊恐万分，彻底认输了，艰难地吐出这么一个字。他被吓坏了，很怕楚风一脚将他踩死在这里。

主办方的人全都害怕了，不敢上前阻止，甚至连大气都不敢出，面色煞白地站在一旁看着。

“楚兄，可以了。”就在这时，有一人快速到了近前，拦住楚风，不让他下杀手。

这是一个二十三四岁的青年，眉目秀气，身材颀长，看上去是一个很温和的青年。他看着楚风，道：“我是赵禹，来自玉虚宫。”

楚风一怔。他知道这个人，玉虚宫中有三个年轻人是被重点培养的，其中一个就是赵禹。他以为会是异兽中的强者过来阻挡，没想到赵禹先过来了。

“放过他吧，不然我们玉虚宫也难做。”赵禹说道。

赵禹长得斯文秀气，一般的人根本不知道他是玉虚宫中实力很强的种子高手。

楚风想了想，抬起了脚，没有再踏下去。

事实上，他也不想当众击杀黄小仙，兽王才跟人类达成共识，他如果立刻诛杀一名兽王后代，影响会极其恶劣。但是，如果是在野外，他会选择直接杀了黄小仙！然而，众目睽睽之下，他要是真的这么做了的话必定会引发巨大风暴。

现在黄小仙几乎处在半废状态，浑身骨头断裂了很多根，这种结果或许更好，让他成为反面教材，更具有威慑性。

楚风这般强势出击，对其他的兽王后代也是一种警告，至少让这些后代明白了，人类中并不是没有高手！

“到此为止吧。”孔盛直到这时才走了过来，开口道。

他披散着紫发，穿着人类的礼服，身上有一种难以言喻的气质，妖邪而俊美。

这时，许多人跟了过来，都小心地陪着他。

“孔哥，我……”黄小仙低着头，在这么凄惨的大败面前，他有些惧怕，同时也很憋屈。

“自己实力不济怪得了谁，走吧。”孔盛淡淡地说道，而后便离去了。

他并没有向楚风发难，这出乎一些人的意料。

许婉怡见状特别失落，更觉得遗憾，她很希望孔盛这等人物能强势出手。

楚风惊讶万分，他觉得这个孔盛不简单，分明对他没有什么善意，结果却能这么平静而镇定地离开。

这时，有人抬着担架走了过来，将黄小仙放了上去，将他带走了。

来的时候意气风发，无比自负，走的时候被人抬着，黄小仙当然愤恨无比，他回过头，冷冷地看了楚风一眼。

这一战的消息肯定会传出去，无论是在人类社会，还是在异兽中，他黄小仙都会成为反面教材，成为大家眼中的失败者，这实在是太丢人了。

酒会就这样散了，谁都没有心思再待下去了。

很快，有人将这一战的视频发到了网络上。这段日子太沉寂了，楚风多日不现身，一点消息都没有，谁都没有想到，他再次出现时竟是这般惊天动地。

“那个人是谁？连飞剑都放出来了，好恐怖！结果却被牛神王折断了剑体，太惊人了！”

“牛神王不出则已，一出手就不同凡响！”

随后，有人将前因后果写了出来，跟这段视频放在一起，顿时引爆了网络。

早先人们只是觉得这战斗画面十分惊人，毕竟出现了飞剑，而在了解了内情后，大家连连高呼痛快。

一只黄鼠狼竟敢在酒会上趾高气扬地轻慢与羞辱人类，活该如此！

“打得好，看得我热血沸腾，真想亲自去暴打那只黄鼠狼一顿！”

“楚风太彪悍了，能徒手硬挡飞剑，比我们想象的还要厉害，绝对是超级高手！”

……

网络上的声音一面倒地都在支持楚风。

楚风回来后，第一时间去见了陆通，告诉了他详细经过。

“难道他们知道是你杀了苍狼王？”陆通很冷静地问。他没表现出任何情绪，好像完全没受影响，此刻，他正在低头琢磨。

“气死我了！”一间奢华的房间中，黄小仙愤怒无比地砸烂了通信器，毫无疑问，他看到了网络上的视频与报道。

两名老者正在他的房间中帮他接骨。这是两个高手，他们经验丰富，手掌都在发光，看起来拥有神秘能量。

“那人下手好重，小黄近乎废掉了，得好好养伤。”一名老者说道。

这时，孔盛走进了房间，面孔依旧保持着平静。云飞与苗菲跟在他的身后。

“孔哥，你怎么不出手？应该杀了他啊！”黄小仙略有不满地叫道。

云豹王的后代云飞开口道：“你和他有约在先，当公平一战，众目睽睽之下，孔哥怎么出手？”

“我败了的时候，你们可以跟他约战啊！”黄小仙觉得自己很委屈。

苗菲轻哼道：“几大王者刚跟人类商谈好，如果因为你败了就去报复、杀人，这影响得有多恶劣。”

黄小仙低头，道：“我也没有想到他竟然会那么强，估计王者以下的人中没有几个能是他的对手，除非孔哥出马。”

几个人一起看向孔盛，想知道他如何决断。孔盛的眸子中发出淡紫色光芒，他平淡地说道：“找人放出消息，就说楚风是杀死苍狼王的人！”

“啊，是他？”黄小仙、云飞、苗菲三人都大吃一惊，睁大了眼睛。

就连原本很平静的两名老者现在也都眸光大盛，露出惊容。

“不管是不是他，想大动干戈去杀他的话总得有一个理由。”孔盛平静地道。

几个人愕然，而后又都很佩服孔盛。

黄小仙大喜，道：“孔哥思虑周密，高！有这个理由就足够了，除了人类以外，我辈都会敌视他。以这样的理由去杀他，即便有些高调，人类也难以说什么！”

“不要高调，要低调地去杀。”孔盛说道，而后他看向房间中的两名老者，道，“到时候请黄老与林叔亲自走上一趟吧。”

“好！”黄云点头。他早就想出手了！他跟黄小仙同出一脉，看到黄小仙被打成这个样子，他早已心生杀机。

另一名老者孔林也点了点头，双目中紫光闪耀，原本在体内的恐怖气息瞬间弥漫出来，让人心悸。

黄小仙深知这两名老人有多可怕，顿时大喜过望地道：“好，有两位老人家出手，足以轻易将他干掉！”

另一处豪宅中，穆天正在看那种泛黄的古老书籍，封面上写着“八极拳经”几个字。如果被外人看到，一定会非常吃惊！毕竟，这种古武属不传之秘，能拥有的人都不是等闲之辈，然而，他似乎只是当作消遣性的书籍在翻看！

房间中还有另外一个青年，名叫穆卓。

“天哥，你也太沉得住气了，今天你看到那个楚风时都没有动手的意思，还跟他交谈，我都忍不住想对付他了。”

“风口浪尖上，有必要掺和吗？”穆天头都没有抬，依旧在看书。

“那你什么时候动手？穆不能白死，他可是你的亲弟弟！”穆卓说道。

“你就这么着急吗？”穆天淡淡地看了他一眼。

穆卓静不下心来，道：“他的实力很惊人，趁早除掉比较好，再说了，天哥你明明有足够的实力啊！”

“那你去找人放出消息，说杀苍狼王的神秘强者是楚风。”穆天放下书籍，随口说道。

“啊？”穆卓震惊地道，“真是楚风做的？”

“是与不是有什么关系，给异族一个出手的理由就够了。”穆天平和地说道，而后又将那本古拳经拿起，神情略微一顿，道，“而且，我感觉就是他。”

晚间，楚风在和林诺依交谈了很长时间后放下了通信器，忍不住一阵出神。

林诺依得悉这边发生的事后，第一时间跟他联系了。她很严肃地告诉他，这件事不算完，后面肯定还会有大风波。

按照她的猜测，兽王的后代肯定不会善罢甘休，杀招马上就会出现。此外，她还特别提到了穆天，告诉楚风一定要小心这个人，因为此人太厉害了，被他盯上之后会危险至极！

“我想他即便不马上动手，也会陷你于险境中，比如告知外界是你杀了苍狼王，从而借刀杀人。”林诺依再三告诫，让他小心。

清晨，一则爆炸性的消息瞬间传播开来，震动了全网络。

“楚风就是击杀苍狼王的神秘强者！”

所有人都惊呆了。之后，这则消息又掀起了巨大波澜！

“天啊，牛神王太厉害了，竟然是他杀掉了那头恶狼！”

“我都有些崇拜楚风了，怎么也没有想到，他除了是牛神王之外，还是杀苍狼王的人，激动啊！”

……

许多人都在称赞楚风，同时对他敬畏有加。

然而，对楚风来说，这无疑是一场巨大的危机！

陆通第一时间将他喊去，神色严肃地对他说，这则消息爆发得太突然，玉虚宫还没有做好准备。

“异兽中的高手都化形了，这很棘手！”陆通很担心地说。

他站起身来，一番犹豫后，果断说道：“如今只有一个办法了！”

“什么办法？”楚风始终很镇定。

“以力破之，让你变得更强，可与兽王争锋！”陆通说道。

楚风看着他，没有说话。

“送你进封禅之地！”陆通沉声道，神情无比郑重。

“好！”楚风腾的一下站了起来。这一天，他等了很久！

陆通告诫楚风：“只是那地方太危险了，王级生物嘶吼，绝世强者争霸，尸山血海，死了太多的人！”

虽然封禅之地山顶上有神秘圣树，但也是一处死亡绝地。他有点为楚风担心，怕楚风死在那里。可现在情况危急，他预感到针对楚风的杀局才刚刚开始，如果楚风不远离是非之地的话，会有杀身之祸。

“八景宫、碧游宫的主人都已经赶到封禅之地，再过一段时间应该可以拿下那里！”陆通说道。

连另外两大高手都动身了！这让楚风意识到形势很严峻！

陆通开始和其他人联系，进行各种安排，比如调用专用飞机等，他想让楚风尽快动身。

“我走后，我父母怎么办？”楚风很担心他们俩的安全问题。

“这里是玉虚宫，你父母生活在这里很安全，异兽真敢乱来的话，那么他们的栖居地将会被夷为平地！”此时的陆通颇为霸气。

他有这种信心。因为八景宫、玉虚宫、碧游宫的三位绝世高手都放过狠话，若有人敢践踏他们的道场，他们必联手屠之。

“你杀了苍狼王，他们针对的只是你，祸不及家人，这是一条底线，不然，他们的后代一个也别想活。”陆通说道。

随后，他轻叹道：“原本我也想让你躲在玉虚宫里，但是，玉虚宫眼下毕竟没有绝世高手坐镇，我怕他们狗急跳墙。”

同时，陆通不想过于被动，与其让楚风躲避，不如想办法让他尽快崛起，到时候再强势杀回来！

老头子虽然平日里笑眯眯的，但关键时刻很有决断力，又很霸道。同时，他很看好楚风，觉得楚风有成为王级强者的潜力。

楚风起身，回去和父母告别。

“爸，妈，你们放心，那里有几位绝世高手坐镇，很安全。”在家中，楚风故作轻松地对父母说。

王静的眼圈红了，发生了这么大的事，她怎么能不担心？

“一定要谨慎小心啊。”楚致远叮嘱。

随后，楚风的通信器响了，联系他的是黄牛。连远在昆林山的它都知道了这件事。它告诉楚风，可以到昆林山跟大黑牛与它会合，谁敢追杀过去就灭谁！

楚风苦笑，黄牛的心意他领了，但是去昆林山的路途太远，没有封禅之地近。

结束通话后，他走到房间中，那里的大花盆里四公斤的异土下埋着石盒与种子。

“嗯？”楚风扒开表层的普通土质，露出下方的异土，它们竟已失去光泽，变成了一般的沙土。

精气被种子吸收了？

楚风小心翼翼地挖开土，发现雪白种子上多了许多纹路，纹路很复杂，有一种特别的韵味。但可惜的是，结果也仅止于此，种子没有生根发芽的迹象。而且，异土的精华被消耗完了，再埋下去也没有意义了。

另外两颗种子则依旧没有什么变化，一颗乌黑干瘪，另一颗像被压扁了。

楚风将三颗种子装进了石盒，准备带走。

不久后，他离开了家，跟陆通在玉虚宫再次碰头。

“安排好了，你现在就离开！”

一辆车载着楚风从玉虚宫的一条地下隧道驶向外面某一栋商务楼的地下车库。随后，这辆车来到地面，从这里开始出发。

陆通担心玉虚宫外有异兽盯着，为了保险起见，他也动身了，前去见孔盛等人。

“我去见一见那些异兽，看看能否说和一下。”

客厅很大，装修讲究，低调不奢华，但是足够舒适。

孔盛坐在沙发上，衣服干净整洁，没有一丝褶皱，紫发垂到腰际，整个人俊美无比，非常有气质。

他请陆通喝茶，整个过程始终很平和，保持着恰到好处的距离感。

身为兽王后代的苗菲却在这里亲自泡茶。她泡茶的技艺精湛，动作娴熟而优雅，光看着就是一种享受。

虽然他们是异兽，但现在看起来比人类还优雅，举止也特别得体。

当然，黄小仙除外。此刻，他坐在轮椅上，全身都是石膏与金属架，眼中带着不加掩饰的仇恨的光芒。

他的话很难听：“楚风算什么东西，如果孔哥出手，抬手就能灭了他，凭他也值得你这么兴师动众上门求情？”

陆通淡淡地扫了他一眼，没有搭理他。

“陆老的来意我已清楚，你多虑了，我们从来没有想把楚风怎么样，这里面或许有什么误会。”孔盛温和地说道。

陆通的言语也很直接：“再说这些已无意义，在座的都是明白人，我就想问这一次怎么才能揭过去？毕竟王级生物刚跟人类达成共识，我们应该维护这来之不易的关系才对。”

孔盛闻言，微笑着望着陆通，眼睛中闪烁着淡紫色的光芒，整个人显得优雅而阳刚，道：“我无所谓，只是这一次楚风将黄兄伤得太重，一些长辈比较惊讶，想一睹这个人类青年才俊的真容。”

说完，他指向另一侧沙发上的两名老者。

正是黄云与孔林。

两人略微欠身，点头示意。同时，从他们的体内弥漫出了一丝恐怖气息。

陆通心中一沉，这是两个准兽王，实力远超其他异兽，而且，看这情形，他们算是王者了。

不过，按照现在的标准，要成为兽王，至少得挣断体内一条“铁链”，所以现在这两人仅能算是准兽王。

黄云长着一头黄发，下巴尖尖的，跟黄小仙气质相近。他眼中精光闪动，道：“我们没有恶意，只是想看一看楚风小兄弟到底有多超群，想结识一番，不知道陆兄能不能安排一下？”

陆通蹙眉，信他们才怪，准兽王都出动了，情况很不妙，幸好他已经安排楚风尽快离开了。

忽然，他的通信器上接到一条文字消息，是楚风发来的。告知他客机出现了一些小故障，将延迟飞行。

陆通脸色变了，心想，真是不顺利！

就在这时，黄云身上的通信器也响了，他低头看了一眼，露出笑意，道：“失陪，我与孔兄还有一些事要处理。”

说完，两名异兽老者站起身来，微微躬身，表示了一下歉意。

陆通心中一沉，难道机场的事与他们有关？这未免太恐怖了，他有点不太相信。

但是，他还是第一时间跟玉虚宫的人联系了。

“赵禹，将我收藏的那颗异果给楚风送去，让他见机行事！”陆通发出文字消息。

那颗异果或许能助楚风突破，但希望不大，可能性不足一成。

因为，照目前的形势，一般的异果早就无效了，需要名山大川上的神异古树结出的非同一般的果实才行。同时，陆通更想楚风用花粉突破，并不希望他多服食异果，只是没有想到事态恶化到这一步，才不得不冒一下险。

他真的怕机场的事是孔盛他们做的。

玉虚宫内，赵禹脸色略微发青。最近，他感受到一股压力，楚风后来居上，越来越受玉虚宫重视了。

“这颗异果我都暗示过几次了，陆通不送我，却直接给了他！”赵禹的脸色很难看。

赵禹取走那颗异果，驾车离去。但是，他犹豫不决地在路上停了下来，最后，他一咬牙，将异果收了起来，准备带回去留着助自己突破！

而后，他向某一个号码发出一则消息，告知楚风的航班信息。做完这一切后，他才磨磨蹭蹭地向着机场进发。

赵禹声音很冷，道：“如果你死了，一切都完美结束；如果你活着，我就说自己迟到了，没有能将异果及时送到。”

客厅中，陆通沉默着等待结果。然而，让他吃惊的是，黄云、孔林又回来了，两人分别坐回原处，道：“事情解决了，刚才失礼了。”

陆通眼中精光隐去，他觉得这几个人并没有得到什么消息，刚才做出那番举动，应该是故意试探他，从而观察他的反应。想到这里，他安然坐在那里，不再看通信器，退一步讲，如果能将两个准兽王拖在这里，也是一件不错的事情。

没过多久，又有人进来了，递给孔盛一张字条，他稍微一看就递给了黄云还有孔林。

“唉，对不起，又有事了，还得离开一下，失陪。”黄云说道。

陆通哑然失笑，看着他们离去。

黄云与孔林迅速离开雷天城，而后都化出本体！

“消息可靠吗？”黄云化成一只黄鼠狼，通体金黄，眼睛骨碌碌转动，看着南方的天空。

“应该不会有错，我们在前面的路上截杀他！”孔林化作一只孔雀，通体缭绕着雾气，绽放出五种光芒。

黄云“嗖”的一下跃到孔林的背上，孔雀展翅，疾速远去。他们一路南下，准备截杀楚风!

很久之后，楚风才登机前往封禅之地。刚离开雷天城五百里，飞机上就传来了报警声。探测器显示，前方的云层中突然出现了一个庞然大物。

那是一只孔雀，足有数十米长，闪现着五色光芒，恐怖的气息弥漫过来。

“天啊，该不会是王级生物吧？”飞行员惊声尖叫。

这虽然是一架客机，但经过改造，还携带着一些武器。一看那个庞然大物俯冲了过来，飞行员第一时间发射导弹。同时，他快速跟地面取得联系，告知这里发生的情况。

地面上有各种尖端武器为这条航线保驾护航，随时瞄准空中，应对一切可能发生的危机。地面上的人员接到信息后，地面防护系统第一时间开启火力网。

“轰！”

一些地对空导弹被猛烈地发射到了高空中。

然而，孔雀实在太敏锐了，浑身爆发出刺眼的光芒，光焰瞬间将它笼罩！它的速度又非常快，眨眼间移动到飞机附近，以机身为挡箭牌，让地面上的人员有所顾虑。

“咔嚓！”

它锋利的爪子轻易就破开了航空合金，直接将机身撕裂开来。

“天啊，那是怎样的一头怪物，是王级生物吗？”地面上监控到这一幕的人全都惊呆了。

尤其是，他们居然看不清那被一层神秘能量包裹着的是什么生物。

“它这是有意为之，不想暴露身份！”地面上的人咬牙叹道。

“给我打，将它轰下来！”当看到飞机解体时，地面上有人连连发出怒吼。

连飞机都四分五裂了，他们还有什么可顾忌的，立即将火力交织到一起，向高空扫去。

这一刻，就连那只孔雀都忌惮了，各种恐怖武器化成火舌，吞没高空，将它笼罩了。

孔雀终究不是真正的兽王，最后，它浑身是血，向地面坠落下去。

“孔兄，你没事吧？”黄云趴在它的背上问道。

“死不了，我低估了人类的热武器！”孔林在空中飞快躲闪，疾速向地面飞去。

“那小子死了吗？”黄云问道。

“即便没有被撕碎，也会摔死！”孔林说道。突然，它的瞳孔中射出骇人的光束，道，“他还活着，身边有一名会飞行的异人！”

在楚风身边安排这样的异人就是为了以防万一。如果飞机被毁，他们可以多一种逃生的可能。一开始，那名异人并没有展现自己的飞行能力，直到远离高空的危险环境之后他才展开翅膀，带着楚风向地面落去。

“他死定了！”黄云叫道。

“情况有些不妙，我的一只翅膀断了，能勉强降落到地面，要是强飞的话，估计没什么速度，多半还不如你在地面奔行得快。”孔林说道。

“老头子，我被敌人下黑手了，连飞机都被撕裂了！”楚风第一时间跟陆通联系。

“什么？！”已经回到玉虚宫的陆通刚觉得能喘口气，没想到，楚风在半路被截杀。

“你在哪里？我派人去救你！”陆通有些急了。

“刚离开雷天城五百里，在正南方向一片山脉中，这块地方应该是叫戚汕岭。”楚风告知。

“没有选择了，你服下那颗异果吧。”陆通着急地说。

“什么异果？”楚风诧异地问。

“赵禹没有给你送去吗？”

“没有，我得继续逃亡了。”楚风快速挂断通信器，因为天空中的两个怪物俯冲下来了。

楚风站在地面上，对身边这名可以飞行的异人说道：“你赶紧走，立刻腾空飞去，他们的目标是我！”

“可是……”

“没什么可是！”楚风让他离开，而后一头扎进山林中。楚风想了想，然后朝着一个方向奔去。

玉虚宫里，陆通在怒吼：“赵禹呢？”

“赵禹被人袭击，身受重伤，送到医院时早已陷入昏迷中，处在垂死边缘。”有人告知。

“什么？”陆通忍不住皱了皱眉。

随后，他跟孔雀王的后代通话，声音极其冰冷：“孔盛，你们这样下狠手，就不怕自身也难保吗？”

孔盛的声音十分平和，道：“陆前辈你在说什么，是在说南边那个气泡炸开的事吗？‘砰’的一声，气泡里的小虫子就死掉了，它太脆弱，我都没有兴趣关注它，更懒得动手。”

“你……很好，先让你嚣张一时！”陆通愤怒地结束了通话。

客厅中，孔盛放下通信器，透过落地窗看向南方，道：“真脆弱。”

黄小仙则激动不已，道：“飞机四分五裂，他死定了，即便死不了，两位老人家也会将他撕碎！”

这一日，多架武装直升机带着凶猛的火力配备，朝南飞去！

到午后时，楚风已经满身是血。他根本不是两个准兽王的对手。论实力，这两个人都比当日残废的苍狼王强太多。

稍微一接触，楚风就明白了，这两人只差一个契机就能成为真正的兽王了。他们在力量上可能差距不大，但是在神觉、速度方面的差距是真实存在的。成为兽王后，神觉恐怖，无惧危机，往往能提前预料到事情的走向。

在他们的力量面前，楚风没有对抗的办法，只能选择逃遁。

他的身上有些伤口很恐怖，在不停地流血。但他一言不发，疾速奔行，这是他遇到的最大危机，关乎着生死。

“小子，你活不了了！”黄云冷笑着在后面追击。不过，让他有些恼怒的是，这么长时间过去了，居然还没有追上。

“现在你上天无路入地无门，没人救得了你！”孔林的声音极其冰冷，现在，他已经化成人形，依靠双腿在追杀楚风。他的一条手臂鲜血淋漓，不自然地扭曲着，如果没有化成人形，那便是他的翅膀。

逃亡三百里后，楚风总算松了一口气。他终于找到了那个地方——银矿！

他在这片区域穿行，最后，他装作意外发现了银矿与那棵古树，却不小心跑过了头，然后慌忙往回冲去。

“什么？这么大的一棵古树，还结着神秘果实！”后面追随而至的黄云与孔林都震惊了。

要知道，平日里也只有名山大川中才有这么大的异树。他们若是能得到上面结的异果，就可以迅速进化成兽王！

孔林不顾伤势恶化，强忍着剧痛，化出本体，展翅冲了过去，而且，速度比刚才快了不少。

它佯装攻击楚风，其实是冲向那棵古树。

黄云也化出本体，大叫着向前冲去，那种果实对它来说诱惑太大了。

“啊……”孔林猛然发出一声惨叫。它的下身被一团银光包裹着，向着银矿中拉去，它拼命挣扎，却无能为力。

“不！”黄云也大叫起来，它的本体也被一道银光笼罩，但是凭借一身惊人本领，它奋力冲了出来，不过，它的一条小腿消失了，伤口血淋淋的，使得它不停地惨叫着，“啊……”

“给我滚开！”孔林也足够强大，向外猛冲，终于挣脱了出来，但是，现状很凄惨——它只有胸部以上还在，其他部位都消失了，地上血淋淋的。

“嗖！”

楚风冲了过去，手起剑落，孔林彻底毙命。

黄云惊叫着转身就逃。十五分钟后，黄云拨通了孔盛的通信器。

“黄老辛苦了，为了一只小虫子，让你们跑那么远，受累了。”孔盛平和地说道，但他很快就觉得不对，因为黄云的喘气声很粗重。

同一时间，楚风跟陆通联系，道：“老头子，派一架武装直升机送我去靖门，我从那里前往封禅之地！”

此时，他只有一个念头，必须马上突破，掌握匹敌兽王的力量！

什么都动摇不了他。

第62章

石破天惊

“你在哪里，情况怎么样了？”陆通无比焦急地问道，两个准兽王在追杀楚风，那肯定会是绝杀的场面，他很担心楚风怎么活下来！

现在外面已经闹翻天了，泄露出来的消息都说楚风死了，说有异兽撕裂了飞机，将楚风斩杀在雷天城外。

黄小仙甚至还让人用轮椅把他推出来，露了一次脸，姿态十分轻狂，就差说楚风的死与他有关了。

现在，外界宛如发生了一场大地震，可以说是群情激愤，许多人都有些受不了。早上他们还在称赞楚风斩杀苍狼王的壮举，谁能想到中午却听到了这样的噩耗。

银矿附近。

楚风看了一眼通信器上的通话记录，发现有很多未接来电，来自父母、亲人和朋友等。

“我很好，就在银矿附近，你尽快派人来接我。”楚风说道。

“已经安排了，你耐心地等等！”陆通说道，随后他实在忍不住了，问道，“那两个准兽王呢？”

“一个被我杀了，一个逃走了。”楚风说道。他受伤不轻，此刻身上满是血迹，这是他遭遇的最大的一次危机。

“什么，你杀了一个准兽王？”陆通惊叫。

他想过各种可能，就是没有料到楚风能把准兽王杀了，那可不是残废的苍狼王，而是完好的准兽王，王级以下的生物谁能是其对手？！

“等着看新闻吧，我稍后会发一些消息！”楚风寒声说道。既然事情已经闹大了，那他也没什么可在乎的，不必再隐瞒事情的真相了，他就是要狠狠地打那些异兽的脸。

“妈，你别哭，我很好！”楚风跟父母取得联系后，瞬间就听到了母亲王静的哭声。王静实在担心坏了，因为现在网络上都炸开锅了，大家都说楚风已经死了。

可以说，今日发生的事情影响极大，所有人都在关注这件事，很多人无比愤慨，甚至叫嚣着要跟异兽开战。

异人中斩杀了苍狼王、立下了赫赫大功的强者，结果被异兽杀死了，还被异兽黄小仙蔑视，这让许多人都气得身体发抖。

孔盛跟黄云通话后，笑容凝固了，眼神第一次变得这么冷，他怎么也没想到，自己听到的竟然不是捷报，而是噩耗!

孔林被楚风一剑斩中头部，死了，黄云身受重伤。

“那里有一座银矿，非常诡异，竟然进化出了金属生命体，绝对是王级生物！”黄云气喘吁吁地说道，它在银矿那里断了一条腿，楚风以绝对的速度压制了它，让它险些死在那块区域中。

房间中，黄小仙面色惨白，恨不得站起身跑到天台上去大叫。怎么可能？！异人中的一个年轻人而已，竟然让两个准兽王一死一伤？！

“网络上有新消息，那个楚风出现了！”苗菲说道。

楚风登录了自己的个人公众平台，他平日很少用这个平台，但是今天他非常高调，晒了一张照片，并配了文字。

那是一张自拍照。虽然楚风身上满是血迹，但是精神奕奕，在他旁边有一颗巨大的头闪烁着五色光芒。

那竟然是孔雀的头，人们隔着网络都能感觉到它的强大，它的身上仿佛散发出了恐怖的气息，看上去无比狰狞!

照片下有楚风配的一行文字：郊外打猎，偶然杀之!

“天啊！”

网络上顿时沸腾了。看到这则消息，所有人都知道了楚风不仅没有死，还杀了一只那么强大的孔雀。

有人依据照片大致鉴定出，这颗孔雀头不简单，它属于准兽王，目前只有孔盛的身边有这样的准兽王，名叫孔林。

“轰！”

这一次，网络真的要爆炸了，楚风斩杀了一个准兽王，惊天动地！

“老大，你太威武了！”欧阳青大叫道。他果断在照片下面留言，表达激动与喜悦的心情。

“楚风，你没事就好！”叶轻柔也在照片下面留了言。早先他们都联系不上楚风，现在终于完全放心了。

“老大，早先时我都哭了，以为你真的被他们杀了，没想到你是去‘打猎’了，杀得好啊，哈哈！”杜怀瑾狂笑不止。

那张照片与楚风留下的一行字简直是绝配。

人们热议此事，疯狂转发照片，那张照片瞬间火遍了网络，那行字也让许多人心中都无比痛快。

孔盛看到照片后，周身爆发出紫光，释放出强烈的杀气，双目射出两道骇人的光束，妖异而又俊美的面孔上布满冰霜。房间中的几个人都不敢吭声，全都知道此时他无比愤怒，孔雀族的一名强者就这么被杀了，惨状还被晒了出来。

“他真是该死啊，太嚣张了！”黄小仙大声道。

“哈哈，痛快！”陆通看到那张照片后，畅快地大笑，早先的郁闷一扫而空。

很快，楚风发出了第二条图文消息，那是一条蓬松的黄鼠狼尾巴，足有数米长，金黄灿烂。

这张依旧是自拍照，楚风站在硕大的尾巴近前，身上满是血迹，跟那条尾巴合影，并且下方也配有一行字：臭气遁无解，任它逃之夭夭。

文字很简洁，但足以说明情况。

这下再次掀起了巨大的波澜，有人在第一时间猜测出了这是黄鼠狼一脉的准兽王的尾巴！随后，有人鉴定出来这就是黄云的尾巴，因为目前黄鼠狼一脉的准兽王级的高手中只有黄云在雷天城。

“天啊，这是真的吗？又一个准兽王被楚风击败了，连尾巴都被削掉了，最后利用臭气逃走了！”

谁都知道，黄鼠狼一族放的臭气让人难以忍受，想不到楚风竟遭遇了准兽王的臭气袭击。

这一次的图文消息除了引发轰动之外，还有那么一丝喜感，许多人狂笑不止。

两条图文消息而已，就将人们早先憋在心中的愤怒一扫而空，并且让人们觉得无比舒坦，暗道实在是太畅快了。

“啊……”

黄小仙连连发出大叫，准兽王居然这么惨，连尾巴都被楚风斩断了，他受不了这种羞辱。

“把他给我逼出来，我要亲手杀了他！”孔盛妖异而俊美的面孔此时看上去无比寒冷，他体内透出了十分恐怖的力量，杀气弥漫而出。

楚风发的这两条图文消息等于在告诉所有人，他很好。

“轰隆隆——”

一架武装直升机降落在银矿附近。

附近本就有很多架武装直升机，在接到陆通的命令后，这架武装直升机便第一时间赶到了这里。

楚风登上武装直升机，赶往靖门。因为雷天城已成为是非的中心地带，有异兽盘踞在那里，他如果再从那里起飞的话，说不定还会被阻击。

陆通完全认同楚风的判断，他也觉得应该从靖门出发。

此时，陆通不断和人联系、协商，让靖门那边准备好，只要楚风一到，就立刻派出一架武装直升机护送他赶往封禅之地。

楚风顺利到达了靖门，而后从靖门起飞，呼啸而去，直接一路向南，赶往目的地。

虽然他离开了雷天城，但是他身后仍是一片喧嚣，毕竟他闹出的动静太大了。

两条图文消息通过网络传播开来，震惊了各地的各大势力，所有人都在猜测楚风到底是怎么做到的。

毕竟他还不是王级强者，应该是有其他手段。

黄云逃回来了。断了一条腿，而且失去了尾巴，这让它恼羞成怒，恨不得大开杀戒屠城。

但是它不敢，因为这里是雷天城，如果它在这里把事情闹大的话，黄鼠狼一脉的老祖都承担不起。

“这个卑鄙的人类，将我们引到了一座恐怖的银矿……”黄云在网络平台上发泄，愤怒地咆哮着。

但消息发出后，人们一点都不同情他，反而全都拍手称快，觉得楚风行事果决、机智勇猛，就该这么收拾两个准兽王。

这样一来，黄云和黄小仙的肺都要气炸了！

孔盛的脸上密布着阴云，他动用了一切力量，想阻止楚风离开，但都失败了。

不久后，黄小仙变得蔫头耷脑的，黄云也情绪不搞，因为他们这一脉的老祖直接派人过来，把他们呵斥了一顿。

“老祖嫌弃我们，说我们太丢人。”黄小仙有些惶恐，他知道那位老祖的脾气，也知道老祖现在很愤怒。

不过，这也怨不得那个兽王发火，因为他们这一脉在经过两场战斗后，已沦为了异人的笑柄。

准兽王的尾巴被人斩断，并被人在网络上晒了出来，试想这能不引发轰动吗？

“黄前辈有什么指示？”孔盛问道。

黄小仙道：“老祖发怒了，说会派另一个准兽王过来，必须杀了楚风，洗刷耻辱！”

“我们这一族也会出动两位前辈。”孔盛冷幽幽地说道。消息传开后，孔雀族内部简直要炸开锅了。

该族都是高手，都非常骄傲，以孔雀王为首。孔雀王号称无敌强者，横扫天下，至今未尝一败！

这么骄傲的族群，怎么能容忍族中的孔林被斩落脑袋呢？他们发誓要击杀楚风，用他的血祭奠孔林。

黄小仙眼中闪烁着精光，道：“我们现在不缺高手，足以击杀他，但是他不露面怎么办，难道要以他的父母威胁他？”

“先看一看，暂时不要轻举妄动！”孔盛冷冷地看了他一眼。

因为，如果他们现在闯进玉虚宫道场的话，可能会同时激怒八景宫、玉虚宫、碧游宫中的三位绝世强者。

第二日傍晚，楚风接近封禅之地了，武装直升机降落。

古代，诸皇在这里祭天，各路贤王皆聚于此。后来，其中一位君王一统天下，更是将这里选为封禅之地，自此以后，历朝历代的君王莫不来此祭天祭地。

“天地发生变异后，这里应该是最适合异人崛起的地方。”楚风走下武装直升机，眺望那座宏伟的山。

巨山名叫肽山，巍峨屹立，高耸入云。在古代，这里被认为是万物初始之地！天地发生变异后，肽山也变了，变得越发巍峨，壮观到极致。

楚风走出机场，有人将他接走，送到肽山脚下的城市，让他先休息一晚。

可他怎么等得了，他恨不得立刻登山，现在情况危急，他不知道他离开后会出现什么状况。虽然陆通拍着胸脯向他保证，那些异兽不敢闯进玉虚宫，他父母的安全没有问题，可他还是略有不安。

除了父母外，他还担心叶轻柔、杜怀瑾、陈洛言他们会遭遇袭击，他已经要他们去玉虚宫等他回去，不要外出了。

之后，他又想到了其他人，跟他有关的人太多了。

“今晚真的无法登山，因为那里有绝世大战，以孔雀王为首的强者要发难了！”徐铭告诉他，现在形势极其严峻。

“到底出现了什么情况？”楚风请教道。

徐铭也是玉虚宫的异人，这几日他都会跟在楚风身边，帮楚风处理各种事情。

他开口道：“可以说，一寸山河一寸血！”

肽山之战过于激烈，杀气滔天，从山脚到山顶都有尸体，石阶都被血水染红了。

前阵子各种尖端的热武器一起启用，用以击杀异兽，不过那些热武器对兽王无用，只能杀掉兽王层次以下的异兽。

异人方面还有更厉害的武器，但是不能用，怕毁掉封禅之地，到时候就什么都得不到了。

异人这边死了很多人。

“我们这边只有三位绝世高手吗？”楚风皱眉，预感到这个地方很危险，不知能否拿下。

“不，有些兽王也站在我们这一边。”徐铭告知。

有些兽王已经开始跟异人联手抵抗孔雀王，不然，这里死的异人会更多。

楚风认真地听着，了解封禅之地的情况。

最近，大战越发惨烈，甚至有兽王殒命，血染肽山。

今日晚间会有绝世大战！

到时候玉虚宫之主将与孔雀王一决高下。

在此之前，他们已经比拼了很多场，一直没有分出胜负。

而其他王者也会参战，战况注定会很激烈，多半又要有王级强者殒命。

“山顶上到底有什么古怪？”楚风询问道。

他不知道孔雀王的执念为何这么深，非要跟异人争夺这里，在他看来，这里本就是异人的圣地。

“传闻这里有神秘传承，孔雀王就是为此而来。”徐铭详细告知。

孔雀王崛起于西南地区，它在那里的石壁上看到了一些上古遗刻，上面记载着孔雀一脉的圣者曾飞临肽山，多半在肽山留有传承。

所以孔雀王发狂了，非要夺下这里不可。

“事实上，它早已掌握了一门完整的呼吸法，只是它想得到更多的东西。”徐铭说道。

“还有什么厉害角色？”楚风问道。

毕竟，八景宫、玉虚宫、碧游宫中的三位绝世高手都来了，共同征战封禅之地，这说明敌手绝不止一个孔雀王那么简单，兽王中肯定还有厉害至极的强者！

徐铭点头，道：“还有一只乌鸦，不过，它长得很特别，身上乌黑的羽毛褪下了大半，长出了部分金色羽毛。有人猜测，它可能会进化为金乌！”

事实上，这只乌鸦已经被尊称为金乌王。

据说，它在某座大山中看到过一幅石刻，记载着金乌祖先曾经落在肽山之巅，所以它也杀来了。

“云豹王、九命猫王也都在肽山，实力恐怖至极！”徐铭逐一告诉楚风这里都有哪些可怕的兽王。

并且他还透露，九命猫王等也是因为听闻它们的祖先来过肽山，所以才一路杀来，要登上肽山。

楚风听着徐铭的讲述，了解到了很多事。

似乎各族都有前贤来过这里，甚至有圣人在这里出入，这实在有些恐怖，肽山中到底藏着什么东西？

从上古时期开始，就有人类最强者亲临此地祭天，后来历朝历代就开始延续这一习惯。

异兽觉醒后，发现它们的祖先中的绝世强者来过这里，便也想探个究竟。

楚风问道："肽山上不断有大战发生，它们应该早就登上过山顶了吧，没有发现什么吗？"

"自然上去过，山峰上至今还染着血，不过，说起山顶那里就很奇怪了，至今还没有生物有巨大收获。"

提及山顶，徐铭心中也有不少疑惑。

山顶流淌着光泽，还有迷雾，一眼望去根本看不清。

无论是异人中的绝世强者，还是异兽中的无敌兽王，都曾杀上山顶，见到了浩瀚的天地。

"这里不像我们所见过的山顶那么简单，这个山顶的空间很大，上面还有残破的地宫、宏大的殿宇等！"徐铭说道。而后，他又补充道，"金乌王甚至确信自己曾经感应到那里有纯种的金乌蛋，它想穿透迷雾去寻得金乌蛋，结果失败了，然后就再也感应不到了。"

"好神秘的封禅之地！"楚风自言自语道，同时暗想，难怪各族都对这里有执念，想攻下这里，将之占为己有。

"这里究竟有什么古树？"这是楚风最想知道的事。

徐铭道："山顶变大后，出现了不止一棵神秘古树，有些干枯了，还没有恢复生机，有些则刚刚发芽。"

楚风皱眉，心想，我来得不是时候吗？

"也有古树在深处，被迷雾笼罩着，隐约间还能闻到淡淡的清香，显然是古树上有正在绽放的花蕾，但还没有人接近与找到过。那里很诡异。”

楚风听他这么说，立刻明白了那地方相当不一般，毕竟连兽王都找不到绽放花蕾的那棵古树的正确位置。

他顿觉心头一热，哪怕寻不到正在开花的古树也无所谓，因为他身上有一颗雪白的种子！

楚风想借助肽山之巅这处宝地来栽种自己的那颗种子，或许他一样可以突破到王级境界！

他对那颗种子颇有信心，经历过上一次的生长后，它好像发生了蜕变，跟早先时的样子完全不同了。

这一次，它或许能长成更为惊人的植物！

夜晚，楚风站在窗前，眺望那座大山。

天地发生变异后，那座大山变大了数倍，而且从徐铭所说的话来看，它依旧在变大。

其他地域也出现了很多座大山，但它们的大小都没什么变化，这座大山则完全不同，它高耸入云，正不断地变得更加巍峨，如果持续这样变高下去的话，简直就要到达天空之外了。

“轰！”

一道闪电划破虚空，照亮山体。肽山附近爆发了绝世大战。

楚风看到一只五色孔雀划过天空而来，它傲然立在空中，俯视着站在肽山的石阶上的异人，猛然发动攻击。

大决战到了，从今晚开始，这只五色孔雀要跟玉虚宫之主分出胜负。

“轰！”

半空中，它突然化作了一个年轻男子，英气慑人，相貌甚至比孔盛还要俊美几分，看上去有些不真实。

这只五色孔雀居然化身成了人类，而不是用本体作战。

他就那么从半空中俯冲下来，杀向地面，跟异人中的高手决战。

“隆隆——”

天地仿佛被撕裂了，那里顿时变得光芒璀璨。孔雀王得到了某一古老传承，正在使用明王拳法，跟地上的一人展开厮杀。

那里瞬间爆发出炽烈的光芒。那种拳法足以撕裂山体，粉碎万物。

不过，如今的肽山跟以前不同了，它可以经受住巨大的冲击，没有受到任何影响，这就是它的奇异之处！

绝世大战就此展开，玉虚宫之主迎战孔雀王化成的年轻男子！

楚风很想看个究竟，但很可惜，他现在不被允许踏足那里，这也算是对他的一种保护，非王级生物目前都退出了肽山。

以他的视力，他都有些看不真切，不仅是因为距离实在太远，还因为那两道身影正释放出炽烈的光芒，所以见不到真身，就像两位神王在争霸！

不久后，他们更是杀到了山体另一侧，这下什么都看不到了。

紧接着，楚风看到夜空中出现了一只金乌，它带着烈焰俯冲下去，迎战八景宫之主，场面无比恐怖！

随后其他兽王纷纷登场，也在这里展开厮杀。

一时间，兽王咆哮，震动天地，整座肽山仿佛都晃动了起来。

肽山上正在上演着最为激烈与可怕的争锋，任何一个人殒命，都将造成深远的影响。

直到后半夜，厮杀声才渐渐变小，兽吼声也逐渐消失了。

“怎么样？”楚风询问道。

徐铭正从外面走来，他是去打探消息了。

“八景宫、玉虚宫、碧游宫的三位绝世高手都负伤了，现在正在养伤。”

“什么？”楚风大吃一惊。

“孔雀王、金乌王它们也都血染肽山，负了伤，目前依旧没有分出胜负，明日大战还会继续，你耐心等待机会吧。”

徐铭告知楚风，这些绝世高手拼得越凶，伤得越重，楚风的机会就越大。从以往的经验来看，绝世高手休整时，其他人才有机会登山寻找机缘。

不过到现在为止，还没有人在封禅之地获得惊人的收获。

第二日，大战再次开始，那些强者依旧在厮杀不休。

不过令人遗憾的是，几大强者还是没能分出胜负。

其间，楚风开启了通信器，了解外界的情况。

许多人在找他，但他没有办法逐一回复。

“你找死！”楚风看到了一条黄小仙的留言，黄小仙明确告诉他，如果他再不出现的话，就会对付他的父母。

楚风的眼神顿时变得无比冷厉。

随后，他又看到了一些报道。

网络上有传闻，孔雀一脉将跟菩提基因合作，最终两方可能会一起攻打千普山。

姜洛神来自菩提基因，有人看到这两日她招待了孔盛一行人。

此外，孔盛还去了海明城，跟天神生物也有接触，还点名要见林诺依。

“你这是在羞辱我，逼我出去吗？”楚风自言自语道。

因为现在有很多人都知道林诺依跟他有过一段往事，而不久前网络上更是传出了一些有关他和姜洛神的暧昧传闻。

“魑魅魍魉，鬼蜮伎俩，等我在封禅之地完成突破，回去就把你们全都杀了！”楚风直接关闭了通信器，不再看外界的消息，静下心来，等待登山的机会。

第三日，徐铭来了，让楚风做好在今天夜里登山的准备，因为绝世大战即将落幕。

果然，大战在晚间爆发，在深夜结束。

楚风步履坚定，开始登山。

第63章

神种再生长

夜色中，肽山越发显得巍峨。

人走在石阶路上，会不由自主地感觉到自身的渺小，跟万古长存的圣山相比，其他事物都显得微不足道。

楚风裹着风衣，速度很快地向上攀去，在路上他看到了一些来自八景宫、玉虚宫、碧游宫的异人。

绝世强者之间的大战已经结束，此刻这里将属于这些异人，他们都想上去寻找机缘。

攀爬的队伍中也有异兽，较之异人只多不少，有长着银色犄角的水牛，也有浑身金黄的变异家猫，还有满身都是雪白钢针的刺猬。

这些异兽都很不一般，远超普通异兽，虽然它们的体形不是很大，但是身上都散发着恐怖的气息。楚风估计，有些异兽在觉醒境界八段或者九段，不过都不是准兽王。

除此之外，还有些异兽虽然化成了人形，但也保留着自身种族的一些特征，比如一名妖娆漂亮的狐女，看着像人类，却有几条雪白的狐尾。

显然，即便吃了化形果，她也故意保留了自身种族的某些部位，因为那是她战斗的本源所在！

一路上，异人跟异兽没有展开战斗，都在快速登山。这出乎楚风的意料，他还以为双方要争个你死我活，从这里杀上去呢。

一名异人告诉他："绝世大战刚结束，机会难得，没有人会在半途浪费力气，除非在山顶寻到机缘，否则暂时不会展开厮杀。"

楚风昔日来过肽山，他发现这里真的变得和以前完全不同了。天地发生变异后，它不知道变大了多少倍，简直快要与天齐高了。

沿途很少有人说话，大家都在快速赶路。

楚风迈开双腿，将速度提升到极致，风从他身边呼啸而过。他迫不及待地想去山顶找有神秘古树的地方，哪怕寻不到绽开的花蕾，也要找个地方种下自己身上的种子。

一路上，他风驰电掣，许多可以飞行的异人都被他甩在了身后。

没过一会儿，他看到一个牌楼，它没有倒塌，依旧矗立在那里。

这里距离肽山之巅已经非常近了。

牌楼上的那几个字十分特别，到了这里后，周围已经是云雾缥缈，肽山已高至云层之上。

恍惚间，人们觉得自己真的来到了天宫。

楚风也到了，冲上了肽山的地势较高处。

这里到处都是雾气，缥缈而不真实。

这种雾气有些诡异，它跟寻常的雾气不同，竟然可以阻挡人的神觉，难怪兽王到了这里就会变得没那么敏锐。

楚风登顶之后，看到附近的崖壁上都流淌着霞光，非常神圣，但是周围的雾气依旧很浓。

顶部一片空旷，大得超乎他的想象。这里跟以前的肽山完全不同，他仿佛来到了一个陌生的世界。

这里到处是断壁残垣，瓦砾成丘，有很多古老建筑的遗迹。这些古老的建筑因为抵不住岁月的侵蚀，都已经坍塌了。

楚风没有到遗迹中去翻找，因为他觉得如果有好东西的话，早就被兽王带走了。

他感兴趣的是古树，以及在这片土地下是否有大量的异土。

很快，他发现了一棵大树，那树干由两个人合抱都抱不过来。大树一看就非常不凡，因为它虽然已经干枯了，但是树体上不时有光芒闪现。

“正在复苏的古树？”楚风驻足，蹲下，然后在地上挖掘，想验证他心中的猜想是否正确。

“真的有异土！”

土层下的异土稀稀疏疏，都是拳头那么大块的，颜色略微暗淡，似乎其中蕴含的神秘能量并不多。

但是，这也足够了吧？

楚风激动得险些大呼出声，他觉得那颗雪白的种子可以在这里发芽，哪怕它对异土的需求量很大，也该够了。

突然，一股杀意袭来，直指他的后脑。

楚风瞳孔收缩，横移了出去。

一根铁矛从他旁边飞过，“咚”的一声钉在土石中。

他如果晚一步移开身体的话，后脑就已经被穿透了。

楚风眼神冰冷，觉得出手之人狠辣无情。

此人是一名异人，被大氅包裹着身体，没有露出真容。他和楚风同为异人，居然偷袭楚风。这让楚风意识到，这里没有安全可言，任何人都得防范。

“你发现了什么？”这名异人的声音有些沙哑，他看到楚风蹲在那里挖掘，以为楚风有了什么发现，他这是想半路抢夺机缘。

“关你什么事！”楚风冷声道，并且迅速回击。这个人一看就不是善类，既然想杀他，那他也没什么好客气的了。

“嗖！”

楚风冲了过去，形意拳展开，手捏虎形，“轰”的一声向前砸去，刚猛而霸道，如同一座山体撞了过去。

“你……”

那人大吃一惊，他实力很强，结果没想到在这里遇上的人更变态，他第一时间就察觉到自己不是这个人的对手。

“别误会，我们同为异人！”他大喊，手里的两根铁矛却向前刺去，阻挡楚风发出的一拳。

“锵！”

两根铁矛被楚风的拳头击毁，全部断裂。两尺厚的钢铁墙壁都能被他的拳头打碎，更不用说铁矛这样的兵器了。

“咚！”

那人横飞出去，撞在山石上，口里吐血。

“你口口声声说自己是异人，却偷袭我，想取我性命，你这种人留着也是祸害，不知道你是否还残杀过其他人呢。”

“噗！”

楚风将地上的断矛踢起，刺向那个人的胸膛，然后转身离开。

这里不止一棵古树，他得选择较为偏远的地方，最好是无人踏足的地方，这样才方便他种下那颗种子。

外边的人太多了，楚风朝着迷雾深处走去。

“这棵树……”

这山顶很大，楚风前行了数十里依旧没有看到尽头。此时，他发现了一棵树，没有干枯，而是抽出新芽，鲜嫩的叶片上泛着紫色的光，看来这棵树绝对非同一般。

楚风挖开土层，发现下面有不少异土，都是拳头那么大的土块，其中蕴含着神秘能量。

“这些异土比之前那棵干枯的古树下的异土品质要高！”

如果没有人路过，这里就是最理想的地方。

“你在干什么？”一只异兽呵斥道，“各族有约定，不得损坏这里的一草一木，不然会遭受灭族之祸！”

这只异兽显然来自强大的王族，因为它化成了人形，而一般的异兽可没有这种机缘。

“只是看一看而已。”楚风转身离去，如果不是必要的情况，他不想在这里跟异兽起冲突。

对他来说，现在没有什么事比突破到王级境界更重要，而想做到这一步，首先必须让雪白的种子生根发芽。

突然，楚风感受到一股压力袭来，前方有强大的异兽横空而起，从迷雾中飞了过去。

“准兽王级别的高手！”楚风心头震动。

他和这种级别的异兽打过交道，深知不可力敌。此时，连这种级别的异兽都出现了，说明他目前的处境十分危险。

尤其是，那是一只孔雀，这让他不由得多想了，难道是专门为了杀他而来？

楚风暗暗戒备，走向荒僻的地方。

“都给我滚开！”远处的那只孔雀呵斥众人，它果然是在寻找什么东西。

楚风因此更加迫切地想找到一处安静的地方。

“你在做什么，欺负我人族无人吗？”异人中居然也有准王，出现在这里，跟那只孔雀对峙。

“哼！”孔雀冷哼一声，然后离开了这片区域。

楚风一路往前走，不怕迷失方向，只怕走得不够远。

“小伙子不要走了，前方危险，迷雾更浓，就算是兽王都不敢轻易进去！”

有一位老者看到楚风还在走，于是好心提醒。

他告诉楚风，这里算是一条间隔带，越过这条间隔带一切就不好说了，如果擅自走进去的话，多半会死在里面，再也出不来了。

楚风谢过他，绕行而去，但最终还是进去了。

果然，里面的迷雾更浓了，很容易让人分不清方向，但走进去之后，他真的闻到了淡淡的花香。

“传闻是真的，有古树在开花，但无法找到。”楚风十分惊异。

他认为这里多半有诡异的折叠空间，不然怎么会一直找不到那个神秘的地方。

他没有强求，依旧往前走，寻找合适的栽种种子的地方。

终于，楚风发现一棵古树，树上长出了少许嫩芽。而这里也格外寂静，没有人会踏足，没有比这里更合适的地方了。

“就是这里！”

楚风开始挖掘，发现地下果然有很多异土，全都闪现着光芒。

跟上次一样，他将种子放在石盒中，然后一起埋进异土里。

楚风盘腿坐在大树下，默默等待。

后半夜，破土之声传来，那颗种子竟然真的在这里生根发芽了！

顿时，一道无比耀眼的银光从土中浮现出来。

楚风激动地坐在这里守护着，心中暗自思忖，成败就在今夜了。

如果种子能够顺利生长，他借此完成突破，那么他就可以杀回雷天城了。

他决定现在不去想外界的事，不然会心绪不宁。

黄小仙竟然威胁他立刻回去，不然会对他的父母下手。

还有孔盛，在菩提基因要姜洛神招待也就罢了，居然还特意前往海明城的天神生物总部，点名要见林诺依。

孔盛这么做绝对是故意的，想羞辱楚风，逼他现身。

楚风静下心来，盯着地上的嫩芽看。

这一次，它看上去更加神秘，伴着雪白的雾霭，如同仙人起舞般，快速地向上长。

转瞬间，它已经长到了三十多厘米高。

此时它的模样清晰可辨，不是藤蔓，而是一棵银色小树，主干上有三根枝杈，叶片是银色的。

半个小时后，它已经长到一米五高，十分耀眼。

“还在长！”楚风吃惊地道。

它已经接近两米高，并且主干上出现了裂纹，一块又一块银色的树皮张开，像是雪白的龙鳞。

它开始变得苍劲，如同一条蛰伏的白龙！

微风吹来，叶片摇动，居然发出了阵阵悦耳的声音，如同玉石在碰撞，十分神秘。

楚风知道，这棵树绝对非比寻常，应该可以让他突破到王级境界，他的最大机缘就要到了！

此时已经是后半夜，远处一片漆黑，被雾霭笼罩着。唯有楚风所在的地方，银光闪烁。

夜风吹来，叶片碰撞在一起，叮咚作响，如同大珠小珠落玉盘，声音十分好听。

听着这种声音，楚风身心宁静，整个人都进入了空明状态。

这让他十分诧异，银色的叶片撞击在一起，发出的声音的确很悦耳，但怎么会让人有种超脱之感，像是有一种大道之音在向外扩散。

他略微思忖，而后使用大雷音呼吸法，尝试锤炼自身。

刹那间，楚风浑身骨节不断传出响声，但不是以往那种噼啪声，而是清脆的声音，宛若金石在碰撞！

他瞬间觉得全身酥麻，体内传出一股神秘的能量，向四肢百骸扩散。

随后，他的五脏也在共振。这股神秘的能量很有规律，拍打着他的脏腑。

楚风惊异，今日这大雷音呼吸法的效果比平日的效果要好上许多，他能明显地感觉到自身体质在增强，这是为什么？

他望向眼前的这棵树，忍不住猜想，难道这是叶片撞击发出的声音带来的变化？

大雷音呼吸法结束后，他的体表出现了少许物质，是从他的血肉中挤压出来的，有些像汗液，他的心情也变得舒畅了几分。大雷音呼吸法效果绝佳！

楚风确信，他现在已经在觉醒境界九段最高峰，一会儿冲击王级境界的把握大了不少。

他没有用黄牛教给他的呼吸法，而是一直在等待银树开花，因为那时才是使用此法的最佳时刻。

他已将一切都准备好了，只待银树开花。

随着时间的推移，银树长到接近两米后便不再长高了，不过却变得繁茂了，银色的叶片越来越多。

此时，这里一片雪白，银光洒落，倾泻而下。

此外，银树树干变粗，树皮裂开，粗糙但呈银色，越发显得苍劲，根本不像是一夜之间长成的，倒像是历经了数十上百年的老树。

楚风触摸银树，顿时感觉到了一股强烈的生命波动，银树中竟凝聚着旺盛的生机。突然，银光普照，银树顶端出现了一个斑点，凝聚着的生机格外惊人。转瞬间，那里像有一轮小太阳，花蕾在阳光的照耀下逐渐孕育而出。

楚风期待了很久，希望银色树体上的那个花蕾快速生长，而后绽放！

花蕾不负楚风所望，在很短的时间内，由很小的嫩芽长到了拇指那么大。

树冠洒落下银色光雨，看起来非常神圣，这个地方变得一片银白，一眼望过去，如同一个神话世界。

楚风安静地盯着花蕾看。

突然，他感觉到从远处传来一股轻微的波动，这让他皱起了眉头。

有异兽悄然从另一片迷雾区赶向这里。

因为迷雾的阻隔，楚风的神觉受到了影响，但是他的听力依旧远超常人，他听到了微不可闻的声音，这让他蹙眉。

他最不愿意看到这种事情发生，只希望能安安静静地等待银树开花，不被他人打扰。而且，他已经走得足够远了，连一般的兽王进来都有可能会迷失，没想到还是有人跟他一样不怕死，摸了进来。

那头异兽很谨慎，潜行匿踪，花费了半刻钟的时间绕到楚风的背后，这才靠近，而后猛地跃起，向前扑杀。

可以看到，黑暗中那锋利的爪子足有数尺长，朝着楚风的脖子撕去，寒光闪闪。

这是一头云豹，体形庞大，浑身密布着斑纹，散发着危险的气息，血盆大口内的獠牙更是有几尺长，很吓人。

它想凭一击之力解决楚风!

这是一头很强的异兽，它能看出银树的非同一般之处，况且现在银树上都有花蕾了，意味着这里将有大机缘。

异兽与异人可以在这片区域相安无事的前提是，双方都没有发现好处，一旦有惊人的发现，必然是死伤无数的局面。

“砰！”

楚风快速转身，一个摆腿踢在云豹的大爪子上，咔嚓声随即传来，兽爪折断。

云豹惊悚，它知道遇上了强敌，踢到了铁板，于是张开血盆大口，就要发出咆哮!

“砰！”

楚风没给它机会，整个人腾空而起，速度快到让它反应不过来，“砰”的一声，一脚踢在它眉心那里，直接使它的眉心裂开了。

“扑通！”

云豹摔倒在地，张着大嘴，但发不出声音，眉心处鲜血往外涌。

楚风不再看它，他眉头微蹙，因为他已经走进来足够远了，竟还能碰到异兽。如果花蕾绽放到最关键的时刻，有人打扰怎么办？他略有忧虑。

此地虽好，可以促进种子发芽生长，但也有麻烦。

“希望一切顺利！”他嘀咕道。

这时，银色树体上的花蕾长到拳头那么大了，而且还在生长中。

但是接下来花蕾的生长速度变慢了，足足过去了一个小时，它才又变大了一些。

“再这样下去，天都快亮了！”楚风看了看时间，此时已是后半夜了。

为什么变慢了？刚开始时树体的生长还很迅猛，一下就拔高到将近两米。这让他不解。

庆幸的是，后半夜很安静，没有其他异兽再次靠近这里，一切都很平静，连风都消失了。

最后，接近黎明时，树体没有任何变化，花蕾则长到海碗那么大，饱满而灿烂，银光向四周扩散。

隐约间，有淡淡的馨香弥漫出来。

这一刻，楚风真的有些紧张了，因为关键时刻就要到来了。

但从很远的地方突然传来了奔跑声，像是有人在逃亡，但最终没有临近这里，而是朝另一个方向而去。

接着，他听到鹰鸣，刺耳至极，如同金属板在摩擦，那是一只恐怖的异兽，在迷雾中拍动翅膀。

“都不要过来！”楚风祈祷，不然会很麻烦。

黎明到来，花蕾露出一条缝隙，有一丝光芒透出，清香扑鼻。但也仅止于此，随后花蕾又不动了，甚至连花香也散去了。

“花蕾为什么绽放得这么慢，远不如上一次迅猛。”楚风惊疑道。

直到东方露出鱼肚白，旭日即将升起！

激烈搏杀的声音传来，距离这里很远，但是楚风还是听到了。他猜想，那很有可能是准兽王搏杀时发出的声音，因为动静太大了！

鹰鸣震耳，在迷雾中回荡，有恐怖的气息弥漫开来。

楚风暗叹，实在倒霉，躲在这么偏僻的地方都能遇到准兽王级别的强者厮杀。

这时，银树上的花蕾终于开了一瓣。

而且，就在这一刻，太阳初升，阳光透过迷雾洒落进来，使得银树发生了剧烈的变化。

银树一瞬间变得无比璀璨，由银色化成金黄色，彻底变了样子。

并且，上面那海碗大的花蕾也有了变化，如同由黄金铸成的，与之前的模样大不相同了。

阳光洒落，像是促进了银树的生长，使它刹那间发生了变化，变成一棵黄金树。

接下来，没有绽放的花瓣同时张开，金色的雾霭向外扩散，将楚风笼罩在内。

他惊异不已，猜测树体之所以到最后长得慢了，是因为在等待旭日的光芒。

最为奇异的是，海碗大的花蕾内弥漫出的雾霭也是金灿灿的，如同阳光，笼罩在楚风身上。

有了上次的经验，他不慌不忙地运转特别的呼吸法，在这里吸收神秘的花粉。

他早有准备，将风衣脱在了一旁，让自己的身体清凉起来。

一刹那，他全身的毛孔舒张，金色雾霭快速通过皮肤没入体内。

芬芳馥郁，楚风口鼻中尽是香气，这种香气让人沉迷，有些不能自拔，楚风几乎要醉倒在这里。

随着他运转特别的呼吸法，一股神秘的能量在他体内游走，暖洋洋的，让他觉得十分舒服。

楚风有一种错觉，感觉自己仿佛要羽化登仙了。

花香沁人心脾，深入骨髓里，他的血肉、骨骼、脏腑等都被金色雾霭滋养着，浑身上下无一处没有香味。

尤其是在运转特别的呼吸法的时候，他的身体吸收金色雾霭的速度加快，紧接着，他浑身一震，很明显地感觉到自己在快速进化，体质在增强。

到了后来，骨节震动，如金石撞击，脏腑轰鸣，如同在被东西拍击。

可以看到楚风的体表有一层黏糊糊的物质，那是从他体内排出来的东西，他的身体正在发生惊人的变化。

在那层黏糊糊的物质下，楚风的肌体中蕴含着惊人的力量，血肉震动，骨骼撞击，脏腑共鸣，全身处在迅猛进化中。

跟上次一样，花蕾绽放后，香气没有向远处扩散，而是化成金色雾霭，如同成片的朝霞落在楚风的身上，将他包裹。

这种神秘花粉不向外扩散，就在楚风近前数尺内！

“咚，咚，咚——”

楚风的心脏跳动得极快，如同擂鼓，声音响亮，血液奔涌，冲向四肢百骸。

到了后来，楚风的心跳声越来越大，而且随着特别的呼吸法的运转，他全身变得越发晶莹通透。

随后，他的头发开始暴长，直接垂到腰际，发出耀眼的光芒。

他的骨头不断撞击，像是在造血，改变自身，超越原有的体魄。

楚风体会到了强大的力量，一种远超他过去所拥有的力量。他的体质不断增强，通体如同神炉般，蕴含着无尽能量。

到了后来，他的身体变成淡金色，甚至连发丝都染上了金色光彩。

“咚！咚！咚！”

这一刻，他的心跳声更恐怖了，一般的异人如果站在这里的话一定会惊骇不已，这心跳声简直有些吓人。

不过，楚风却感觉很好，他的身体在发生变化，眸子开阖间，有光束射出，这是在向枷锁境界突破，实力可以跟兽王抗衡！

“轰！”

楚风身体剧震，瞬间耳聪目明，被迷雾所阻的神觉也恢复了，并且变得更加强大了！

第64章

王级真谛

楚风知道自己的体质在快速增强，身体像是在瞬间挣脱了某种束缚，整个人都变得轻灵了，神觉敏锐，五感惊人！

他浑身发光，像是一轮焚烧着的金色太阳，仿佛要炸开了一般，一道又一道金色光束从他身体内迸发出来。

那突然暴长的长发带着金色光芒，随风飘舞了起来，他的瞳孔中射出两道惊人的光束，此时的他如同一尊魔神。

楚风全身的毛孔都张开了，疯狂地吞噬周围的生命精气，从海碗大的花蕾中倾泻出来的金色雾霭更是源源不断地被他吸收了。

他有一种感觉，过去他像是生活在泥沼中，而今挣脱了出来，整个人瞬间获得了自由！

“王级的力量吗？”

楚风低头，握紧拳头。他觉得体内如同藏着一个不朽的神炉，为他提供力量，使他释放出强大的生命之力。

现在他随意挥出一拳，就能击穿两尺厚的钢铁墙壁，根本不用专门施展形意拳中的龙虎争霸绝招。

他体内的力量刚猛霸道至极！

如果现在再跟孔林和黄云相遇，他绝不会逃，因为他也拥有了王级的力量！

同时，他的神觉比那两个人更强！

他凝视身体内部，终于看到了自身的真实情况，他的躯体被几层光缠绕着，像是绑着铁链。

“我觉得自己已经挣脱了束缚，犹如从泥沼中脱困，可是现在看来，不过才是起步阶段。”楚风醒悟道。

哪怕离开了“泥沼”，挣扎到“岸上”，他却发现身上还有一条又一条坚固不朽的“铁链”，将他缠绕住。

那就是所谓的枷锁，终有一天他要把这枷锁劈开！

此时，楚风深刻地理解了王级真谛，所有的兽王身上都有枷锁，虽然而今它们都战力惊世，纵横天下，但是它们都知道，前方还有路要走。不用谁教导，它们也明白要挣脱一身枷锁，才能享受真正的逍遥。

觉醒、枷锁、逍遥，乃三大境界！

楚风彻底明白了这三大境界的含义，“觉醒”“枷锁”“逍遥”这三个词阐释得非常到位。

体内缠绕的“铁链”，唯有神觉强大后才能洞察到。它们色彩斑斓，不同区域颜色不同，而且它们是由各种神秘的能量构建出来的，一般的人根本看不见。

神觉能捕捉到这种能量气息，将它们描绘出来。

楚风仔细观察，心想，这种“铁链”是先天生于体内的吗？为何跟真实的铁链很像？它捆绑着人体的主要部位。

“我现在是准王境界，需要挣断一条‘铁链’，才算真正实现了突破。”

达到准王境界，力量已经能比肩王级生物，差的只是神觉、速度等。

楚风调整自我，运转特别的呼吸法，而后猛地舒展身体，想要挣断“铁链”。

可惜没有成功，他一个踉跄，险些摔倒。他以神觉内视，看到那些斑斓的“铁链”共同发光，一条又一条“铁链”绷紧，压制着他的躯体。

楚风知道自己贪心了，怎么可能一下子就挣断所有“铁链”，那不现实，他需要有所选择才行。

于是，他没有着急，而是沉静下来，运转特别的呼吸法，他要先把这里的花粉吸收了再说，这对他的身体有莫大的好处。

从那海碗大的花朵内倾泻出的金色雾霭越来越淡，已经不能将楚风包裹住，逐渐被他的肌体吸收了。到最后，金色雾霭只剩下一点点，他直接一口把它们吞了下去，至此他心满意足，所有触媒都已入体，一点都没有浪费。

黄金树上的那朵花开始凋谢，一瓣又一瓣，带着淡金色的光芒，随风干枯，飘落而下。然后，那里逐渐长出了果实。

楚风不去理会这些，他站在这里，闭上眼睛，默默地体会自身的变化，准备挣断体内的一条“铁链”。

“我的一身本领主要是因为有特别的呼吸法，然后辅以拳法，那么挣开手臂上的一条‘铁链’，或许是最好的选择。”

楚风的身体虽然被五彩斑斓的“铁链”缠绕着，但并不影响他运转特别的呼吸法，可如果能“解放”一条手臂的话，他拳法的威力会暴增!

他内视右臂，那里有一条银色的“铁链”禁锢着它。

楚风运转特别的呼吸法，一刹那而已，他体内力量澎湃，通体发光，迸发出一道又一道刺目的光束。尤其是右臂，如同焚烧的骄阳，照亮这片迷雾区。

如果被其他兽王看到，它们一定会无比震惊。

因为挣断“铁链”是需要时间的，一般来说达到准兽王境界就需要巩固了，不能一蹴而就。

楚风不愿再等下去了，想一鼓作气，在今日彻底成为王级强者。

“砰！”

最终，他的右臂爆发出刺目的银色光芒，像是有什么东西炸开了，他整个人一个踉跄，险些一头栽倒在那里。

楚风面露喜色，他成功了!

一刹那，他觉得身体又变轻灵了，尤其是右臂那里，发出的银色光芒瞬间涌向全身各处，滋养着肌体。

“嗯？”他面露异色，因为他发现所谓的枷锁最终化成了神秘能量，融入他的血肉中，成了对他身体的某种补充。

毫无疑问，右臂那里的银色光芒最耀眼!

直到一切宁静下来，楚风握紧右拳，尝试挥动，结果“噗”的一声，喷出一片白色的烈焰。

“这是……”他吃惊，而后马上意识到，他拥有了近乎神通般的本领。

任何生物，每挣断一条“铁链”，都会拥有某种相应的近乎神通般的本领。

苍狼王临死前就曾尝试着挣断某一条“铁链”，但最后失败了。

“我这是什么本领？”楚风摸索着，再次轻轻挥拳，发现那烈焰竟然能焚金熔石！

当他用力挥动拳头时，烈焰则化成刺目的光束，笔直向前，快如闪电，刺穿各种物质，威力极强。

他深刻地感受到了王级生物的强大，在他拥有了这种近乎神通般的本领后，实力确实大增。

当初，苍狼王被楚风重创，一身实力只剩下百分之三左右，使得它无法持久动用那能掌控土石的本领，不然楚风根本杀不了它。

“光、焰、闪电，这像是一种光明的力量。”楚风开心地说道，面露笑意。这种能力很强，最起码非常适合战斗。

他尝试催动形意拳，右手捏龙形，结果烈焰直接化成一条大龙，冲了出去，景象恐怖至极！

楚风在震惊的同时，心中一阵狐疑，难道在拥有了近乎神通般的本领后，古武才能发挥出真正的威力？

随后，他更是施展出了大力牛魔拳，结果拳头挥出后，出现了一头发光的莽牛，踏裂山地，冲了出去，景象十分恐怖。

“轰！”

不远处有几块巨石，都有十几米高，结果都被轻易撞成了齑粉。

楚风意识到王级生物真正的强悍之处了！

“觉醒，只是如梦初醒。挣断枷锁，才能挖掘自身潜能，体悟到这种真谛，才算是真正的高手！”楚风顿悟。

这是王级境界的真谛！

这时，那棵树上结出了一颗种子，种子周围仿佛弥漫着太阳光，金黄而炽烈，十分灿烂。

并且，整棵树开始干枯，只有种子在那里发光，在吸收树中全部的精华，变得越发绚烂了。

楚风愕然，因为他已经看清了那颗种子的样子，跟以往的模样截然不同，不像是种子，而是形似一把小剑。

它只有一寸长，如果放大的话，就像是一把重剑！

“这……这还是种子吗？”楚风发呆，这种种子下一次还能栽种吗？他真的有点无语了。

“噗！”

最后，整棵黄金树全都干枯了，并且归于尘土，彻底消散。

那把“小剑”实在太短小了，落在地上，闪烁着金色光芒。

楚风把“小剑”捡了起来，却发现入手沉甸甸的，比一般的金属都重，他暗自嘀咕，这到底是什么东西，种子还是武器？

“还是种子！”仔细观察后，他觉得这应该是一颗形状怪异的种子，因为他可以感受到它蕴含的勃勃生机。

真是很难想象，下次它如果再生根发芽的话，会长成什么样子，一定会很怪异吧。

他小心翼翼地拿石头在“小剑”上划了一下，结果反而是石头上出现了清晰的刻痕，这种子太坚硬了。

楚风确实不怎么担心会损毁“小剑”，因为以前黄牛想吃掉种子，结果差点将牙齿咬坏，黄牛的实力可是很强的，足以说明这颗种子特别坚硬。

“难道可以把这颗种子暂时当飞剑用？”楚风狐疑地道。

现在他真的有点相信那个传闻了——将种子埋在地下，可以种出人来。毕竟他现在已经种出了一把“小剑”。

“哪天给我种出个神仙来吧。”他咕哝道。

随后，楚风扒开土壤，将石盒取出，竟又有了令他大吃一惊的发现！

“这颗种子略微有了一点生气？”楚风震惊地道。

石盒中还有两颗种子，一颗乌黑干瘪，另一颗像是被压扁了，呈紫褐色。

乌黑干瘪的那一颗种子如今有了一丝生机，若非他成为王级生物，神觉敏锐，根本不可能感应到那一丝生机。

“好！”楚风大喜。

第一颗种子就给他带来了各种惊喜，剩下的两颗或许会更惊人，只不过生长条件也许会更苛刻。

但只要不是“死种”，一切都好说，以后总有机会让它们复苏，种出东西来。

楚风将三颗种子都放进石盒中，小心收好，然后将扔在地上的风衣捡起，大步向前走去，接着他又猛地迈步，检验自己现在的速度。

一瞬间而已，他就突破了气流的束缚，出现在数百米外，身后则传来恐怖的爆鸣声，他竟然超越了音速！

速度达到了一秒钟三百八十米！

这样的速度符合王级生物的实力，一般来说，突破到这个层次都可以达到音速，但这对肉身的要求极高，一般的王级生物承受不住，会解体。

楚风感觉到了自身的强大，顿时信心十足。他遥望北方，眼睛仿佛穿透迷雾，看到了雷天城。他要杀回去！

当然，在离开前，他还想充分利用封禅之地的异土。虽然对别人来说这里迷雾重重，机缘难求，但对他来说有异土就足够了！

他曾经见到不止一棵奇异古树，地下都有异土，这对他来说就是无价宝藏。

楚风准备再一次埋下种子，让它生长。

“咦？”他有些惊异，回到刚才的埋种之地，发现这棵古树上的叶子变得暗淡了，不再苍翠欲滴。

早先他选择在这里埋下种子，就是因为古树生机勃勃，地下蕴藏着的异土品质高，而且量大。

现在出了什么问题？古树上的嫩芽跟以前相比少了光泽，虽然还在释放着生命之力，但大不如从前。

楚风挖开浮土，仔细观察，发现异土还在，但都失去了光泽。这样的异土能维持古树的生机，但想让它生机勃勃，难度很大。

他有些心虚，只因他埋下了一颗种子，就导致了这样的结果。

不过这里的古树早先都是干枯的，随着肽山不断变高，这里才逐渐有了生机，有些树才渐渐发芽。

“希望一年半载后，随着这里的生机变得旺盛，你能长成繁茂的大树。”楚风略有愧疚，对着古树说道。

他在迷雾中穿行，寻找下一个合适的地方。一般的人贸然闯入这里都会非常危险，可能会被困死在这里。

楚风在进来之前就下定决心要突破到王级境界，现在他成功了，一路无阻。

太阳升起，金色阳光落下，可这片区域内的迷雾始终不散。

楚风又寻到了一棵古树，同样生机勃勃，不过那些嫩芽都是赤红色的，像红珊瑚般透亮。

他将种子与石盒一起埋下，然后坐在那里等待。

可惜半天过去，到了午时，种子都没有发芽，一片沉寂。

此时楚风非常饿，觉得像是可以吃掉一头牛，一想到食物，他就有点控制不住，肚子叫个不停。

楚风成为王级强者，可以说是完成了一次重大突破，他的身体发生了变化，体质大幅度增强，自然需要高能食物来补充身体所需。

当想到一些美味，比如烧鹅、烤全羊等，他觉得胃都开始疼了。

“太饿了，有点撑不住。”

楚风自己都觉得脸红，他今日竟然这么没出息，仅是想到一些食物，就快要流口水了。

“好饿！”

到了最后，他甚至觉得自己可以吃掉一头大象。

“嗖！”

楚风以极快的速度离开这里，早先他听到迷雾深处有鹰鸣，像是鹰在跟人打斗，此时他想寻到鹰。可惜，他找了半天也没有找到。

楚风在这里转悠，确信没有任何异兽出现在这片区域。

最后，他实在饿得受不了了，肚内响声如同雷鸣般。他强烈需要高能食物，补充身体变化所需。

楚风担心自己的身体会出问题。

于是，他悄然沿着原路返回，到了外部，也就是异人与异兽都认为较安全的区域。

“那只准兽王级的孔雀去哪里了？”楚风询问一名异人。

“它在那边，你千万别过去，躲远一点。它很凶狂，连我们这边的准王都不是它的对手，被它打败了。”青年男子很实在，一再告诫楚风。

“哦，好的，谢谢！”楚风点头道。

如果楚风询问孔雀的目的让这名异人知道的话，这名异人估计会被吓傻，认为遇到了疯子。

因为楚风想去猎杀准兽王级的孔雀，以填饱肚子，他实在饿得不行了。

他现在要猎杀一只孔雀。反正他已经跟孔雀族结下了仇怨，而孔盛等人还一而再再而三地针对他，那他也没什么可客气的了。

前方散发着血腥味，地上有异人的尸体。

一只孔雀站在废墟上，羽毛鲜艳，如同由彩色金属铸成。它目光冰冷，命令不少异兽和异人帮它挖掘这片区域，它自己则站着不动。

它显化出的本体有十几米长，不算很夸张。

异兽的实力跟体形的大小没有必然联系。

它已经是准兽王级的高手，被孔雀王看重，若无意外的话，它以后可以突破到王级。

“你过来！”这只孔雀口吐人言，眼神冷厉地盯着楚风，命令他过去。

“你有事？”楚风脸上带着憨厚的笑容。

“胆子不小，看到我还笑得出来！”孔雀寒声说道。它击败了异人中的准王后，这片区域再无人敢拂逆它。

附近有不少异兽与异人都在挖掘废墟，此时闻言都转头观看。

“都想死吗，给我继续挖！”孔雀喝道，瞳孔中射出慑人的光束。

无论是异人还是异兽，都因畏惧而慌忙低头，随即蹲下身去，继续在遗迹中寻找有价值的器物。

“地上的人是你杀的？”楚风看到附近有六七具异人的尸体，还有两头异兽的遗骸。

孔雀面露轻蔑之色，道：“可笑，凭你也配向我发问？滚过去挖废墟，要不然，你立刻就得死！”

“就选你了。”楚风说道，他原本就与孔雀族有仇，现在又发现这只孔雀在此地滥杀无辜，那他就没什么好客气的了。想到这里，他径直迈步向前。

“蠢货，找死！”孔雀阴森森地冷哼一声，抬起一只雪亮而慑人的大爪子，宛若凶剑出鞘，发出“哧”的声响，向楚风抓去。

如果是一般的异人，肯定会被这只大爪子抓得稀巴烂，必死无疑。

然而，楚风高高跃起，速度快得出乎它的意料，硬生生给了它一拳，击在它的头上。

楚风很克制，没有太用力，不然孔雀的脑袋估计会烂掉。即便这样，它也疼得无法忍受，感觉头骨裂开了，它直接翻起了白眼，一头栽倒在地上。

楚风走过去，拖着它向迷雾深处走去。

发生了什么事？附近许多异兽、异人纷纷抬起头，惊愕地望着那道即将消失的背影。

“高人，你这是要带它去哪里？”有异人壮着胆子在后面喊道。他实在是太吃惊了，作威作福、强行奴役他们的孔雀居然被人一拳撂倒了？而且，还被拖走了！

“我找它有点事，你们忙，我先走了。”楚风头都没回，消失在迷雾深处。

太饿了，他都快忍受不住了。他拖着孔雀狂奔，在确认别人看不到他时，快速找到泉水，而后直接剥皮、洗净，最后带到埋种子的地方，开始烤。

其间，他看了一眼种子，没什么变化，这让他很诧异。随后，阵阵肉香传了出来，他狼吞虎咽，解决自身的饥饿问题。

很长时间后，楚风擦了擦嘴角的油，打了个饱嗝，道：“能吃饱也是一种幸福。”

等到傍晚，楚风将种子挖出，仔细观察，并没有发现任何变化，这让他百思不得其解。

这里的异土足够多，品质也很高，为什么种子不能生根发芽？

没有办法，他只得换个地方。寻到一棵青翠的古树后，他将种子还有石盒埋在土层中，再次等待。

晚上，他继续吃孔雀肉。这可是准兽王级的凶禽，体内蕴含着惊人的能量，他身体产生变化后出现的饥饿感终于消失了。休息了一夜后，他才睁开眼睛，扒开异土，发现种子依旧没有任何变化。

楚风突然有了一种猜测，难道说种子所需要的异土不仅要看量，还要看种类？吸收过的就不再需要了？

因为他觉得这里的异土应该是三色土混在一起的，以青、赤、紫为主，这样一来，可以说每一棵古树下的土质都一样。

基于此，他开始仔细寻觅，发现此地真的只有这样的三色土，没有其他颜色的。

“传闻，肽山上有五色祭坛，我怎么没有发现？”楚风忍不住自言自语。他觉得这里应该有五色土，但他没有找到。

找了一阵子后，他还是下山了，没有再耽搁下去。

楚风走了，可是，肽山上炸开了锅——孔雀族的准兽王消失了！

最后，另外一个准兽王进入迷雾区深处，终于发现了它。

“天啊，那只孔雀让人给吃了！”

“什么情况？除了王级的生物，以它的实力，难逢对手，谁能吃了它？也太凶残了。”

“昨天，有一个长发齐腰的年轻男子，说找它有事，一拳把它撂倒了，而后将它拖走了。这……太不可思议了，原来是为了吃掉它，居然把它当成了食物，好威猛！”

……

消息传开后，所有异兽惊悚万分，一窝蜂地逃下肽山。

楚风回到住处，一番洗漱后，露出了强健的身体，周身隐隐泛起光泽。令他诧异的是，他不仅一夜之间头发变长了，还能明显地感觉到自己长高了。他去量了一下，发现身高从一百七十九厘米增长到一百八十五厘米。

“成为王级强者后，体质增强，我的身体发生了不小的变化！”楚风终于明白早先自己为什么那么饿了。

徐铭来了。刚进门，他就看到了楚风的一头长发，眼珠子差点当场瞪了出来，颤声道：“天啊，该不会是你做的吧？”

“什么是我做的？”楚风不解地问。

“祖宗，你是不是……在肽山上吃了……吃了一只孔雀啊？”徐铭感觉自己说话都说不利索了，有些哆嗦。

“你怎么知道？”楚风诧异极了，问道。

“天啊，真的是你！”徐铭眼冒金星，一屁股坐在椅子上。

“有什么不对吗？”楚风问道。

“当然不对，那是孔雀王的部下，你就这么……给吃了？！”徐铭头大如斗，他估计绝世大战又要开始了。

楚风无所谓地道：“放心，它又不是兽王，没那么重要，孔雀一脉不会在意。”

“怎么不重要？”徐铭急了，道，“那只孔雀虽然不是王级生物，但在这边相当于孔雀王的二管家，专门负责处理各种琐事，你……居然把它吃了！”

徐铭都有点无语了，玉虚宫这一次到底送来了一个什么样的怪物？难道他不是为了躲避追杀才专门跑路过来的吗？

现在看来，像他这种凶残的人物，还用跑路？别人看到他应该先躲起来才对！

“我劝你还是赶紧走吧，别在这里待着了！”徐铭说道。

“行，你帮我安排，我立刻回雷天城！”楚风痛快地点头答应。

徐铭的办事效率实在太高了，他将此事告知相关高层，没过多长时间就为楚风安排好了飞机，就像是送瘟神一般，一路催促着将楚风送到机场。

飞机呼啸着，一路向北而去。楚风安静地坐在那里，翻看通信器上的各种留言，了解这几日的消息。

“楚风，你如果再不出现的话，就等着为你父母收尸吧！”

这是黄小仙的留言。上一次他就威胁过楚风，现在更是变本加厉，嚣张至极地恫吓他。

楚风的双目中顿时射出两道冷幽幽的光芒，这只黄鼠狼太张狂了，居然敢这么跟他说话，一而再再而三地恐吓他。

接着，他又了解到一个消息——孔盛在各地转了一圈，又来到了雷天城。

陆通也给他留言，告诉他异兽盘踞在这边，虽然那些异兽不敢明着来，但他如果回来的话，异兽们多半会疯狂报复他。毕竟，上一次楚风杀了孔林，伤了黄云，那可都是准兽王级的生物，一死一伤，震动了两族。陆通猜测，异兽中肯定还会有高手到来，就是为了将楚风斩首，确保他有死无生。

楚风想了想，跟陆通取得了联系。他告诉陆通，可以让人去告密，或者在不经意间走漏风声，说他即将回雷天城。

楚风担心的是，如果他明目张胆地回去，并且告诉黄小仙他们，会让他们产生各种联想。万一他们胆子太小，怀疑他“道行”增长，实力大进，选择转身逃走的话，再想找他们就麻烦了。

陆通起初坚决反对，认为他这是在送死，肯定有不止一个准兽王在等着他自投罗网，他不能这样冒失。

“你放心，我有把握。”楚风在回来的路上只告诉陆通这么一句话。

几乎同一时间，陆通接到徐铭的密报，说楚风在肽山闹出大风波，将一只准兽王级的孔雀给烤着吃了。

陆通当时惊呆了。随后，陆通同意了楚风的要求，并且在第一时间琢磨人选。

他直接就想到了赵禹。

“给你一个机会！”陆通自言自语道。

不久后，陆通将赵禹找来，告诉他，明日楚风要回来了，到时候由他去接楚风。

晚间，黄小仙无比兴奋，告诉孔盛：“孔哥，那小子就要回来了，估计明天就能到！”

“好，明天我去打猎！”孔盛站起身，走到落地窗前，望着星空，妖异而俊美的面孔上挂着淡淡的笑。

“哈哈，他死定了，有几位老人家出手，非活扒了他的皮不可！”黄小仙畅快地大笑起来，得意扬扬地道，“他要是再不回来，他的父母真的会死，我可没有跟他开玩笑！”

第65章

异兽直播

“真遗憾，没有找到五色土，不知道肽山什么时候能让所有古树都芬芳馥郁。”

楚风坐在机舱中，透过玻璃窗看着夜空中的景色，这里仿佛离星辰格外近，一颗又一颗星辰如钻石般熠熠生辉。

他的确觉得很遗憾，在后文明时代的古籍中，肽山号称万物初始之地，结果只让他手里的种子生根发芽了一次。

楚风回来后，特意在网上查阅了一番，历朝历代在那里祭天时，所用的都是五色土，筑成祭坛，献祭三牲。

他想，所谓的五色土应该就是异土，可惜，他没有看到那种珍稀罕见的土。

“不管了，以后我再去一趟封禅之地！”楚风觉得那里很不简单。

肽山在不断变大，现在都已经高耸入云了。

并且，他在那里的确闻到丝丝清香，绝对是某一棵古树繁盛了，已经在开花结果，可就是找不到它所在的位置。

山顶上很可能隐藏着一片非常广阔的折叠空间，里面不仅有惊人的圣树，而且还会有其他不可思议的东西，比如金乌王曾经感应到的纯血金乌卵，还有孔雀王所要追寻的上古孔雀圣人留下的传承，以及其他珍贵的东西。

“现在我已经可以力敌兽王级生物，当肽山上的神圣古树全都芬芳馥郁时，我一定杀上去。”

楚风微笑着想，那种盛况让他心动不已。

随后，他开始养精蓄锐，因为明天还会有战斗。

他从来不会大意，哪怕如今实力足够强大，他依旧保持平常心，淡然处之。

黎明时，楚风醒了过来。这个时候，飞机正在下降，落在了靖门的机场。如果有选择的话，他并不愿意乘坐这种普通飞机，因为到了高空就太被动了。雷天城中盘踞着不少异兽，他怕直接飞过去的话会跟上次一样，在半路上被人阻击。最终，他选了一架武装直升机，让其贴着山地一路北上，而不是在高空中飞行。

“老头子，可以进一步泄密了，我已从靖门出发，沿着赤麓山岭一路向北，预计下午可以抵达雷天城。”

陆通接到消息后，立刻通知赵禹，让他下午去接人。

清晨，黄小仙收到一条文字留言，顿时笑了起来，道：“楚风啊楚风，你倒是谨慎，可惜你的行踪早已被我们掌握，你逃不出我们的手掌心！”

黄小仙忍不住哈哈大笑，然而太得意忘形了，笑的动作有些夸张，牵动了伤势，他顿时发出了诅咒。

“姓楚的，你下手好狠，等着瞧，今天非活剐了你不可！”黄小仙一边喊疼，一边发誓。

“孔哥，经过确定，楚风会走赤麓山岭那条航线，坐武装直升机从低空飞回雷天城。”

黄小仙第一时间将消息告知孔盛，如果不是行动不便，他恨不得今日亲身参加这场“狩猎”，那将会很“有趣”。

“好，我知道了，到时候用他的头颅祭奠林叔。”孔盛轻语。

“孔哥，要不我们也放些新闻？”黄小仙坐在轮椅上笑着道。

“你想怎么做？”房间中，一个瘦小的老人问他。

那老人满头乱糟糟的黄发有些像野草。

他叫黄贤，是黄鼠狼一脉的准兽王，黄云上一次断腿，并被斩落下一条尾巴，惹得该族老祖震怒。他们派出黄贤，就是为了杀楚风，不解决掉羞辱他们那一脉的人类，他绝对不会回山。

“黄贤爷爷，到时候你们将楚风打成死狗，不要立刻杀掉，先拍些照片给我。”黄小仙说完，嘿嘿地笑了起来。

异兽与时俱进，精通了人类的一些文化。如今不仅用上了通信器，而且还有个人的自媒体平台。黄小仙的目的显而易见，他要效仿当日的楚风，在公众平台上发照片，并配上文字。

上一次，楚风的行为可谓杀伤力巨大，让孔雀族的高层惊怒，而黄小仙一脉的老祖也被气得咆哮震天。

“有些意思。”黄贤点头道。他觉得可以这么做，以其人之道还治其人之身嘛！

孔盛笑了笑，并没有反对。

在孔盛右手边的沙发上，还有两名老者，分别叫孔峰、孔晨，都是孔雀族的高手，专为替孔林复仇而来。他们早已发誓，要手刃楚风。

这一次，他们共要出动三个准兽王。他们确信，这算得上三保险了，这样一来，楚风绝对逃不掉。

“稍作休息，然后我们出发！”孔盛说道，这一次他也要去，要看着楚风命丧当场。

“我想帮你们预热，先吸引人们的目光。”黄小仙笑着道。不久后，他登录自媒体平台，发了一些照片。这些人都是异兽中的年轻强者，行走在人类社会中，都有一定的名气。

比如，北方大草原上的银月狼王的子孙白川，一头雪亮的银发，阳刚英俊，人气极高。还有大林寺老猿的后人袁峰，皮肤呈古铜色，一头短发，能单手举起数万斤巨石，实力惊人。

“这个家伙是谁？怎么发了这么多异兽的照片？他的名字是……黄小仙？不会吧，难道是那只黄鼠狼？”

第一条评论就把黄小仙气得不轻。

“真是那只黄鼠狼，他居然还认证了，资料里写着‘来自盆灵山的黄小仙’。我可听说了，盆灵山那个好地方被黄鼠狼一族的兽王占据了。”

“天啊，什么世道，连黄鼠狼都有自媒体了。这家伙上次被楚风打个半死，浑身骨头都断了，他还有脸露面？”

黄小仙气坏了，他的本意是发一些异兽中的年轻强者的照片引人关注，结果没想到落得了一个被奚落的结局。

不过呢，他露面的消息很快被传开了，虽然人气很旺，许多人前来围观，但是没有一句好话给他。

他愤恨不已，觉得自己失策了，真不该抛头露面。这次他觉得自己太冤了，还没有招惹谁呢，就平白招了一顿骂。

随后，黄小仙发了几张孔盛的照片，不仅如此，还有孔盛等人去菩提基因谈合作时被姜洛神招待的照片。

他暗暗冷笑，这是你们人类的大财团，面对无敌的孔雀族时还不是表现得很热情？

果然，这些照片曝光之后，在网络上引发了不小的波澜。

当然，这不是什么独家消息，两三天前就有人报道过了。孔雀族与菩提基因都在盯着四大名山之一的千普山，双方或许会有合作。

“这只黄鼠狼是故意的，谁都知道他被楚风打残了，所以放这种照片挑衅楚风。”有人这么分析。

因为，楚风与姜洛神之间传出许多暧昧的小道消息，黄小仙这个时候发这种照片，居心不良，显然是在有意挑拨与羞辱楚风。

看着很多人留言斥责他，黄小仙冷笑着又发了新内容，那是一张林诺依的照片。并且，他还配上文字，写道：“孔哥很欣赏林小姐！”

这是赤裸裸的挑衅。

因为，大家早就知道楚风跟林诺依有过一段往事，现在还是好朋友。

“这只黄鼠狼太缺德了，肯定没安好心！”

“他活该被打得浑身骨折。”

……

一群人骂他，留言中没一句好话。

还有人在姜洛神和林诺依的自媒体上留言，将黄小仙发的东西转发给她们。

姜洛神很快回复道：“客人来访，自然要招待，不知道那只黄鼠狼要搅什么风雨。”

不少人迅速转发给黄小仙，进行嘲讽。

“那只黄鼠狼，说你呢，听到没有，你想搅什么风雨？”

“哈哈，女神真直白，还称呼你小名呢！”

黄小仙大怒。

随后，人们发现林诺依也回复了，她的回复更简单，只有几个字：“黄小仙？不认识它。”

这一次，黄小仙更愤怒了，这是在蔑视他啊。他已经掌握了人类的很多文字，自然知道“他”与“它”的区别。

“哈哈哈……”下面有一群人嘲笑着留言。

“等着瞧，我马上给你们爆料，保证你们看得更欢乐！”黄小仙恼了。

他直接联系黄贤、孔盛，询问能不能直播，如果觉得太高调，那么就等把楚风打成死狗时再直播，就播楚风当时的惨状。

“可以考虑！”孔盛点头道。他一向沉稳，但现在竟然做出了这种选择。

因为，上一次孔林被杀后，楚风斩下了他的头，还跟他合影，这实在让孔雀族震怒，觉得受到了羞辱。孔盛觉得，采用非常手段来洗刷耻辱是很有必要的，而且黄小仙的这个提议不错，那就直播一段好了。

黄小仙大喜，在自媒体上发言道：“意外得知我有一个朋友去打猎了，一会儿可能会有精彩视频，会拍下一些猎物，展示给各位看。”

这只黄鼠狼是什么意思？许多人都吃了一惊，觉得他要挑起事端。

该不会是要针对楚风吧？不少人想到了这种可能，依据那些异兽的性格，他们怎么可能不报复。

“黄鼠狼，你到底想做什么？”有一些急性子的人在下面留言问道。

黄小仙满脸笑意，迅速敲字，写道：“没什么，打猎而已，晒些猎物呗，可能是阿猫阿狗，也可能是一条大鳄，你们一会儿看了就知道了，反正，我很期待！”

这条消息引发了一阵骚乱，网络上很多人都感觉要出事了。

欧阳青、杜怀瑾、叶轻柔几人更是紧张，他们第一时间想到的是，楚风的踪迹可能被发现了，有异兽要去杀他。

“坏了，谁能去救楚风？异兽敢这么笃定地发消息，说明把握十足，必然会有顶级高手去杀楚风！”

可是，人们焦急也无用，因为他们根本就不知道楚风在哪里，也联系不上他。

“开始了，各位请慢慢欣赏！”黄小仙很张扬地笑，在自媒体上发出某一直播平台的网址链接。

下一刻，很多人点开链接，蜂拥而入。他们既有些好奇，也有些紧张。

画面出来了，只见远处有一架武装直升机贴着山林飞来！

此时，楚风正安然地坐在武装直升机中飞过赤麓山岭。很快，他发现前方有巨禽横空，阻拦了他的去路。

现在的楚风一头短发，他担心长发会引起孔雀族的猜疑，特地请人修剪了头发，他做这一切就是为了将他们全部灭掉！

“降落！”楚风说道。他不想等那两只准兽王级的孔雀先行发动攻击，毁掉武装直升机。

武装直升机下降，落在一片较为空旷的山地上，楚风径自跃了下来。

“天啊，真是楚风，他被截住了，有大麻烦！”看到这一幕的人，无不心惊，而后倒吸凉气。异兽绝对准备得很充分，都敢直播了，还怕什么？

显然，他们有把握拿下楚风！

“猎物出现，慢慢欣赏！”黄小仙笑着在自媒体上留言，顿时引发众怒。

许多人叫嚷着，如果查出了黄小仙在哪里，他们一定要立刻将他逮住直接毙掉，因为现在的他实在是太嚣张了。

黄小仙再次留言道：“与我无关，我也是从一个朋友那里听到的消息，说有其他族的高手要去狩猎。大家紧张什么？仔细欣赏就是了，看看谁会成为猎物，说不定剧情会反转哟！”

他幸灾乐祸，张扬地笑着，挑衅所有人。

这是黄小仙对人类赤裸裸的挑衅与藐视，分明是有异兽要去猎杀楚风，他却惺惺作态。

直播画面中，楚风一个人站在山林间，正凝视前方。显然，他已经发现了对手。

这时，所有人都有些紧张，异兽在半路拦截楚风，真要痛下杀手了，难道又要发生上一次那样的追杀事件了吗？

山林中的落叶很厚，最底下的一层落叶早已化成黑土。楚风踩在地上，脚下不时发出轻响。

此刻，他完全不必掩饰行踪，因为双方都已暴露。

孔盛立在半空中，面容英俊，气质超凡脱俗，紫发光滑如绸缎，脸上带着淡淡的笑，一副好像什么都不在乎的样子。

他没有现出本体，背后却浮现出了一对光翼，这让他依旧能悬浮在半空中，俯视着下方。

“嗖！”

孔峰动了，他拍动双翼，横空而来，出现在楚风的后方，截断楚风的退路。他是孔雀族的准兽王级高手，露出淡淡的笑容，道：“你如果还能活下去，那么也算是你的造化了。”

在他看来，三个准兽王级高手联袂而至，楚风必定插翅难逃！

孔晨依旧是人形，他双脚踩在地上，穿过山林，从楚风的正对面走来，整个人带着杀气。

他大概五十岁，背负着双手，面色冷酷，表情略带不屑，因为他觉得这过于兴师动众了。

孔晨盯着楚风，道：“三个准兽王级高手一起出动，却只是为了收拾你这样的小角色。”

楚风没有说什么，他很平静地在心中估量——怎么样才能留下所有人？毕竟这三个准兽王级高手都能飞行。

网络上，很多人都在为楚风担心，异兽竟出动三个准兽王级高手，这是绝杀之局，简直无解！

当然，人们也知道，上一次楚风利用一座特殊的银矿让两大强者栽了跟头，一死一伤。但是，现在楚风还能依靠什么？异兽们应该不可能再次上当了。可以说，楚风现在面临的形势严峻至极。

“坏了，怎么办？楚风这一次多半危险了。”

“不用怕，我们这边肯定也已经行动起来了，人类怎么能容忍他们这么嚣张，难道他们想杀谁就能杀谁吗？”有人不忿地说道，引起了不少人的共鸣。

黄小仙又站了出来，发了张自拍照，满脸是笑，留言道：“各位，别激动嘛，不过是一件狩猎趣事而已。”

都到这种关头了，他还在说风凉话，这种行为让人想暴打他。

山林中，黄贤亲自在拍摄。这会儿的直播画面中只有楚风一个人。

黄贤顶着一头乱糟糟的黄发，脸上乐呵呵的，身材瘦小的他用带着戏谑的眼神看向楚风。在他看来，这像是一场猫捉老鼠的游戏，他们将楚风折磨得差不多了，游戏就可以结束了。

如果这样还让楚风逃掉，那实在说不过去。

“开始吧！”黄贤说道，并进一步接近，跟在孔晨身后不远处，用通信器近距离拍摄现场的战况。

人们看到直播画面时，心中顿时一沉，所有人都明白，杀机迸发了！

黄小仙非常兴奋，因为在他看来，复仇的时刻到了，马上就可以看到楚风的各种惨状了！

“各位，狩猎开始，精彩即将呈现！”黄小仙张扬地笑着。

人们被激怒了，却无可奈何。

“砰！”

就在这时，直播画面剧烈晃动起来，连楚风都从画面中消失了。显然，双方已经交手了，而且战况颇为激烈，竟然影响到了拍摄。

一刹那，血液溅起，从镜头前飞过，这种画面让许多人心中发凉。

要知道，那里可是有三个准兽王级高手坐镇，人们觉得，以楚风的实力，他远不是他们三个的对手！

黄小仙大笑，他觉得舒坦无比，特别是鲜血溅起的刹那。

很快，许多人惊呼起来，而且感觉很难受。因为在血液溅起之时，还有几颗牙齿掉落后从镜头前飞过，也被镜头清晰地捕捉到了。

一些人已经不忍心看下去了，暗想，楚风这是在遭受羞辱吗？

这种惨状被直播出来，实在残酷。

他杀过苍狼王，在许多人心里他是一个勇者，应该被大家尊重，现在却被这样羞辱，实在让人不忍目睹。

“哈哈……牙都被打掉了，痛快至极，酣畅淋漓啊！”黄小仙放肆大笑道。他快速留言，表达这种喜悦，道：“期待剧情还能反转哟！”

这是在煽风点火。他极其幸灾乐祸，让人恨不得将他揪出来，狂殴痛打。

“砰！”

画面再次剧烈摇动起来，像是拍摄器材掉在地上了。人们愕然，发生什么事了？

黄小仙也惊疑万分，情况好像有些不对？

很快，人们听到一道痛苦的闷哼声，接着，那里的地面一阵摇动。很显然，是通信器被人捡了起来。而后，画面中出现了楚风的脸。

这等于是在自拍，他安然无恙地出现在画面之中。

“什么情况！”网络上顿时炸开了锅，所有人都吃惊，难道受伤的不是楚风？

黄小仙蒙了，心想，怎么回事？

刚才他笑得太畅快了，到现在脸上的笑容还没有消失呢！

楚风拿着黄贤的通信器，对着地面拍摄。

网络上先是一阵安静，而后又沸腾起来。一片嘈杂声后，人们看到了真相：一个黄发老者鼻青脸肿地出现了，他的脑袋差点裂开，满嘴是血，张口时可以看到牙齿掉了大半，看起来气得都要抓狂了。

“这一看就像是黄鼠狼啊，而且绝对是他们族中的准兽王级高手之一！”网络上有人大叫道。

黄小仙彻底傻眼了，这不是他们族中的老爷子吗？怎么被人打成了这个样子？他也太凄惨了，眼睛肿成一条缝，快睁不开了，鼻梁骨也塌陷了，满嘴牙齿掉了一半。

“不可能！”黄小仙大叫。

三个准兽王一同去杀楚风，怎么会出现意外？应该没有一点悬念才对！

“哈哈，那只小黄鼠狼说对了，剧情反转了哟！”网络上有人笑个不停。

“神转折啊，黄小仙你可真是铁口直断，说得太准了！”

一群人哈哈大笑，纷纷喊黄小仙再来一卦。

黄小仙简直要气死了，怎么会出现这种事？这可是在直播！

黄小仙原本想羞辱楚风，让他丢尽颜面，没想到这才开始就来了个反转，他们这一族的准兽王级高手被打了个满地找牙。

方才，山林中的楚风并没有先对付孔晨，而是先对付了黄贤。因为他看这只老黄鼠狼非常不顺眼，老家伙脸上带着戏谑之色不说，居然还在直播，摆明了视他为砧板上的肉。

楚风非常迅猛地冲了过去，如同暴风骤雨般挥动拳头。

当然，楚风在刻意压制力量，怕吓跑孔雀族的强者，所以只发挥出了部分实力。一顿乱拳砸下，全都落在黄贤的脸上，打得他惨叫连连。

黄贤丢掉通信器跟楚风厮杀起来，结果还是被虐得很惨，被打得横飞出去，牙齿掉了一地。

他窝火至极，肺险些被气炸。

他是准兽王级高手，结果大意之下被那小子偷袭，压着他狂打，好不凄惨！

当然，他也有些惊悚。他感受到了楚风的力量，楚风竟然跟他在同一境界。没想到啊，这个年轻人仅仅消失了几天，实力竟然提升了这么多！

不远处，孔晨十分震惊地放下了背负的双手。刚才看到楚风冲向黄贤时，他还在笑，觉得老黄鼠狼肯定会狠狠地教训楚风一顿，哪里料到会是这么一个结果。

半空中，孔盛、孔峰都露出惊容，这个对手实力提升了。

“准王！”

“他服食了异果，突破到准王境界了。”

即使到了现在，也没有人认为楚风是真正的王级强者。因为这才过去几天，明显不太现实。

按照常理来说，哪怕服食顶级的异果，也只能先成为准王，还要经过一定时间的积淀后才能突破到真正的王级。

他们都在这个境界，所以明白这个道理。

就连楚风在肽山上时也曾怀疑自己能否突破，但是，他成功了。

“老家伙，你倒是与时俱进，还玩直播。那行，我给你来几个特写，来，笑一笑。”楚风拿着通信器，对着黄贤，笑得很灿烂。

“你……走开！”黄贤恼羞成怒，放声大吼。这么丢人的事居然发生在他身上。

网上的观众们都沸腾了！真是剧情反转，楚风暴揍老黄鼠狼不是侥幸，他成为准王级高手了？

黄小仙郁闷坏了，恨不得抽自己两耳光，他觉得自己简直是乌鸦嘴，随口说说而已，只是为了挑起人们的情绪，怎么能料到，一语成谶！

“黄鼠狼家族跑出来的果然不凡，都是大仙，预测得太准了，不服不行，哈哈！”

“黄小仙你可以出师了！”

一群人心情舒坦地哈哈大笑，全都在讽刺与嘲笑黄小仙。

不过，人们很快就止住了笑声。因为楚风即将面对三个准兽王级高手，能否活着逃离依旧难以预料。

山地中，楚风故意极其郑重地说：“我们都在同一个境界，如果我想走的话，你们根本拦不住。”

说到这里，他向后退，选了一个有利的位置，准备突围。

“哪里走，杀了他！”黄贤恼羞成怒，第一个冲了上去。他身体暴涨，化成足有十几米长的黄色巨兽，咆哮着向楚风扑杀过去。

一阵狂风荡起，顿时飞沙走石，连林木都被吹断了，准兽王级高手发狂，场面非常可怕。

“杀了他！”孔晨看到楚风想要逃走，于是“嗖”的一声冲了过去，虽然是人形，但是他的速度仅次于音速，同时他施展了明王拳，轰向楚风的后背。

“来了还想走，留下头颅！”半空中，孔峰冷声说道。孔雀之身绽放五色神光，尤其是尾巴那里，更是非常璀璨。它俯冲而下，要击杀楚风。

绝杀之局展开，三大准兽王一心要杀人的话，那会是非常恐怖的事情。这片地方突然响起雷鸣声，连山地都裂开了。

四大高手瞬间纠缠在一起，不断移动。拳风浩荡，巨石、古树、山壁在他们的撞击下不断裂开、爆碎，那场面极其骇人。

很难想象他们的肉身有多么强悍，很明显，一般的热武器对他们无效。

孔盛一直悬在半空中没有下来，不然楚风早就下重手了，根本不会继续纠缠下去。

“峰叔，晨叔，你们小心！”孔盛在半空中开口，神色严肃。

楚风闻言，忍不住皱眉，他知道，该下手了，不能等下去了。孔盛一会儿肯定会动用大雷音弓进行远距离射杀！

突然，楚风超越音速，身后发出空气的爆鸣声。这是王级强者才有的恐怖速度。

“轰隆隆……”

像是有惊雷爆开，楚风一跃而起，迎上那只俯冲下来的五色孔雀，一拳击去。

“噗！”

孔峰惨叫一声，面孔随之扭曲。它的胸部被一拳打穿，鲜血迸溅出来，剧痛让它长嚎不止。

楚风在孔峰身上稍微一按，然后便迅速朝地面俯冲过来，袭向孔晨。

他想先解决会飞行的异兽。

“你……”

这一切都在刹那间发生。孔晨震惊不已，这个年轻人居然能瞬间爆发出这种力量，太不可思议了。

他哪里是什么猎物，分明是一头恐怖的凶兽！想猎杀他？分明是来喂食，将自己送入虎口中！

这是一个王级强者，他们得到的消息有误，而且荒谬得可笑，凭三个准兽王也敢来挑衅真正的王者？

“砰！”

孔晨的双臂交叉在胸前，但刹那间就爆开了，同时，他应声倒飞出去。

他根本挡不住王级强者的恐怖一击，但是如果他不用双臂阻挡的话，他的胸口会被当场轰穿！

“太恐怖了！”黄贤毛骨悚然，浑身的黄色毛发根根倒竖了起来。他转身就逃。

“还想走？！”楚风“嗖”的一下截断他的退路。

现在的楚风，仿佛是一尊大魔神。

第66章

王者归来

“吼……”

黄贤发出一声咆哮，浑身的黄毛随之竖立起来。这个时候，它看起来非常威猛。它虽然是黄鼠狼，但因为身长已达到十几米，所以横在山林间也跟史前巨兽似的。

美中不足的是，它血盆大口中的獠牙断了一半多。

獠牙是早先被楚风砸断的。

即使楚风的实力已经达到真正的王级强者的程度，但在此情况下，他也没有大意，只见他瞳孔收缩，身体绷紧，而后竟然“嗖”的一声倒退了数百米，成功地避开了黄贤的攻击。

几乎在同一时间，黄贤的尾巴扬起，“噗”的一声，喷出一片黄色雾霭，笼罩了山林。

放出臭不可闻的“毒气”是黄鼠狼一族的保命绝招，整片山林因此都变成了淡黄色，雾霭的笼罩范围极广。

楚风并不是对抗不了黄贤，而是过不了心理这一关。闻着一只黄鼠狼排出来的臭气，楚风想一想就浑身起鸡皮疙瘩，所以他选择临时退走，避其“锋芒”。

“啊……”

孔峰发出了一声惨叫。它刚被楚风一拳击穿胸部，血染山林，从半空中坠落了下来，难以动弹。结果现在它被黄雾笼罩，这种“毒气”刺激得它眼泪鼻涕一起往外流，险些直接昏过去。

孔晨的双臂都被打爆了，此时他脸色苍白地踉跄着倒退。孔峰更惨，方才它就在黄贤背后不远处，所以被喷了个正着，现在，那种恶臭让它都快吐了！

这两位都来自孔雀族，天生有洁癖，这是种族的遗传特性。此刻，这两位被黄贤排的臭气熏得头昏脑涨，差点将胆汁都咳出来。

他们实在是受不了了，如果有选择的话，他们宁愿自残或者挨别人的一顿暴揍，也不愿意被这种黄色雾气笼罩。

这一切都发生在一瞬间，楚风已经站到数百米外的山林中，从背后取下一张大弓。

他一直随身携带着这张用丝绸包裹着的大弓，现在他要动用它了。

他准备射杀的不是黄贤，而是孔盛。他不担心黄贤这只黄鼠狼，哪怕它再老奸巨猾，手段再厉害，它只要在地面上就逃不了，而且，他的神觉早已锁定了它！

只见楚风张开大雷音弓，射出一支铁箭。以他目前的王级战力来说，哪怕射出一支普通的箭矢，也能射死强敌。

铁箭冲起，发出可怕的雷鸣声，带着刺目的电弧，瞬间飞向高空，直取孔盛的头部。

孔盛太警觉了，看到地面的突发状况后，他十分果断地在第一时间飞向高空，一刻也不敢耽搁。

“嗖！”

铁箭横空飞出足有几千米远，这种速度非常恐怖，几乎瞬间就追上了孔盛。他大惊失色，简直不敢相信。

“噗！”

铁箭最终在他的手臂后炸开，一瞬间，电弧噼啪作响，光芒炽烈，景象恐怖。

孔盛摸了摸自己的手臂，那里有一道血痕，鲜血直流。铁箭只是擦过而已，就让他的手臂负了伤，真是惊险万分。

一个年轻的人类强者，仅仅几日间就从准王级直接突破到了王级强者级别，今日发生的事让他震撼不已。

楚风第一时间联系陆通，道：“老头子，安排地面上的人给我锁定空中的那只孔雀，我一会儿腾出手来了再去追杀他！”

而后，他一跃而起，从山林上空横移而去，瞬间就移动了两三百米。

这种速度令几乎昏厥过去的两只准兽王级别的孔雀心惊肉跳。楚风绝对是真正的王级强者，不然他根本不可能有这种恐怖的弹跳力。

黄贤现在万分惶恐，彻底害怕了，那个人类让它生不出一丝对抗的念头。于是，它绷紧如同一道黄色瀑布般的十几米长的躯体，发疯般地迅疾奔跑起来，试图横穿山林，逃离楚风的追杀。

早知道如此，它打死也不会来这里，阻击真正的王级强者？那真是活腻了！

“呼！”

楚风再次跃起，这一次又横移了两三百米，他直接落在黄贤的前方，截断了它的前路。

“嗷……”

黄贤瞪大眼睛，仰天长啸。它知道现在求饶也没有用，于是它动用了最强手段，随即，它的眼睛发出两道璀璨的金色光束。

它开始对楚风进行精神攻击。无论如何，它都不想坐以待毙，希望可以从这里逃走。

“哼！”

楚风只发出了一声冷哼，但他的声音中蕴含着牛魔吼的功力，牛魔吼击散了冲击而来的金色光束。他依旧纹丝不动，稳如肽山。

“嗖！”

事实上，那不是黄贤的最强手段。这时一柄飞剑贴着地面冲来，而后腾空而起，猛然爆发，发出刺目的光芒，径直刺向楚风的小腹。

“当！”

楚风用力一弹指，直接敲在雪亮的剑体上，一声金属颤音发出，那柄巴掌大的飞剑通体龟裂，而后“砰”的一声炸开了。

黄贤吓得魂飞魄散，那柄飞剑可不是一般的东西，飞剑是以陨石中提炼出的稀有金属铸成，坚硬无比。它试过飞剑的效果，飞剑能将金刚石都切开，锋利得骇人。

结果，现在飞剑却被楚风用力一弹指就毁掉了！那是多么可怕的肉身，它仔细想来，觉得实在惊悚万分。

实力达到了这个层次的楚风自然能够俯视准兽王级的生物。

黄贤浑身的毛竖立，通体散发金光，它的尾巴又扬了起来，它甚至想转身将尾巴对准楚风。

可是，这一次黄贤没有机会了。楚风动用了近乎神通般的本领，在弹碎了那柄飞剑的瞬间，他就已经转过了身体，一拳向黄贤近前轰去。拳印发出炽烈的光束，如同一道激光笔直冲了过去，景象无比恐怖。

“噗！”

楚风整条右臂挣脱枷锁后所开启的神秘能量太过可怕。他的拳头发出的光束如同利剑一般，银白灿烂，如光焰似闪电，击中了黄贤的头。而后他向下劈了一拳，使黄贤命丧当场。

楚风自已都是一惊。这是他第一次动用这种近乎神通的本领对付敌人，效果居然如此显著，打开第一道枷锁后获得的能力果然神威不凡！

“轰！”

楚风达到音速后又超越了音速，他都在山林中穿行过很远的距离了，后方的空气中才发出炸雷般的爆鸣。

片刻后，他就出现在了孔晨、孔峰的前方，拦住了这两位的去路。

早先，楚风一拳击出，孔晨的双臂就直接爆裂开来，化成了血雾。双臂也是他的翅膀，现在他已经无法显化出本体飞遁离开了。

他身边的孔峰则更惨，它的胸口被击穿，鲜血淋漓，血流不止。它早已虚弱不堪，都快站不住了，更不用说飞行了。

“我们是孔雀一脉的准兽王，孔雀族中这个层次的强者只有几名，如果我们死去，孔雀王必定会震怒不已。你确实很强，但是你毕竟是一个后辈，暂时还承受不住无敌孔雀王的怒火。其实，我们可以坐下来谈一谈，没有什么仇怨解不开，并且我们愿意为此付出一些代价。”孔晨开口道。

孔晨虽然很骄傲，但也不想死，他希望能让楚风妥协，放过他和孔峰。

“威胁我？”楚风冷笑道。孔雀族还真是高傲，明明就要成为阶下囚了，竟然还想软硬兼施，搬出孔雀王来恐吓他。

“你们可以上路了。”说完，楚风迈步向前。

“不，你误会了，我们怎么敢威胁真正的王级高手？只是想和你谈一谈。你不要动手，有话好好说。”孔晨焦急而恐惧地说道。

如果有可能的话，谁愿意去死？孔雀族即便很骄傲，也不可能漠视生死。

“孔雀王要是来了的话，倒是可以和我谈一谈。你们还不配！”

楚风手中出现一柄黑色短剑，短剑猛地扫出，“噗噗”两声，两颗头随即飞了出去。

楚风前后两次被孔雀族的准兽王级高手截杀，他怎么可能会轻易放过该族的孔峰和孔晨？即使孔晨搬出了孔雀王也没有用。地上瞬间出现了两只巨大的孔雀，孔晨也现出了本体，横尸于此。

“老头子，孔盛逃到哪里去了，是否锁定了？”楚风跟陆通联系。

“他一路向南飞，其间我们数次动用了地面上的武器轰击他。他虽然负了伤，但并无大碍，依旧向南飞去，目前我们还能探测到他的踪迹。”

“好！”

楚风大步走向山地中的那架武装直升机，随后螺旋桨转动，武装直升机很快升空，一路向南追去。

武装直升机上的几名随行人员盯着楚风时眼神炽热，他们目睹了这十分干净利落的一战。楚风不仅凭借一己之力击杀了三个准兽王，而且还要千里大追杀，收拾逃走的孔雀族的年轻强者，随行人员简直要将楚风视为战神了。

孔盛一路南逃，怒火中烧，气得都要癫狂了。

他们这一脉又有两个准殒命了，损失巨大。

楚风对战三个准兽王，根本就没有费什么力气，一出手就使他们全部殒命了。

他现在满身是血，仓皇而逃，沿途险些被一枚导弹击中，差点死在路上，他觉得这一战实在太耻辱了！

“快了，我即将逃离人类掌控的区域！”孔盛咬着牙自言自语道。他俊美的脸上满是不甘和愤懑，今日真是太憋屈了。

他受伤了，一只翅膀险些被枪炮打折，所以他的速度变慢了，而且他不敢在高空中飞行，这样很容易成为枪炮的靶子。

他现在贴着山林，一路逃遁而去，他想进入前方的高大山脉中，那里地势复杂，没有人类布下的火力网，他可以从容逃走。

“哪里走！”

后方传来一道如惊雷般的大喝声。

孔盛回头，正好看到楚风站在武装直升机的舱口，拈弓搭箭，“嗖”的一声，一道电光向他飞来。

“噗！”

他虽然想躲避箭矢，但是根本无法避开，因为那是王级强者发出的至强一箭。他惨叫了一声，顿时鲜血四溅。

孔盛的一只翅膀被射得炸开，大部分化成血雾，只有小半截没有碎掉，他因此直接坠向地面。

孔盛面孔扭曲，剧痛难忍，这种创伤对他来说十分严重，他险些一头栽落到大山中。

不过，孔盛有非凡的本领，此时选择了用本体飞行。只见其背后浮现出一对光翼，整具躯体上的血气如同燃烧般弥散开来，炽烈的红色光芒将其笼罩。

孔盛拼命逃亡，速度骤然提升，很快没入大山中，借着山体阻挡武装直升机的追击，想要逃离楚风的射程范围。

“追！”楚风冷漠地看着前方，站在武装直升机内吩咐道，他手持大弓，随时准备射杀孔盛。

随即，武装直升机轰鸣着飞进大山中，在空中追击孔盛。

“嗖！”

楚风射出第二支铁箭，震动虚空，如同一道惊天长虹，穿向几千米外，射程骇人。

“啊！”

孔盛惨叫一声，另外一只翅膀被箭矢穿透，当场爆开，其中半截坠下山地。这一箭虽然又射中了孔盛，但是很可惜的是箭矢依旧没有能刺进孔盛的躯体。孔盛现在只能靠一对光翼飞行了。它仓皇逃遁，一头扎进山脉中，绕山而行，躲避楚风的追杀。

它惊悚不已，它虽然拥有格外敏锐的神觉，但是仍然躲避不过楚风弓箭的射杀，这让它有一种深深的挫败感。

当楚风的第三箭射来时，它拼命地逃跑，浑身的羽毛抖动着，头骨发寒。对于它来说，身后的楚风简直就像是一尊魔神，实在太恐怖了。

“噗！”

可惜，它没有躲过第三箭，只见它的尾部炸开，那些鲜艳的翎羽全部带着血落向下方的大山之中。

“啊……”

孔盛惨叫一声，它的尾部太疼了，这一箭险些让它昏过去。

“呼”的一声，它浑身血气暴涨，而后熊熊燃烧。它再次提速，居然发出音爆声，疾速逃遁而去。

要达到这么恐怖的速度对它来说非常吃力，它身上有些地方出现了细微裂痕，淌着血。

但是，它现在管不了那么多，只能一路疯狂地逃亡。

武装直升机上的几名随行人员和几名异人也都双腿发颤，不由自主地打了个冷战。

“它太敏锐了，居然躲了过去，我那一箭其实是想射向它的后心！”楚风道。

另外几人神色讶异。

现在，楚风跟大魔神一般，一举一动都让人敬畏。他这一路上所向披靡，杀掉兽王，追杀孔雀族年轻强者，强势无比。

“不好，武装直升机快没油了！”飞行员叫道。

武装直升机一路从靖门赶往雷天城，路途太长，现在又这样追击孔盛，燃油已经消耗得差不多了。

“算它命大！”楚风收起大雷音弓说道。

楚风让随行人员找个合适的地方降落，与此同时，他让几名异人将孔雀的翅膀以及尾部最鲜艳的翎羽都收了回来。

这些人都很兴奋，估摸着楚风到时候可能会在网络上晒图，那个时候必然又要引起巨大轰动。

很长时间以后，几架武装直升机赶来，帮助楚风运载各种战利品。战利品不仅有孔雀族天才的翎羽，还有准兽王级强者的庞大尸体，让他们震撼不已。

楚风先走一步，杀向雷天城。

此时，外界许多人都觉得度日如年。已经过去了几个小时，还是没有任何的音信传出。

因为楚风跟几个准兽王级强者交手后，通信器就被扔在了地上，无人拍摄，许多人都在等待战斗结果，不知道战况如何。

“我族必胜，三大准兽王联袂出手，楚风即便成了准王又如何，他依旧小命难保！”

黄小仙又冒头了，他尽管稍微有些心虚，并不知道结果如何，但是他仍为自己打气，坚信楚风会败阵而亡。

“黄鼠狼你还敢乱说话？一会儿剧情又要反转喽！”有人嘲讽他道。

“哈哈，就是啊，你都这样说了，我们就全都放心了，战况一会儿肯定又有神转折！”

许多人纷纷跟帖，全都在后面奚落黄小仙。

“放屁！这次再反转，我跪下来管你们叫祖宗，直接把正在用的这台通信器吃掉，我就不信邪了！”

黄小仙急了眼，他真的受刺激了，早先的反转对他的打击太大，让他蒙得半天都没有回过神来。

现在，他自然在祈祷和盼望着三大准兽王灭掉楚风，因为他再也不想见到那个可恨的人了。

“不会吧，你跪下来管我们叫祖宗，那我们不也成黄鼠狼了？”

“哈哈，无妨，我等着他下跪，我在期待战况继续出现反转，气死这只黄鼠狼！”

无数人在黄小仙的自媒体上留言，跟他打赌。

黄小仙怒不可遏，在自媒体上回道：“你们这群傻乎乎的人，你们等着看吧，楚风的小命肯定没了，居然还想反转？做你们的春秋大梦去吧！”

然而，他下一刻就惊呆了，浑身汗毛倒竖，猛地回头，一眼望到了熟悉的身影。

楚风正站在他的房门口，脸上挂着灿烂的笑，露出一口雪白的牙齿，跟他打招呼：“几天不见，还好吗？”

“妈呀！”黄小仙吓得大叫，差点从轮椅上摔下去。

他浑身颤抖，吓得脸色发白。他怎么也没有想到，楚风居然出现在他的住处，要知道这是他新换的非常隐密的地方，外人不会知道啊。

黄小仙都快哭了，对他来说这一幕实在太惊悚了。

他露出一个比哭还难看的笑容，道："楚风大哥你好，我对你一直敬佩无比啊，你别过来，咱有话好好说！"

他尖叫着，浑身都是鸡皮疙瘩，着实被吓坏了。

"呵，你还是自媒体达人啊，让我看一看。咦，你竟然发了这么多的图文消息，很多人都关注了你啊。"

楚风捡起他的通信器，仔细浏览起了上面的图文消息。

"哦，你在这上面不断诅咒我，还和人打赌了？"楚风带着淡淡的微笑说道。

"来，咱们来张合影，然后你发上去。"

楚风说道，然后用他的通信器给两个人来了张自拍照。

照片中的楚风笑容灿烂，黄小仙则快哭了，两个人的反差实在太大了。

"上传！"楚风说道。

"大哥，咱能不能商量下，不要上传这张照片，我帮你单独拍一张更威武的吧！"黄小仙哭丧着脸，磨磨叽叽地说道。

"快点！"楚风顿时变得杀气腾腾。

最终，黄小仙硬着头皮发出去了。

结果，网络上先是安静了一瞬，而后炸开了锅！

"天啊，我看到了什么？"

"哈哈……"

第67章

出大事了

看到那张照片后，所有人都惊呆了，所以才有了那么短暂的寂静，而后各种回复如火山喷发般爆发了。

“哈哈……我没看错吧，太神奇了，这是真的吗？”

“简直难以置信，这两个人居然出现在同一张照片中，画面实在是……太美了！你们看，黄小仙脸上那种欲哭还笑的表情和绝望欲泣的眼神，哈哈哈……”

这件事太稀奇，非常离谱，让人有点不敢相信。许多人看到这两个人来了张合影，还是这么近距离的自拍照，差点惊掉下巴，而后，他们实在忍不住了，狂笑不已。

要知道，黄小仙刚才还在诅咒楚风，扬言这一次再也不可能出现反转的情况，还在那里叫板楚风，大放厥词，十分嚣张。

怎能料到，才一转眼而已，这两个人就来了张自拍照，实在让人有点无语。

网络上如同炸开了锅一般，群情鼎沸，最后的反转太过突然，许多人都没有心理准备。

“我怎么忍不住还想笑啊，哈哈……你们看，黄小仙的模样太逗了，那种小眼神，还有那一脸痴傻的样子，我估计他的心中正‘万马奔腾’呢，没想到老窝居然都被端了，他自己都蒙了吧？”

“我能理解他的心情，他刚才还自信满满、得意扬扬地在那里叫嚣，结果一回头就看到了楚风，估计他的头皮都要炸开了吧，没有吓尿就算他坚强了，哈哈……”

网络上，众人都在取笑黄小仙。

这件事情发展迅速，出人意料，所有人都没有料到会出现这样的一幕。

同时，人们对楚风的出现也感到震惊，他平安地回到了雷天城，那是不是意味着另外三个准兽王都被他击败，甚至杀了？

这可不是小事情，不少人都在猜测这一战的结局，各大势力更是在第一时间行动起来，大家都想了解事情的真相。

因为，这件事影响巨大！

各大财团都吩咐下面的人，迅速调查那三个准兽王到底怎么样了。

此时，黄小仙直打哆嗦，一半是吓的，一半是气的。

自媒体平台上的那些留言让他抓狂，他恨不得将通信器摔碎，真是岂有此理，欺人太甚。

他被无数人奚落，每一条留言都在戳他的心，让他愤懑不已。

可是，他一回头看到楚风便蔫了。此时，他真的很想哭，这不是装的，他没想到会是这样的结果。

他觉得自从遇上楚风后，他就倒了八辈子血霉。

楚风也正杀气腾腾地看着他，他对这只黄鼠狼没有一点好感。

“楚哥，有话好说！”黄小仙声音发颤地说道。

他汗毛倒竖，自从楚风踏进这个房间后，他就感到惊悚不已。

正如外界所猜测的一样，他被吓惨了，从头凉到脚，简直是万念俱灰。

早先，他意气风发，非常张狂，在网络上叫板所有人，可是现在他十分难受，哆嗦不已。

“还有一只黄鼠狼呢，它在哪里？”楚风问道，他在找黄云。

黄云也是一个准兽王，他在银矿那里断了一条腿，又被楚风斩断尾巴，留着它绝对很危险。

“它没跟我在一起。”黄小仙答道，他有些惊慌，面色煞白。

这时，陆通进来了，他的身后还跟着一群人，他们早已将这里包围。

“交给我吧。”陆通说道。

其实，楚风很想直接杀了这只黄鼠狼，万一让他逃了的话，早晚会成为祸害。

陆通像是知道楚风的想法一样，对他说道：“千万别浪费，这可是能化形的异兽，有重大的科研价值，我们得好好利用起来。”

黄小仙这段日子可不是白白虚度的，还专门研究过人类的各种文化，他怎么会不知道所谓的重大科研价值意味着什么。

黄小仙一听，顿时毛骨悚然，脑袋都快炸裂了，险些吓昏过去，他尖叫道：“你们要干什么？不要动我！”

楚风顿时笑了，这只黄鼠狼平日里叫得那么凶，原来这么怕死。

黄小仙急了，喊道：“楚哥，大哥，我错了！给我一个将功补过的机会吧，千万别把我送走，小弟愿意鞍前马后，追随在你的左右，给你牵马、坠镫！”

陆通看着黄小仙，道：“行啊，这才多长时间，都懂得‘鞍前马后’了，还真没少读我们人类的书。”

黄小仙顿时如小鸡啄米般点头，尽力表现自己的诚意。

“都读过什么书？”陆通问道。

“很多，比如……”黄小仙掰着手指头数起了他看过什么书。

“你看的那些传记的主人公没哪个是好东西，真是物以类聚！”陆通气得对着黄小仙的后脑勺就是一巴掌，暗叹黄小仙真不愧是黄鼠狼，天生就喜欢这类人。

楚风走出房间，来到院中的草坪上。

黄小仙顿时撕心裂肺地喊道：“楚哥，你别走啊，带上我吧，千万别让这个怪老头把我送到什么科研所！”

“你说谁是怪老头呢？”陆通黑着一张脸，命人把黄小仙给架了起来，然后取出通信器开始跟一个一流的实验室联系。

“救命啊，杀人啦！”黄小仙惨叫道。

陆通呵斥道：“你老实点还有活命的机会，再敢乱叫，直接把你剥了皮后再送到实验室。”

“天啊，你们人类怎么能这么狠心，比我们还残忍啊！”黄小仙哭叫着。

“你如果愿意配合，我保证你能活着。”陆通对黄小仙说道。

他开始安抚黄小仙，怕黄小仙直接崩溃了，因为他还想问黄小仙很多问题呢。

“我发誓，我一定配合！”黄小仙泪水长流，在房间里下保证道。

陆通手段高明，他都还没有用刑，就把黄小仙吓惨了，不管是该说的还是不该说的，黄小仙全部都抖搂了出来。这其中包括盆灵山上有几只黄鼠狼，实力都有多强，那位老祖有什么喜好等等，黄小仙没有一点隐瞒，统统招了。

“好了，送它去实验室。”

审讯结束后，陆通一挥手，让人将黄小仙带走。

“死老头子你不讲信用，你不能这样！”黄小仙惨叫道。

陆通依旧在忽悠，道：“你放心，我会让你活着出来的，前提是你得在实验室里好好表现，认真配合。”

黄小仙被送走后，陆通的脸色立刻沉了下来，对楚风说道：“快走！”

“怎么了？”楚风诧异地问道。

“我们去抓黄云，这只黄鼠狼真是胆大包天，它想害死你的父母！”陆通说道。

“什么！”楚风震怒道。

下一刻，他们火速离去。

楚风真的怒了，黄云居然想报复他的父母，这条消息瞬间让他杀气腾腾。

“别急，出不了事。”陆通安慰道。

楚风这几天一直觉得不对劲，因为他听到有消息说自己的父母精神不太好，他还以为是他们思念自己导致的。他现在才明白，黄鼠狼一脉的准兽王在用恐怖的精神力对他的父母施加影响，想让他们慢慢病死。

楚风斩掉了黄云的尾巴，它非常记仇，于是想方设法地报复。它虽然不敢明着触怒玉虚宫，但是可以神不知鬼不觉地让楚风的父母死去。

一般情况下没有人敢闯玉虚宫，然而黄云踏过了底线，这让陆通都震怒不已。

数日前，他还向楚风保证，说玉虚宫固若金汤，无人敢闯，结果现在一只黄鼠狼就打了他的脸。

楚风一行人一路风驰电掣地回来了。

“爸！妈！”

楚风看着父母，稍微松了一口气。父母的情况没有他想象中那么糟糕，两人虽然精神不佳，但是身体还没有出现大问题。

“小风！”两人惊喜地叫道，他们已经从网络报道上知晓楚风已经回来了。

他们这几个小时无比揪心，因为楚风自从跟三个准兽王对战后，就消失了，很长时间都没有消息。

他们虽然不知道那三个准兽王怎么样了，但是现在楚风出现在玉虚宫，就是最好的消息！

“爸，妈，我没事，让你们担心了，晚上我们煮一锅准兽王级的孔雀肉补一补。”楚风笑着道。

“哈哈……好，晚上喝几杯。”楚致远大笑道。

“爸，妈，你们别动，让我看一看。”楚风说道。

下一刻他双眸光芒大盛，这是真正的王级神觉，精神力如同光焰一般从他的额头上冒出，神圣无比。

“吼！”

他发出一声蕴含着牛魔吼的轻叱，震动四方，精神力瞬间澎湃起来。

楚致远和王静眼前发黑，身体踉跄，险些摔倒。

与此同时，两团黄云留下来的淡金色能量从两人的天灵盖中冲出，并且发出尖细的叫声。随着楚风再次轻叱一声，那两团能量“砰”地炸开，直接消失。

陆通一直等在门外，听到动静后赶紧冲了进来，向楚风问道：“你爸妈没事吧？”

楚风抱着楚致远和王静，将他们放到床上，并为他们盖上被子，看着他们陷入睡眠之中。

他回到客厅，脸色阴沉，道：“虽然现在没事了，但是，我如果再晚回来几天，他们就很危险了，盆灵山的黄鼠狼欺人太甚！”

楚风动了杀意，就这么几天而已，黄云就险些取走他父母的性命。

陆通顿时十分惭愧，自责地说道：“对不起，我也没有想到会发生这种事情。”

楚风摇头表示不怪陆通，因为这片家属区的防护工作已经做得足够好了，没有什么大问题，主要是黄云那只黄鼠狼道行高深，防不胜防。

陆通道：“刚才已经查明，它是躲在远处的下水道中施法的，但是你今天一个人对抗三大准兽王的动静太大，早把它吓跑了。”

黄云没敢直接动手，只是留下了两团能量，想让楚风的父母每天变得虚弱几分，时日一长，两人的死就不会显得突兀了。

总的来说，黄云十分忌惮玉虚宫。

“先有许婉怡，后又有这只黄鼠狼，将来还不知道会有谁！”楚风大声说道。

他起身来到窗前，看着远方，道：“我要震慑他们一次！我要让那些不怀好意的人知道，一旦牵连到我的家人，后果会有多么严重！”

他的语气十分威严与冰冷。

“你想做什么？”陆通觉得心惊肉跳，总觉得要出大事。

“老头子，你想不想玩一次大的？”楚风问道。

“有多大？”陆通的眼皮都开始跳了。

“平山灭寨，我要去打下一座山头！”楚风寒声说道。

“你想去攻打盆灵山？”陆通惊叫道。

第68章

一战成名

“是！”

楚风郑重地点头，这不是他一时冲动脱口而出的话，而是经过思考做出的决断。

这一次实在太危险了，如果不是发现及时的话，父母岂不是就被害死了？这让楚风心中一阵后怕。

如果这一次就这么算了的话，那么有一就有二，下一次还会有人这样针对他，将他的父母视作他的软肋。到时候说不定就会出现什么意外，那就不止威胁与恫吓那么简单了！

楚风决定主动出击！

他一定要杀出赫赫威名来。

他要让所有人都明白，只要他还活着就不能算计他的父母，不然下场会很惨，将遭到他十倍、百倍的报复。

平山灭寨，攻下盆灵山，镇杀那里的兽王！

这是楚风的打算，他要雷霆出击，横扫兽族！

什么魑魅魍魉，什么鬼蜮伎俩，他要一个人杀过去，凭借一双拳头全部消灭！

“要出大事啊。”

陆通心神不宁，一时间难以抉择，因为这件事情牵涉的范围太广了。

盆灵山那里已经被一个兽王占据，楚风这么杀过去，挑战老牌王级生物，他真能拿得下来吗？

这件事情一旦发生，等于捅了马蜂窝，势必会闹出无法估量的风波，并且还可能会引发其他连锁反应。

陆通十分谨慎，表情严肃，他要仔细琢磨一番。

“老头子，你想得越复杂，顾虑就越多，你是不是担心其他兽王会发难？”楚风问道。

“是，后果非常严重！”陆通说道。

楚风语气坚定地道：“任何事情都有两面性，你不觉得有些异兽太霸道了吗？苍狼王屠城、史地兽潮……凭什么总是它们进攻？我觉得我们有必要杀鸡儆猴，立威示范！”

楚风进一步补充道：“而且孔盛、黄贤等这一次实在太嚣张、太随心所欲了，他们连续两次半路截杀我，而且竟然敢直接摧毁飞机，真当我们是软柿子吗？”

“是，异兽的确太过分了，你容我想一想。”陆通说完，随即转身离去。

陆通其实也憋了一肚子的火。

那可是人类开辟出的一条安全飞行航线，结果孔林、黄云等说出手就出手，肆无忌惮，击毁客机，谁知道异兽下次还会做什么！

外界同样无法平静。

几个小时过去了，还是没有三个准兽王的消息，它们到底如何了？

不管怎样，目前楚风回来了，他成功闯过了绝杀之局。

他没有死，这是否意味着另外三大强者已经败亡了？还是说另外三大准兽王没有拦住他，他只是突围了而已，双方都安然无恙？

现在，无论是普通人还是各大财团的人都想知道详情，这一战实在太吸引人了，大家都在密切关注。

“哪怕楚风很强，成了准王级高手，也不可能一人独杀三大准兽王，这有些不现实，我觉得他只是突围出来了。”

“是啊，孔雀族非常强横，族群里一下子出现两个准兽王，谁都挡不住，再加上一只可以祭出飞剑的黄鼠狼，那简直是防不胜防，楚风除了选择逃遁之外，我真的想不出他如何能够活下来。”

这是绝大多数人的观点。人们虽然偏向于楚风，希望他手刃那些霸道的异兽，但是仍然觉得这种希冀有点不现实。

一些大财团的人也在讨论，甚至请高手推演，尽量还原那一战的过程。

“楚风应该是选择突围，逃了出来。当时直播的视频中有这部分的内容，楚风的策略就是想逃遁，才导致三大准兽王一同追击他。”某些大势力内有强者如此说道。

毕竟楚风才突破到准王级别，应该很难应付三大准兽王的围攻才对。

然而，所有人都不知道，楚风根本不是什么准王级高手，而是真正的王级强者，那一战对他来说实在不算什么难事!

“不管怎么说，楚风无恙，而且成功破解了杀局，他依旧了不起！”

“楚风太彪悍了，真不愧是牛神王，居然在三大准兽王的围攻下成功逃脱，真是神勇啊。”

很多人称赞楚风，他们都无比高兴。

不管怎么说，这是一件大喜事，没有人愿意看到异兽在人类社会中作威作福。

楚风屡次挑衅异兽，还成功杀过一只孔雀，斩断过一只黄鼠狼的尾巴，着实具有威慑性作用。

异兽现在前来报复楚风，却依旧奈何不了他，这让人们都很振奋，一些热血青年更是激动地大声欢呼，喝酒庆祝。

此时，许多人都很高兴，尤其是周倚天，更是乐得合不拢嘴。

因为，就这么几日而已，楚风闹出了天大的风波，《牛魔大圣》仿佛因此迎来了第二春，上座率再次提升了。

《牛魔大圣》创造了票房史上的奇迹，打破了各种票房纪录，成了票房神话。

“楚风，你怎么样了？”

“楚风，你没受伤吧？”

楚风翻看通信器，里面有很多留言，很多人都在关心他的近况。

“我很好。”

楚风登录自己的公众平台，发了一条简洁的消息。

“战况到底如何啊，楚神，赶紧告诉我们！”

不管是熟人还是陌生人，此时都蜂拥而至，在楚风的公众平台上面留言，迫切地想知道大战的结果。

就连那些大财团也都在第一时间关注大战的结果，甚至还用官方账号留言询问楚风，比如通古联盟的人就在公众平台的留言处询问楚风那三大准兽王怎么样了。

楚风想了想，然后选择了直接上传照片，先是两只孔雀的无头尸体，接着是一只十几米长的黄鼠狼，最后是孔盛的翎羽、翅膀等。

他把三张照片都发了出来，并给照片配上了四个字：猎物丰盛。

“轰！”

这在网络上引发了一场舆论的大地震！人们先是震惊不已，而后一片喧嚣，这则消息的确太震撼人心了！

许多大势力也都傻眼了，那可是三个准兽王啊，一起去击杀楚风，结果都被他杀死了？

这则消息掀起了轩然大波，各方都坐不住了，纷纷行动起来，想要了解此战的详情。

所有人都惊呆了，谁都没有想到三个准兽王居然一个都没有活下来，全被楚风一个人给斩杀在山林之中。

这种战绩实在太辉煌了，想不引发震动都难。

“哈哈，老大威武，这种战绩真是要吓死人啊！”杜怀瑾留言道。

杜怀瑾、欧阳青、叶轻柔、陈洛言几人都正在向玉虚宫赶去，他们要去见楚风，结果在路上就看到了这则消息，全都吓了一大跳，而后惊喜不已。

不断有人在网络上给楚风留言，楚风的公众平台的关注人数瞬间暴涨，甚至比许多人气火爆的明星的关注度都要高。

“楚风，牛神王，你实在太威武了，这一战简直是牛魔大圣本色出演啊，杀得好，就该这么霸气！”

“痛快！那些异兽太嚣张了，半路截杀，摧毁我们的客机，真是肆无忌惮，对付它们就该这么痛快。”

“楚神，我期待你屠宰兽王的那一天！”

网络上沸腾了，各大媒体自然不能干看着，纷纷行动，挖掘内幕消息。

一时间，各种报道铺天盖地。

有的记者神通广大，竟然联系到了军方的人，比如为楚风开武装直升机的异人，记者想秘密采访他，找他了解楚风的情况。

不过那名异人拒绝了，他不敢泄密，只是告诉记者楚风很厉害。

这样的话更加让人心痒，许多人纷纷打听，甚至连陆通都被骚扰了，有不少人找上了他。

陆通直接关机，没有回应任何人，因为他现在很烦，他在纠结到底要不要攻打盆灵山，他可是知道楚风这次是要掀翻天！

杀兽王，平山灭寨，这绝对是捅破天的大事！

楚风发完照片后，通信器响个不停，很多人都打电话过来，他这里依旧没能安静下来。

楚风接通了林诺依的电话。

“喂，诺依。”楚风开口说道。

“你没有受伤吧？”林诺依问道。

“我没事。对了，我这里有些漂亮的孔雀翎羽，外面肯定买不到，要不要给你寄一些过去？”楚风笑着道。

而后，他很惊讶，因为他听到了那边有阵阵浪涛声，他确信这不是他的错觉，于是问道：“诺依，你在哪里？”

“我在东海之畔。”林诺依轻声说道。

楚风顿时心中一凛，道：“你怎么去了那里？东海很危险，连蛟龙这种生物都进化出来了，你不能在那边久留。”

林诺依没有隐瞒，反而告诉他，有人发现东海某一海域出现了金光，疑似是扶桑树，如今有几个财团得悉，他们准备联手出海。

这则消息十分惊人！

“太危险了！海洋中的生物远比陆地上多，连碧游宫之主都吃亏退回来了，你们去的话过于冒险。”楚风道。

“我这次不会出海，只是过来看一看。”林诺依告诉他。

海洋终于不平静了，传说中的扶桑树出现，金乌会不会伴着它出现？要知道，连肽山上都疑似有金乌蛋。

此外，东海多仙岛传说，自古以来都在流传长生不老的故事，早在先秦时代就有方士出海寻找仙岛。

现在，天地变异，估计真的可能会有那种仙岛出现！

两人说了片刻，林诺依知道楚风没有受伤后，便结束了通话。

很快，黄牛也拨打过来，和楚风进行视频通话。

这一次，黄牛吓了楚风一大跳，竟然直接开口说话，不再写字，一副得意扬扬的样子。

当然，它虽然没有忘记恭喜楚风一战灭掉三个准兽王，但是它也很自信，昂着头，告诉楚风："本王比你先迈出那一步，今日成王了！"

楚风听着它说话，感觉一阵古怪，因为这家伙的声音太稚嫩了，所以他忍不住调戏黄牛："奶声奶气的，以后叫你奶牛吧！"

"楚风，你敢对本王不敬吗？"黄牛吓唬他道。

"小奶牛，我早在两天前就成为王级强者了。"楚风嘿嘿直笑道。

黄牛气呼呼地喘着粗气，瞪着他，它本来兴致很高，结果却被打击了。

"黄牛，看来你在昆林山寻到了非同一般的异树。不过，我这边也不错，要不你拉上大老黑跟我一起去攻打山头吧，我很快就要去平山灭寨了，听说那个地方有御剑术，你想不想学？"楚风撺掇黄牛，希望将那两头牛给忽悠过来。

他们三个绝对是强大的组合，如果联手，势必可以一路横扫，就算是要抢占下一座天下名山也不是没有可能的事情。

大黑牛凑到镜头面前，神色极其古怪，一双牛眼在那边盯着楚风，惊讶地道："你成王了？"

这才过了多久，这个小子竟然已经比肩黄牛！

大黑牛可是深知黄牛的来头有多大，更知道黄牛从那个世界过来有多么不易，黄牛要成圣作祖不是说说而已，而是有那种底蕴！可是现在，这个小子竟然跟黄牛一样迅速成王了，这实在令它惊讶！

"嗯，让我想一想，你成王了，黄牛也是王级生物，我们三个是时候做票大的了。"

大黑牛盘坐在那里，用一只黑蹄子摸了摸下巴，一阵琢磨。

大黑牛抬起头，眼睛贼亮，道："楚小子，现在迈德冈那边已经杀得血流成河了，死伤无数，连兽王都死了好几个，这正是捡漏的好时候啊！这几日你准备一下，我们三人回头就组队杀向西方，要真进了迈德冈的那个圣药园，实力必然会暴增！"

楚风被说得动心了，他以前不敢去，那是因为实力不够，现在还真可以跟这头老牛跑上一趟，用它的话说——做票大的！

他想了想，道："黑老大，现在海中也出现好东西了，我刚才得到了消息，东海的扶桑树可能要出现了，我们先去东边还是先去西边？"

"你傻啊，扶桑树刚出现，开花还得几个月呢，肯定先去西边。那个圣药园中长出了很多好东西，有些是人形的，有些则是活着的生物，最重要的是那里神圣花粉漫天飞舞，芬芳扑鼻，是目前的必争之地！"

大黑牛唾沫横飞，恨不得立刻杀到西边去。

只是，它最近听说那里死伤无数，连兽王也都在那里殒命，一时有点心虚，不过现在拉上楚风加入的话，它的底气会足一些。

通话结束后，楚风一阵出神。

随后，姜洛神打电话来了。

"女神，你又想请我吃饭啊？"楚风懒洋洋地问道。

姜洛神本来心情还算不错，但一听到楚风说这种话，脸色顿时一变，什么叫"又"？这种话她真不爱听，好像她多上赶着似的。

"请你？做梦！我人都没在雷天城！"姜洛神奚落道。

"那我就放心了，免得又跟你传出'三天两夜'的故事。"楚风说道。

"楚风你找打吧？别以为你是准王，我就收拾不了你，我们菩提基因有迦释门徒，你别招惹我，不然我亲自带人去镇压你！"姜洛神发飙了。

姜洛神自从跟楚风闹出无数风波后就一直不得安宁，现在外面还在疯传她在家安胎呢，所以她对楚风没有什么好话可说。

"说吧，你找我什么事？"楚风问道。

"你手上的准兽王肉，能不能卖一些给我们？"姜洛神问道，她想将准兽王肉送进实验室进行研究。

“可以，一斤准兽王肉换一百斤异土。”楚风说出条件。

“你怎么不去抢劫啊？”姜洛神恼羞成怒地说道。

经过一番讲价后，姜洛神决定这几天就来雷天城，到时候和楚风面谈。

不久后，杜怀瑾、叶轻柔、欧阳青、陈洛言来楚风家登门拜访了。

“老大，你真威武！外面现在都炸开锅了，都在疯传你一个人斩杀了三大准兽王，这种行为实在是惊世骇俗！”

欧阳青、杜怀瑾从来都不会矜持，进门就大叫道。

叶轻柔也在打量楚风，甚至捏了捏他的手臂，道：“准兽王的肌体都这么晶莹吗？你的皮肤也太好了，让我一下子就有了前进的动力！”

她的长发天生呈波浪卷，眼睛漂亮而妩媚，笑容明媚，身姿袅娜，有她在，房间都似乎明亮了几分。

“轻柔妹子，你的皮肤非常好，老大的这种皮肤才不正常，你看白得跟白玉似的。”杜怀瑾拍叶轻柔的马屁。

“冰肌玉骨，懂吗？”楚风瞪他道。

几人都笑了。

天已经亮了，楚致远、王静二人醒了过来，他们一看家里这么热闹，顿时也觉得非常高兴。

“你们去把老头子也叫来吧，今天我们吃大餐，准兽王级孔雀肉的味道相当不错，保证你们都满意。”楚风嘿嘿地笑道。

“老大，你吃过？”欧阳青好奇地问道。

“嗯，在肽山上烤过一只，虽然当时没有调料，但是孔雀肉的味道还是很不错！”楚风道。

“天啊！”

几人惊叫，他们顿时明白了肽山那桩无头案也是楚风做的。那件事十分轰动，早已传到外界了。

就连很稳重的陈洛言都被吓了一大跳，那可是巨大风波啊。据闻孔雀王当日就发狂了，立刻约战人族的高手。

叶轻柔也神色怪异，她感觉自己看不透眼前的这个家伙了。

“老大，你真是太强悍了，居然敢在那里烤准兽王吃！”杜怀瑾、欧阳青也被镇住，顿时惊叹不已。

陆通来了，当他听到要吃孔雀肉之后，脸当即就垮了下来。

准兽王级的孔雀肉，并不是谁想吃就能吃到的。他真舍不得，十分心疼，原本他还准备将孔雀的尸体都送到实验室去呢。

“老头子你太不厚道了，你上次还让实验室的老者骗我们，说什么狼王的血肉有毒，不能直接吃，原来根本就不是那么一回事。我们这次说什么也要大吃一顿！”

“对啊，我们的王血药剂呢？你叫实验室的人赶紧提炼，我们还等着追赶老大的脚步呢，不然我们都要被甩得没影了！”

这一天，楚风家中充满了欢声笑语，他专门请来一位大师傅收拾孔雀肉。

毫无疑问，宾主尽欢。

众人庆祝楚风回来，而楚致远与王静都安然无恙，也是另外一件值得庆贺的喜事。

第二日，外界的报道还是铺天盖地。

这些报道都是关于楚风杀死三大准兽王那件事的，这件事情依旧在发酵当中，引起了巨大的波澜。

但是，就在当日发生了另外一件事情。

孔雀族中有一名使者站了出来，指责楚风滥杀无辜，并且要他给个说法。

此外，这名使者还对楚风进行赤裸裸的威胁，扬言说楚风不过是准王级而已，居然也敢这样行事，当心真正的王级强者出手镇杀他！

该族有一只孔雀王，它拥有非常恐怖的威慑力，这名使者说出这种话来，显然是在恫吓楚风呢。

“咦，孔盛没有逃回去吗？孔雀族还不知道我是王级强者？”楚风惊异道。

他第一时间联系陆通，道：“你赶紧去那片山脉中仔细搜索一番，说不定还能抓到孔盛，它多半因为受了重伤而濒临死亡，所以没能逃走！”

“我已经安排人手过去了。”陆通说道。

他跟个老狐狸似的，自然也早已敏锐地捕捉到了疑点。

依旧是同一日，盆灵山一脉中有使者来到雷天城，让楚风去盆灵山请罪。

这让楚风震怒。

黄鼠狼险些害死他父母，竟然还敢来威胁他，让他去盆灵山请罪？

他原本就想去攻山了！

第69章

风暴将至

“楚风，你是否要给我族一个说法？”

孔雀族很高调，它们再次质问楚风，而且这并不是私下的交涉，而是在公开针对楚风。

气氛一时间有些诡异，各大财团都在关注此事，但是很少有人开口，他们只是静观事态发展。

孔雀族与盆灵山一脉都针对楚风发难，楚风的结局难料。

尤其是孔雀族，如今的影响力实在太大了！

现在是非常时期，各大名山的争夺已经进入白热化阶段，各族之间的厮杀异常激烈，而孔雀族早已杀出了赫赫威名。

孔雀王敢去争夺人族的肽山，可以想象它有多么强势，哪怕是数个准兽王加在一起都比不上一个孔雀王！

孔雀族现在呵斥楚风，向他发难，哪怕是没有参与击杀孔雀族准兽王的各大势力，都是一阵心悸，他们担心孔雀王会发怒，因此迁怒所有势力。

现在天下的名山染血，强者争霸，各大财团都有自己的目标。如果孔雀王此时突然闯过去，在一些名山之中大杀一通，谁都会受不了！

如今的封禅之地虽然聚集着八景宫、玉虚宫、碧游宫的三位绝世高手，但是孔雀王还是敢去封禅之地杀伐，跟他们争霸一番。换作其他势力的话，根本挡不住！

不过，普通人不管这些，他们并不害怕所谓的孔雀王，因为这种存在离他们很远，孔雀王不可能单独去针对他们某一个人，所以他们依旧在支持楚风。

许多人认为孔雀族太霸道了，分明是孔雀族想杀楚风，楚风只是被动还击而已，却还要被孔雀族斥责。孔雀族甚至以孔雀王的无敌名头来压制、恫吓楚风，要他给孔雀族一个说法。这样的做法有点说不过去，显得非常欺负楚风。

网络上有很多人声援楚风，他们觉得他就应该那么无所畏惧！

“楚风，我们支持你，你尽管放手一搏，我就不信邪了，孔雀族还真能号令天下不成？”

“即便孔雀王真的无敌，孔雀族也不应该如此飞扬跋扈，不然早晚会招来大祸！”

一些人不相信孔雀王敢来雷天城对楚风出手，他们对孔雀族的霸道有些看不过眼。

各大财团略显沉默，他们现在还不好明确表态，怕万一触怒了孔雀王，可能就会招致血光之灾，他们也许会因此血流成河。

所以，现在情况略显诡异。

不少人很快就发觉了当前的气氛有些沉闷，不禁暗想，难道孔雀王还真的要亲临雷天城不成？

“孔雀族的那个使者在哪里？”玉虚宫中，楚风向陆通问道。

陆通摇头，道：“它没来雷天城，还在另外一座城市。”

依照楚风的性格，他怎么可能会给孔雀族一个说法？他已经接连杀了几只孔雀，再来一只的话他依旧还要杀！那种恫吓与威胁对他没用！

接下来的两日里，气氛越发显得沉闷，各大势力哪怕表态，措辞也很谨慎。即便是普通人，也渐渐感受到了孔雀族的威势。他们自然不会胳膊肘向外拐，但是言辞上还是小心翼翼，并没有得罪孔雀王。

孔雀族使者提到孔雀王可能会亲自出手，竟让各大势力这般忌惮，这种威慑力实在过于恐怖！

直到这时普通人才意识到楚风可能遇上了大麻烦，连各大势力都那么忌惮，楚风他一个人能扛得住吗？

“嗯，那些噪声终于少了，诋毁我等的人不敢再张扬，孔雀王果然如神祇般，压得各方透不过气来。”盆灵山上的一名老者开口道。

开口的是该族的准兽王级的强者黄云，它断了一条腿，又被楚风斩掉了尾巴，逃了回来。

在它对面有一名中年人坐在蒲团上，名为孔卓。虽然他不是准兽王，但也快达到这个级别了，正是他代表孔雀族一路北上，斥责楚风的。

盆灵山景色瑰丽，云雾环绕在半山腰，缥缈不定。山上草木茂盛，青翠欲滴，更有各种古树开着花，像是仙境一般。

孔卓坐在山上，俯瞰盆灵山美景，道："楚风他真是狗胆包天，连我族的准兽王都敢杀，这是血海深仇，若非孔雀王身在肽山腾不出手，哪里还有他的命在！"

他脸上带着一股煞气，哪怕强大如孔雀族，也经受不起这种损失，仅数日间就在雷天城折损了三个强者。

孔雀族内部发生大震动。

"楚风这个人必须得除掉，孔雀族哪怕不开口，我们也不会放任他成为真正的王级生物。"黄云微笑着道。

"嗯，我族也是这个意思，不能放任楚风。这个人有些手段，同为准兽王，他却能以一敌三，击杀全部对手，这种战力有些恐怖。"

就在这两日间，两族都认真分析过了，都对楚风的实力感到心惊肉跳，这种人一旦成为王者绝对很恐怖。

孔雀王当年就是这样，在崛起的过程中，哪怕被围攻，也会击败同族的竞逐者，独占鳌头，占据大山中的异树。

现在楚风也有这种潜质，处于准王级别就能隐隐露出无敌的迹象，真让他成为王级强者那还了得！

对于这两族来说，除掉楚风这种会给两族带来潜在威胁的人物，宜早不宜晚！

"你说这小子会不会成王了？"孔卓低语道。

从心里来说，他并不相信楚风已经成了王级强者，因为任何生物成王都要历经一个循序渐进的过程，刚成为准王的人很难直接成为王者。

黄云道："我们也怀疑过，但是看过那段直播视频后，我们认为他还只是准王，老祖亲自看了，也没有发现什么问题。"

孔卓点头，道："不过，没关系，反正你们的老祖又突破了，已经打开王级生物的第二道枷锁，实力精进，哪怕那个人类真的成王了，也只能死去！"

黄云微笑着点头，道："嗯，老祖借助盆灵山上的异果修道有成，御剑术想必更恐怖了。他正在养剑，随时准备去杀楚风。"

孔卓嘴角噙着一丝淡笑，道："我倒希望楚风真的很强，那样的话，才值得盆灵山老祖出手，更具有震慑性。"

两人相视一笑，一切尽在不言中，因为他们即将击杀楚风。

现在异族崛起，有些兽王的实力十分恐怖，称得上绝世无敌。真要将异族逼急了，他们会直接闯入人类的巨城中，大肆屠戮。从某种程度上来说，他们很有底气，敢跟人类叫板。这对于人类而言是一种致命的威胁，所以一些异族有恃无恐。

黄云笑了笑，道："我们最好还是低调点，老祖会暗中出手，一剑飞去，斩敌首级于百米之外。"

孔卓微笑，道："但是我觉得还是有必要明着震慑一番，我们不是已经让楚风来盆灵山请罪了吗？他肯定不会来，我们可以再次通知他，反复提及这件事，也算是在羞辱他。"

这两日，暗流涌动。各大财团都有些谨慎，对孔雀王有些忌惮，因为越了解他们就越明白，这孔雀一脉不好惹。

许多人都已洞悉，孔雀王、金乌王等一批顶尖的强者结成了联盟，惹下其中一族，很有可能会跟那一批势力结仇。

普通人也在担忧，难道这是暴风骤雨即将来临的迹象吗？

所有人都觉得气氛变得越发古怪了，感觉即将发生大事。

一些人甚至觉得楚风该出去避一避风头，情况对他非常不利，也许真的会有实力恐怖的兽王赶来击杀他。

"老大，你躲起来吧，情况有些不对，兽王有可能要针对你！"欧阳青等人第一时间联系楚风，劝告道。

连他们都有了这种想法，外界其他人的心思可想而知，大家都感觉到飓风即将来袭。

叶轻柔也郑重地开口道："异兽或许是想借你立威，毕竟你先杀了苍狼王，后又连杀孔雀族、盆灵山一脉的准兽王，所以你被一些王级生物盯上了。"

楚风没有多说，只是让他们放心，不要担心他。

外界一片沉闷，越来越多的人觉得事情不妙，甚至开始恶化了。

楚风虽然接连杀掉了几个准兽王，但是也将自己推入了极其危险的境地，形势很糟糕。

许多人心中都浮现出阴霾，总觉得暴雨即将倾泻而至，雷电将疯狂劈击而来。

第三日，盆灵山一脉果然有使者赶到雷天城，这次的使者不再是隔空喊话，而是现出真身，高调地送上了一份书信，让楚风去盆灵山一谈。

“你虽然杀戮过重，但是也不是没有化解的办法，你如果去盆灵山请罪的话，一切都还可以商量。”

虽然这名使者说的后果不是很严重，但是谁都知道，楚风真去的话必定是有去无回。

这一日，楚风见到了盆灵山一脉的这名使者，但是楚风仅仅看了对方一眼，就直接将其无视了，自然连书信都没有去看一下。

“年轻人，你这样自负会吃大亏的，我劝你还是去盆灵山低头赔罪吧。”这个中年人最后看了楚风一眼就要转身离去。

楚风开口道：“你们差点害死我的父母，还屡次让我去盆灵山赔罪，你们这是想羞辱我吗？我是这么好奚落的吗？你既然来了，就留下一点东西再走。”

“你……啊！”中年人发出了惊恐的惨叫。

这一日，雷天城的人震惊不已，因为盆灵山一脉派出的使者不仅被楚风直接赶走，还被打出了原形，斩掉了尾巴。

人们看到一只巨大的黄鼠狼仓皇逃走，身后留下一地血迹，这种场面实在太骇人了。

所有人都惊呆了，在人们都觉得形势不妙之际，楚风竟然依旧这么无畏、强势。

“要出大事了，兽族多半会派兽王出动啊！”有人叹道。

“楚风会怎么做？他如果不出去躲避，也许会有杀身之祸。”一些人在为楚风担心。

现在情况非常糟糕，对楚风十分不利，气氛已经沉闷了数日，许多人认为他真的应该去避一避风头。

事实上，楚风已经将一切都准备好了，不过，他是即将赶往盆灵山平山灭寨！

第70章

平山灭寨

在外界猜测楚风是否要蛰伏甚至逃到其他地方去避风头时，他却上路了，即将发动强大攻势！

清晨，一架武装直升机载着楚风起飞，目标——盆灵山！

他坐在机舱中养精蓄锐，该做的准备都已经做了，没什么可耽搁的，他选择直接前去平山灭寨。

随行的几名异人对楚风无比敬佩，都在悄悄地打量他。

楚风只身去击杀兽王，准备独自攻下一座名山，这跟神话一般！这得需要多么巨大的勇气？这几人得悉楚风要去平山灭寨时，险些当场吓傻。

路上没有人说话，怕打扰到他。

楚风闭目养神，寂静如石像，一动不动。

武装直升机发出轰鸣，迎着朝霞从山林上方掠过，一路朝着东方而去，速度极快。

临近中午时，盆灵山已在望！

盆灵山毗邻雷天城，位于靖门地界内。

天地变异后出现了折叠空间，如今从雷天城飞抵盆灵山需要穿过折叠区域，足足有一千多千米。

盆灵山上云蒸霞蔚，苍松翠柏，远远望去，如同仙境一般，景色十分瑰丽。

在北方来说，这绝对算得上是一座名山。

武装直升机降落，楚风双足踏在地上，回头看向随行的几人，道："你们都回去吧。"

他怕这架武装直升机被战斗波及，因为他即将同一个兽王展开搏杀，战斗过程注定会非常激烈。

那几人没有耽搁，迅速驾驶武装直升机朝着远方飞去，他们知道自己在这里帮不上什么忙，所以不能拖楚风的后腿。

盆灵山上有人正在大哭，向黄云等人诉苦：“你们快请老祖出关，宰了那个楚风，他欺人太甚，把我的尾巴也斩断了，呜呜……”

说话的正是送信的那只黄鼠狼，它依靠一只猛禽代步，连夜赶了回来，回来后便几次来山上哭诉，吵着嚷着要去杀楚风。

黄云脸色铁青，咬牙切齿，它感同身受，因为它的尾巴也是被楚风斩掉的，当时也痛入骨髓。

尤其是，它还是一个准兽王，居然被人斩掉了尾巴，这实在是奇耻大辱。

“放心吧，老祖今日就会出关，他已养剑多日，即将去取那个不知天高地厚的小子的首级，你不要再哭了！”黄云很心烦地说道。

孔卓在旁安慰道：“盆灵山老祖亲自出手，他没有多长时间可活了，他的生命现在可以开始倒计时了。”

“轰！”

就在此时，巨大的声音伴随着惨叫声从山脚下传来，在山顶上都可以听到。

“发生了什么事？”黄云虽然只剩下了一条腿，但是听到那响声后依旧“唰”的一下站了起来，双目射出两道金色光束。

“不好了，有人攻打盆灵山，已经杀上来了！”一只黄鼠狼慌慌张张地冲到黄云近前禀告道。

黄云又惊又怒，道：“谁敢攻打我们盆灵山，活腻了吧？！是哪一族，有多少人马？”

“只有一个人类，他大开杀戒，一箭就将进山的大门射塌，只身一人便闯了上来！”那只黄鼠狼禀告道。

“这……”

孔卓也“唰”的一下子站了起来。一个人就敢闯盆灵山，他不知道这里有一个兽王吗？果然来者不善！

楚风一箭射爆大门后，穿过烟尘踏着碎石，沿着石阶大步向前走去。沿途有黄鼠狼发出嘶吼，化成数米长的巨兽攻击他，他就直接拉弓射杀它们。

“噗！”

一箭射出，一只变异的黄鼠狼的身躯被射得爆开，顿时化成了一团血雾。

“你是谁，居然如此胆大包天，难道你不知道这里是盆灵山老祖的修道之地吗？”有一只黄鼠狼冲着楚风喝道。它还没有化成人形，分明不是嫡系，不然不会得不到化形果。

在它身后跟着十几只黄鼠狼，它们一只只都露出尺许长的雪白獠牙，金色的毛根根竖立，浑身散发着凶煞气息。

这些黄鼠狼的身躯都有六七米长，比天地变异前的任何猛兽都要可怕。

楚风冷漠地看着它们，没有说一句话，他只是快速地挽弓射箭，铁箭顿时爆发出风雷之音，带着电光向前飞射而去。

“吼！”

兽吼震天，十几只凶兽分散开来，一同向前扑来，它们全都咆哮着，雪白的獠牙显得凶狠而骇人。

“噗噗噗……”

然而，楚风的动作实在太快了，他一口气射杀了十三只金色凶兽，它们顿时全部被射爆，没有一具完整的尸体。

鲜血染红了盆灵山的山脚，满地狼藉，十分可怕。

剩下的那些黄鼠狼吓得战栗不已，楚风到底是人还是魔，他怎么会这么可怕？他转瞬间就接连射杀了十三个高手，这种情形几乎要吓破它们的胆。

剩下的几只想要逃走，结果楚风依旧只是挽弓射箭，没有去追击，在“噗噗”声中，将它们全部射杀。

“天啊，快逃啊，来了一个大魔头！”

在远方看到这一幕的黄鼠狼全都疯狂了，一路向山上逃去。在那个人类面前，它们根本毫无还手之力，两者之间的实力相差太远。

楚风在来的时候就早已从陆通那里得到了黄小仙的口供。黄小仙交代说，盆灵山上共有九十几只黄鼠狼成了异兽，所以他一共带了一百支铁箭，这些铁箭就是专门为它们而准备的。

能够占山的兽王都不简单，最起码要聚拢族群，让族群中的族员得以蜕变，并迅速进化成异兽，这能力就不是一般的凶兽所能比拟的。

如果给黄鼠狼一族时间，它们估计还会变得更加强大，变异成员的数量将会不断增加。

楚风沿着石阶，一路登山而上。

他的神觉何其敏锐，沿途又接连射了几箭，射杀了几只异兽，到现在为止，他总共击杀了二十三只黄鼠狼。

每一只死去的异兽都有数米长，如果拿到外界去，被普通人看到的话，一定会引起恐慌。

“什么人？”山顶上，黄云咆哮道。它已喝退了所有族人，让它们不要以卵击石。

楚风踏着山路，已经穿过云雾地带，接近山峰区域了。

盆灵山半山腰云雾缭绕，山腰以上则霞光普照，宛若世外净土，一棵又一棵的古树开花、结果，香气弥漫。有些藤蔓上的花朵如同玉石般晶莹，花瓣上带着滚动的露珠，模样煞是好看。

金色的阳光洒落在楚风的身上，将他全身都染上了一层淡金色的光晕，使他如同战神一般。他即将登上盆灵山的山巅。

“什么，是你？”黄云大叫道。它简直不敢相信自己的眼睛，竟然是楚风，这个人类中的年轻高手已经杀到这里来了。

它有些不明白，楚风何以如此胆大包天，难道他的身后还跟随着其他人类强者？

孔卓虽然是第一次见到楚风，但是也猜到了他的身份。这么年轻，实力又如此恐怖的人还能是谁？

“你真是狗胆包天，居然敢闯盆灵山！”孔卓呵斥道，并快速显化出本体，向山峰后面飞去。

因为盆灵山老祖在后山养剑，孔卓这样大声呵斥，想必早已惊动了他。

“嗖！”

楚风没有说话，直接射出了一箭。箭矢伴着电弧，还有恐怖的风声，“噗”的一声射穿了孔卓的一只翅膀，使之爆碎。

“嗖！”

孔卓坠落在地，半边躯体都是血，它惨叫不止，一只翅膀彻底化作了血雾。

“咻！”

又一支铁箭飞来，射穿了它的腿，而后又只听“噗”的一声，它的另外一只翅膀也化成了一团血雾。它满地翻滚，剧痛难忍。

楚风虽然留下了孔卓的性命，但是断绝了它逃走的任何可能。

“你们不是让我来盆灵山请罪吗？我来了，哪个让我赔罪？”楚风语气冷漠地问道。

他自始至终都很冷静，先是登山，后是射杀异兽，宛若一尊无情的魔神，让这里的异兽心惊胆寒。

地上，孔卓哀号不已，不远处的黄云脸色变得苍白，它不敢相信楚风竟有这么大的胆量，敢直接杀上门来。

“你成王了？”黄云颤抖着问道，而后，它朝后山喊道，“老祖，请您快出山杀掉楚风啊！”

第71章

王级碰撞

黄云大惊，它以前只在面对盆灵山老祖时体会过那种压迫感，现在这个年轻人的身上也有这样恐怖的气息，让它忍不住全身发抖。

它很想大吼一声，它到底招惹了一个怎样的怪物？

它还跟孔林去追杀过这个年轻的人类，半路截击，击毁客机。这才几天而已，楚风就突破了，居然还成了王级强者！

黄云向后倒退，它比别人更害怕，心中充满了恐惧，因为就是它亲自出手针对楚风的父母，它担心楚风会在此时报复它。

“我与你们无冤无仇，你们不仅截击我，还想害死我的父母，你们真是够了！什么孔雀族，什么盆灵山一脉，触我逆鳞，伤我父母，今天我便平山灭寨，捅破天给你们看，彻底消灭你们这一脉！”楚风愤怒地喝道。

虽然他不知道未来的路会怎么样，但是他可以确定，经过这一战后，谁再想动他的亲人，都要掂量一番。哪一族敢牵连到他的父母，他就踏平哪一族的山头，给予这些凶残的异兽最恐怖的警告！

其他异兽听到他的话后，怎么能不害怕？一个个都惊悚不已，金色的毛变得蓬松，而后全部竖立，身躯不断向后倒退。

“嗖！”

黄云哪怕只剩下一条腿了，也依旧是准兽王。它想逃向后山，于是用腿在地上猛地一蹬，便如离弦之箭一般飞了出去，速度快得不可思议。

然而，楚风的速度更加可怕，这一次他并没有动用大雷音弓，而是将弓背了起来，因为他感觉到了有强敌临近。

天地之中，楚风横渡长空，他身后的空气发出阵阵爆鸣声，他的速度已超越音速。

楚风的王级肉身相当恐怖，他落下时已经横移了近两百米远，只听“砰”的一声，他的脚就踏在了黄云仅存的那条腿上。

“啊……”

黄云惨叫一声，然后翻滚了出去，显然，它的腿已经断了。

它是准兽王，可是在楚风面前根本没有一丝还手之力，相比而言，它实在是太弱了。

不仅如此，地面上铺着的青石全部炸开，整座山峰都在摇动，像是发生了大地震似的。

一切只是因为楚风跃起后又用力一脚踏下，便引得山摇地动，可以想象这种力量有多可怕！

楚风没有立刻杀掉黄云，而是留下了它的性命，将它丢在孔卓的身边。

其他黄鼠狼简直吓得快要魂飞魄散，黄云可是跟黄贤比肩的准兽王，实力仅次于盆灵山老祖，结果下场却这么惨。

“哧！”

就在这时，一道可怕的赤霞冲起，一道剑光贯穿烟尘，直接朝楚风劈斩过来。

那冷飕飕的剑光像是要剖开虚空一般，拥有惊人的破坏力，十分骇人。

这是御剑术，传说它可以杀敌于百里之外，楚风相信这一剑落下一定可以劈开山顶。

他早有准备，右手中出现了一柄黑色短剑，只见他猛然挥出黑色短剑，顿时发出恐怖的乌光，光芒在空中绽放开来。

“当！”

天空仿佛要裂开一般，顿时火星四溅。

两柄剑碰了一下后，那柄赤霞般的飞剑“嗖”的一下飞走了，瞬间遁去，可谓来无影去无踪。

但是，这种碰撞依旧在此地掀起了土石大浪，这块区域的山地震动不已，山石尽毁，古树崩碎。

过了一会儿，这里终于变得安静了。楚风站在山顶，神色冷漠，道："你早就来了，却不救你的族民黄云，黄鼠狼就是黄鼠狼！"

下一刻，这里一下子变得不同了。山体上云蒸雾绕，朦朦胧胧，遮天蔽日。

黄云与孔卓都不再发出惨叫，它们非常紧张，全都闭口不言。盆灵山老祖已经出手，他是否能够迅速斩杀楚风？

楚风站在原地不动，用双耳倾听四周的动静，双目则发出神光，仿佛要穿透迷雾，看清四周的一切。

与此同时，他的神觉开启，扫荡四方，万分戒备，额头上仿佛有光焰在跳动，那是他在释放强大的精神力。

这个黄鼠狼老祖果然道行高深，他隐藏在暗处，若隐若现，迷雾中居然有几处地方都有他的气息，他是在故布迷阵。

王级生物争锋，彼此的神觉都非同一般，但明处的人很难锁定暗处的隐藏者。

"哧！"

突然间，楚风的背后有一道赤霞一闪，几乎刹那间就贴了上来，斩向他的脖子，要削掉他的头。

这是一柄巴掌大的赤色飞剑，晶莹璀璨，无坚不摧，它的速度远远超越音速，如果等听到声音再去反击的话，楚风的头早已坠落在地。

"当！"

楚风在转身的同时，就已将黑色短剑劈出，短剑再次命中赤色飞剑，两剑相交时爆发出刺耳的金属摩擦声。

"啊……"

因为这种摩擦与碰撞还伴随着王级生物打开枷锁后所释放的神秘能量，所以远处的一些黄鼠狼惨叫不已。

空中，一层又一层涟漪扩散开来，那些数米长的黄鼠狼翻滚着、惨叫着，接连滚落下山峰。

"嗖！"

赤色飞剑再次隐去，随后消失在了迷雾之中。

楚风手持黑色短剑，放在眼前仔细观察。黑色短剑上面虽然没有缺口，剑刃也并未损伤，但是令他十分惊讶的是，对方的赤色飞剑竟能挡住黑色短剑，剑体十分坚硬，似乎也没有损伤。

这是从未有过的事情，楚风做过很多次试验，除了他身上的石盒外，几乎没有什么东西能够挡住黑色短剑的攻击。

“有意思，难道是盆灵山传承的御剑术所用的一柄古代飞剑？”楚风心中并没有恐惧，脸上反而露出了一丝讶异之色。

他知道，一些名山大川中不仅有武功传承，而且会有古器流传下来，他很怀疑那柄赤色飞剑是盆灵山地宫开启后出现的古器。

“小兄弟果然了不起，这么年轻便成了王级强者！”

就在这时，一位老人从不远处的迷雾中现身，他身穿黄色道袍，雪白长发飘舞，脸色红润，瞳孔带着淡金色，气质出尘，颇有一种仙风道骨的韵味。

这就是盆灵山老祖？楚风在心中暗自思忖。

那位老人继续叹道：“想我在二十一年前的那次变故中才成了准兽王，到如今才踏入王级境界，真是辛苦啊。”

盆灵山老祖摇头轻叹，意兴阑珊。

后文明时代发生过数次神秘变故，较近的一次就是二十一年前那次，然后就是如今的天地彻底变异。

而后，盆灵山老祖居然都没有祭出飞剑，便穿过了迷雾，径直朝楚风这边走来。

“轰！”

刹那间，楚风横移身体，突破音障，在惯性的作用下冲出去数十米远才停住。

在那原地，一道赤霞劈落，只听“噗”的一声，飞剑就将山峰劈开了一道巨大的黑色裂缝。

这飞剑之威力可想而知，实在是太惊人了！

“不愧是黄鼠狼，天性狡诈、残忍！”楚风说道。那个老者虽然看起来鹤发童颜、气质出众，心性却十分冷酷。

他所谓的身体只是虚影，并非他的真身，他只是想麻痹楚风，真身则在后方伺机袭击。

“年轻人不知道天高地厚，让你来盆灵山请罪，你却大开杀戒，今日我必斩你于飞剑之下！”盆灵山老祖冷漠地说道，他的声音忽左忽右，借机干扰楚风的判断。

“杀！”

这一次楚风捕捉到盆灵山老祖的真身气息，楚风先是在地上奔行，接着直接腾身而起，在空中横移了上百米，径直向前杀去。

盆灵山老祖出现，他催动赤色飞剑，对楚风横斩竖劈，飞剑的威力十分惊人，那璀璨的剑光照亮了盆灵山之巅。

楚风此时动用了形意拳中的绝招，直接来了个龙虎争霸拳，猛然向盆灵山老祖轰杀而去。

“隆隆隆！”

楚风右手握着黑色短剑，当作龙形来用，左手则捏虎形，二者相交，瞬间爆发出了轰鸣声。空气中随之发生了爆炸，发出一阵惊雷之音，而后伴着虎啸龙吟声，一条龙与一只虎同时在楚风身前显现。

他随即向前轰去，拳势十分骇人！

这就是古武的威力，当人体打开枷锁后，它们就能释放出更为恐怖的力量，只是龙虎争霸拳而已，竟然可以在现实中化出龙虎的真身。

“砰砰砰……”

盆灵山老祖一边催动飞剑一边出掌，不断发起攻击，对抗楚风这一绝招。

“噗！”

赤色飞剑划过，险些劈中楚风的脖子，他虽然侧身避了过去，但是肩头被伤到，顿时鲜血直流，火辣辣的痛。

御剑术有驾驭飞剑的能力，传说它可以斩杀敌人于百里之外，果然恐怖。

不过，他的左手也砸在了盆灵山老祖的身躯上，老祖一个踉跄，嘴角随即流出一缕血丝。

高手过招简单而粗暴，双方几乎都想在第一时间伤到对手。

王级高手之间的搏杀非常恐怖，如果准兽王此时参与进来，估计顷刻间就会化成一团血雾。

楚风不敢大意，他原本还想观察一番，一一领教兽王的所有绝招，但是现在看来，他只要稍微一疏忽就会有危险降临。

楚风在运转特别的呼吸法，口鼻间白雾弥漫，不停吞吐，而后呼吸节奏也变了。

盆灵山老祖则想拉开两人之间的距离，想在远处用飞剑劈杀楚风。

但是，楚风已经提速，风驰电掣，他动用特别的呼吸法后，力量与速度都有了很大的提升。

“当当当……”两剑不断地碰撞。

赤色飞剑劈斩，毁掉了山头上的石崖，楚风有几次都被赤色飞剑狠狠劈中，身体随之飞了出去。

“轰！”

楚风冲到盆灵山老祖近前，手捏拳印，开始还击，他一边防御飞剑一边抵挡着盆灵山老祖的猛烈攻击。

“砰砰砰！”

这是一次非常激烈的搏杀，拳印轰杀，剑体碰撞，神秘能量爆开，雷声轰鸣，响声巨大。

“吼！”

关键时刻，楚风爆发出一声牛魔吼，顿时震慑住对方的心神。

在盆灵山老祖心神恍惚的刹那，楚风迅猛而又霸道地出手，若非盆灵山老祖用飞剑挡住了身躯，楚风手中的黑色短剑多半就刺中他了。

即便如此，楚风的拳印爆发后，依旧如同排山倒海般，释放出无比恐怖的力量，“砰”的一声，将盆灵山老祖打得飞了出去，咯出一大口血。

第72章

镇压

盆灵山老祖落地之后，身体贴在地上，拳头打不中他，神秘能量也攻击不到他。

他很快现出原形，以黄鼠狼的躯体伏在地上，四肢着地飞奔，速度快到极致，瞬间出现在数百米之外。

楚风在盆灵山老祖的身后紧追不舍，拳印和黑色短剑遥指向它，不曾离开过它的要害。

二者都在以超音速行进，路途上所有的山石、巨树等，只要碰到二者的躯体，都会全部爆碎，无物可以抵挡。

移动速度到了非常恐怖的地步时，对肉身的要求就格外高，普通的肉身在这种情况下就会龟裂，根本承受不住如此恐怖的速度!

“轰！”

一块十几米高的褐色巨石被盆灵山老祖撞碎，乱石崩碎。盆灵山老祖像是一枚导弹般疾速飞去，摧枯拉朽，破坏力骇人。

它贴地全力前行，想要摆脱楚风的近距离攻杀。

但是，楚风牢牢锁定了它，到最后更是一跃而起，向前扑去，手中的黑色短剑直指它的后心，向下刺去。

那柄盘旋在盆灵山老祖身边的赤色飞剑爆发出绚烂霞光，如同火烧云一般染红了整座山峰，十分璀璨。

“当！”

赤色飞剑的剑体劈在楚风手中的黑色短剑上，整片虚空都爆鸣不已，如同天上落下的惊雷，震撼盆灵山的整片山巅。

这柄飞剑的威力实在是太大了，足以削平一座山头！

楚风如果不是王级强者的话，怎么可能抵挡得住这种骇人的力量，数十上百头普通异兽一起出手，恐怕都不敌这柄飞剑的一斩之力。

楚风虎口开裂，裂痕处有血渗出，但是他并没有愤怒，只见他的双目中发出炽烈的光芒，无比耀眼。

他很期待能拥有御剑术，如果他斩杀了盆灵山老祖，或许就能得到盆灵山的传承，到时候也就能够驾驭飞剑，横扫四方敌手。

“轰隆！”

黑色短剑虽然被阻，但是楚风的拳印已经砸了下去，径直砸向盆灵山老祖的后背，一只庞大的猛虎扑杀而去，顿时虎啸震天。

这是形意拳中的虎形，练拳一辈子的老拳师都不见得能显化出真身来，楚风却可以做到掌握与精通，因为他参悟透了其中的道理。

这一拳刚猛而霸道，白虎真身一现，主杀伐，撼日月，非常狂暴。

盆灵山老祖被逼无奈，猛地翻身，后背贴在地面上倒飞出去，双手不断地拍击，试图化解白虎真形的绝招。

“砰砰砰……”

双方激烈交手，一个在上面不断地出拳，一个在下面贴地倒飞，激烈碰撞，拳风呼啸，打斗声比雷鸣声还要震耳。

这片山地被两人踏破，地上出现了许多裂缝，所有巨树都炸裂开来，任何物种在王级高手面前都显得脆弱不堪。

“噗！”

盆灵山老祖大口咯血，在楚风的迅猛攻击下，它有些坚持不住了。而后，它翻身而起，躯体直立，咆哮连连，近乎发狂。

楚风的拳印太厉害了，每一次出击都发出可怕的音爆声，虽然没有闪电的速度快，但是比落下的雷霆还要惊人。

楚风突破音障后，周遭的空气如同在爆炸。

盆灵山老祖遭遇到巨大的危机，它虽然十分凶猛，但是陷入楚风恐怖的拳印间，也抵挡不住这种暴风骤雨般的攻势。

“咚咚咚……”

盆灵山老祖在肉身搏杀中口鼻出血，快要坚持不住了，如同一个稻草人一样被打得飞起，鲜血四溅，身体剧震不已。

它全身抖动，试图化解楚风可怕的拳印攻击，即便如此，它的躯体也已经承受不住，体表开始出现一道又一道裂痕，仿佛要被楚风打得爆裂开来。

“杀！”楚风大喝一声，跟一尊大魔神似的，拳拳猛烈，霸道无边，一路推进地压制对手。

“砰砰砰！”

盆灵山老祖再次被打得横飞出去，撞在远处的山壁上，山壁顿时崩塌，石块滚落，烟尘漫天。

盆灵山老祖的躯体却并未爆裂。王级生物的肉身本身就十分骇人，哪怕受了重伤，甚至是陷入生死险地之中，仍有一搏之力。盆灵山老祖以超音速的速度从地面仰冲而起，震碎压在身上的巨石。

“死！”楚风大喝道。他一拳直击而出，像要撼天动地一般，发出九天落雷般的爆炸声，威势无双。

“轰隆！”

盆灵山老祖身躯发光，体表的裂痕中流出一缕又一缕血丝，血丝化成赤色的雾霭包裹着它，王级力量爆发。

盆灵山老祖的实力顿时大增，它开始准备拼命了，不然它可能会被楚风的拳印活活震死，那个年轻的人类王者实在是太强悍了。

“轰隆！”

两个人碰撞在一起，发出刺目的光芒，那是神秘能量在激荡、扩散，这片地方飞沙走石，如同飓风过境一般，磨盘大的石头都被吹得飞至半空中。

盆灵山老祖踉跄着倒退出去数十米远，它脚下的地面出现了一道又一道的大裂缝，山石都被它踩得崩裂开来，可以想象这里究竟遭遇了多么骇人的力量碰撞。

两柄剑也在刚才双方的交手过程中不断碰撞，铿锵之音像是要劈开天穹一般，震耳欲聋，杀气腾腾，剑光照亮了整个山巅！

楚风除了肩头被赤色飞剑划破了之外，其他地方并没有什么大碍。

盆灵山老祖身上却有多处裂痕，那是被楚风的拳印生生震裂的，它像是马上就要被轰碎一样，血气在它的体表蒸腾缭绕。

它在动用秘法，不惜代价地消耗兽王精血为自己提供能量，不然它会抵挡不住楚风的攻击。

“我低估你了。”盆灵山老祖低语道，目光冷厉。

“你让我来盆灵山请罪，我来了，但是你承受得起我的‘请罪’吗？”楚风向盆灵山老祖逼近，气势越来越盛。

他的身材高挑而不失强健，身体晶莹而完美，这便是王级强者的恐怖肉身，蕴含着最可怕的力量。

“轰！”

大战再次爆发，楚风的拳印愈加骇人，他全面压制盆灵山老祖，打得它躯体横飞，口鼻喷血。

同时两柄剑也在不停碰撞，剑光照亮山峰，冲得很高，远远望去非常骇人，仿佛有绝世剑仙在争霸！

“吼！”

盆灵山老祖仰天嘶吼，躯体发光，周遭的血气蒸腾得更加厉害，但是它依旧不敌楚风，被打得几次撞向山壁。

如果没有赤色飞剑，它的身体早已被楚风打爆了！

即便这样，它依旧能施展超音速的速度，它带着狂风，在山峰上腾跃，快如闪电，留下一道又一道残影，所过之处，不留一物。

“噗！”

盆灵山老祖七窍流血，眼看就要不行了。

楚风逼近盆灵山老祖，但是就在此时，他突然觉得身体有些不对劲，莫名其妙地觉得惊悚，哪怕释放出了王级强者的神觉，他还是感觉心里发毛，这说明事态十分严重。

这一瞬间，他再次运转特别的呼吸法，而且绷紧了身体！

从预感到不对到迅速防御，只发生在一瞬间。

楚风浑身汗毛竖立，头疼欲裂，像是有什么东西要钻入他的脑海中，这种东西让他的身体也跟着一个踉跄，站不稳了。

半空中浮现出一只半尺多长的金色黄鼠狼，它拼命地朝着楚风的头中钻去。

楚风刚才如果不是警觉性足够高，感知十分敏锐的话，现在肯定已经中招，被金色的黄鼠狼偷袭得手了，但即便没中招，他也还是承受了来自金色黄鼠狼的可怕攻击。

“死吧，我忍你多时了！”

盆灵山老祖大吼道，它的真身扑了过来，疯狂攻击楚风，躯体上冒出王级精血，焚烧成红色霞光，为它提供神秘能量。

它拼命攻击楚风，为半空中那只由精血化成的金色黄鼠狼提供机会。

金色黄鼠狼是盆灵山老祖解开了第二道枷锁后获得的近乎神通般的本领，可以化出一道独立的精神体，如同一个化身，一直躲在暗中，随时准备袭击楚风，从而占据他的身体。

这虽然是盆灵山老祖的绝杀之招，但是不容易实现，所以它一直在麻痹楚风，跟他血拼，就是为了在关键时刻突然下杀手。

楚风其实也有所防备，因为他在施展牛魔吼时，曾震得盆灵山老祖精神恍惚，所以他那时便起了疑心。

他深知黄鼠狼这一脉精神力超强，远胜其他族群，而牛魔音功居然轻易奏效，自然让他觉得诧异不已。

盆灵山老祖一直在觊觎楚风的王级肉身，一旦拥有了这王级肉身，它那个独立的精神体就有了寄生之处，就可以拥有一具真正的身体。

到了那个时候，它就等于是“双王”，实力将大增。

“杀！”盆灵山老祖吼道，在它疯狂地催动自己的精神力之时，那只金色的黄鼠狼便拼命地向楚风的头中钻去，恨不得立刻占据他的身体。

“滚！”楚风顿时怒喝一声，他虽然头疼欲裂，但是意识还很清醒，他很快就运转特别的呼吸法，口中喷吐出如同雷电般的雪白光芒。

“吼！”他大吼一声，施展出大力牛魔拳，并且爆发出牛魔吼，这是一种精神攻击之法，可以对抗神觉的入侵。

“这怎么可能？”盆灵山老祖怒叫道，心中惊讶不已。

它隐忍多时，就是为了在关键时刻将楚风杀死，夺走他的一具王级肉身，可是现在它发现自己像是在面对铜皮铁骨，那只金色的黄鼠狼根本钻不进楚风的身体之中。

换作其他兽王，它们的王级肉身肯定早已被占据，盆灵山老祖有这种自信，它的精神力无敌，根本不是其他异兽所能对抗的。

但是现在它遇到了大麻烦，随着楚风运转特别的呼吸法，不光是他的血肉内弥漫着神秘能量，就连他的精神体也仿佛在呼吸，比以前强大了很多。

这时，楚风也不由得吃了一惊，他第一次感觉到精神体也能呼吸，他的额头前刹那间冒出由炽烈的精神力所化成的银白光焰，仿佛要焚烧万物。

只见那只半尺多长的金色黄鼠狼从半空中跌落下去，身躯翻滚，发出了凄厉的大叫。以精神力见长的它居然也会不敌，被烧成了重伤。

大势已去，盆灵山老祖要完了。

第73章

打下一座名山

楚风额头前的银白光焰跳动，刺目无比，使他整个人都染上一层神圣光彩，如同神祇复苏。

“杀！”他大声吼道，一步就冲了过去。他额头前的银白光焰更是弥散开来，那是最纯粹的精神力，此时猛烈焚烧着那只半尺多长的金色黄鼠狼。

它惨叫着逃向盆灵山老祖，而后猛地撞进了盆灵山老祖的头中。

“轰！”

楚风上前一拳朝着盆灵山老祖轰去，将头痛欲裂的盆灵山老祖打得横飞起来，满身都是裂痕，血液四溅，险些解体。

此时，盆灵山老祖遭遇到自己的精神反噬，痛苦无比，它打开第二道枷锁后所获得的近乎神通般的绝招居然失效了，它不得不承受自己种下的苦果。

“当！”

最为糟糕的是，它因为精神力严重受挫，导致那柄盘旋在它身边的赤色飞剑因失去控制而坠落在地，再也不能守护它。

楚风收起黑色短剑，大步向前走去。这一刻，他的额头发光，精神饱满，身体内更是蕴藏着恐怖至极的王级力量。

大局已定！

随着楚风一拳砸出，盆灵山老祖惨叫不已，它被打飞出去二十几米远，撞在了石壁上，整个人都嵌入山体之中，导致岩壁龟裂。

“年轻人究竟为何而来？我可以补偿你。”盆灵山老祖服软地说道。它全身剧痛，满嘴都是血沫子，缓缓地从山壁中挣脱出来。

“杀了你就算补偿我了。”楚风平静地说道。他为平山灭寨而来，他就是要立威，只身灭掉一族，杀鸡吓猴，借此警告那些妄想动他父母的人。

“你要知道，我是孔雀王所在的联盟的成员之一。”盆灵山老祖说道，它虽然放低了姿态，但是隐约间也有一丝威胁之意。

楚风大步向前走去，杀气腾腾，道：“你敢恫吓我？我管他什么联盟，哪怕孔雀王现在来了，我照样会杀你！”

“轰！”盆灵山老祖的一双瞳孔绽放出金色光芒，它不惜代价地焚烧着王级精血，体内的神秘力量弥散开来，它拼命与楚风厮杀，但凡有一线可能它也要坚持寻找机会遁走。

楚风哪怕占了绝对的优势，也没有一点放松，而是全力以赴。他已经施展出自己最为擅长的大力牛魔拳，恐怖威力随即爆发开来。

“砰砰砰！”

这是王级高手之间最直接的碰撞，楚风的拳头霸道无比，盆灵山老祖根本承受不住，身体上的裂痕越来越深，它眼看就要撑不住了。

“轰！”

楚风一拳打出，盆灵山老祖的双臂被砸得麻木，并且抬不起来。此时，它的胸部毫无遮挡，接着被一拳打得凹陷下去，“噗”的一声，鲜血四溅，胸口透亮，它的躯体被楚风打穿了。

“嗷……”

盆灵山老祖身受重创，摔飞出去数十米远，当它落在地上之时，它已经被楚风生生打出了原形：一只有着金色皮毛的黄鼠狼。

它只有五尺长，跟其他异兽比起来不是很大，通体泛着金色光泽，如同黄金铸成，一双眼睛发出耀眼的光芒。

它预感到死亡临近，于是全力以赴和楚风拼命，这一刻，它的原始本能更加强大了。

它疯狂嚎叫，释放出精神攻击。

“嗷……”

它化成一道金光，疾速移动，与楚风展开激烈的搏杀。

楚风严阵以待，因为困兽最为危险。他立即运转特别的呼吸法，额头前银白光焰剧烈跳动，连同精神体都在呼吸。

他挡住那无孔不入的精神力侵蚀，一双拳头发着光，释放着神秘能量，向前轰击。

“砰砰砰……”

盆灵山老祖吃不消，哪怕它拼尽全力，依旧抵挡不住那个如同战神般的年轻人，那可怕的力量将它打得横飞出去。

楚风现在步步紧逼，一路碾压，将这头兽王打得像是稻草人一般倒飞出去，而他的双拳发着光，如同锋利的牛魔王之角，无坚不摧。

“噗噗噗……”

就在片刻间，楚风已经在盆灵山老祖的身上打出了六七个血洞，这些前后透亮的血洞都是被楚风的拳头打穿的!

“啊……”盆灵山老祖惨叫着，它从来没有这么凄惨过，此时，它感受到了慢慢临近它的死亡的气息。

“怎么可能？”它非常不甘心地嘶吼道。它即使不顾一切地拼命抵抗，依旧抵挡不住那个如同魔神般的年轻人发出的攻击。

要知道，它可是打开了两道枷锁的兽王，获得了更为恐怖的神秘能量，应该远胜于这个人类年轻王者才对。

可是它现在不仅不敌楚风，而且双方之间的差距还颇大!

到了王级阶段，每一次打开枷锁后，力量与速度都将随之激增，并且实现超级进化，这是王级生物非常可怕的地方，再加上随之获得的近乎神通般的本领，那就使兽王显得愈发强横无敌。

盆灵山老祖打开了两道枷锁，等于比楚风多实现一次超级进化，可是它依旧不敌楚风，无论是速度、力量还是体质，它都明显处在下风。

“砰砰砰！”

楚风接连轰出两记大力牛魔拳，将盆灵山老祖的躯体打得飞向半空之中，它的胸腹部位又出现了两个前后贯穿的血洞。

盆灵山老祖绝望不已，它打开两道枷锁后得到了跟精神力有关的能力，但是这种能力对楚风无效。

“我不甘心，我是兽王啊，我怎么能死在你这样一个年轻人类的手中？”它愤怒地咆哮着。

但是，这已经改变不了战斗的结局！

“杀！”楚风大吼一声，一道刺目的银光从他的拳头上射出，如同火焰，又像是闪电，迅速飞向盆灵山老祖的躯体。

“噗！”

盆灵山老祖的眼中充满恐惧，它的躯体被这一拳打中后，先是横飞出去，而后在半空中“轰”的一声炸裂开来！

一方兽王就此殒命，身体四分五裂，王者之血染红了盆灵山之巅。

这时，盆灵山上的雾霭已经消散，那是盆灵山老祖早先设下的幻象，想起到迷惑和困扰人的精神的作用。

光束从天空中洒落，一部分光照在楚风的身上，他的发丝都跟着发出光芒。他身材颀长，身体晶莹，看起来修长而完美，而王级肉身中却蕴含着恐怖的力量，此时他如同战神一般。

远处，黄云和孔卓脸色惨白，惊恐不已，在它们看来，楚风简直就是一个魔王，他竟然将盆灵山老祖这么强大的兽王都生生打死，这是多么恐怖的存在?

可是他偏偏如此年轻，竟然还是一个人类，这种事实让它们简直不敢相信，山顶的景象更是让它们惊悚不已。

兽王战败，最终殒命。盆灵山王级大战最终落幕！

“不……这不是真的！”黄云声音发颤地说道。

它浑身都在颤抖，连盆灵山老祖都被楚风杀掉了，它们还如何活命。

楚风走向远处，将一个包裹从地上捡起，随手取出一套衣服穿在身上。

在刚才的战斗中，他跟盆灵山老祖的速度都超越了音速，不要说是普通的衣服，就算是肉身，都在承受着巨大的撕扯之力。

随后，楚风背起那捆铁箭，手持大雷音弓，对着山下不停地射箭。

王级神觉所过之处，盆灵山幸存的黄鼠狼无所遁形，全部被楚风捕捉到了踪迹，接着，一支又一支铁箭带着电弧从山巅飞出，顿时震动了这座北方名山。

“噗！”

“啊！”

盆灵山下，一只又一只黄鼠狼相继毙命，数米长的黄鼠狼有的化为人形口吐人语，有的则发出兽吼，恐怖无比。

楚风一箭射杀一只，数十支铁箭飞出，盆灵山一脉变异的黄鼠狼直接就被灭掉了一半，再也成不了气候。还有一部分早就逃走了，那时，它们虽然认为盆灵山的老祖必胜，但还是有一些贪生怕死，所以早早就溜到了远处的山岭之中。

楚风随即下山，他依靠王级神觉在附近的山岭中寻觅剩余的变异的黄鼠狼，一箭又一箭地射杀。

当他路过附近的几个村落时，他顿时怒火中烧。这段日子以来，盆灵山附近的村庄全都空了，村庄里有很多人都逃跑了，留下的人则被杀掉，成了盆灵山一脉的口粮。

楚风继续追击，盆灵山一脉，他一个都不想放过。

最后，他一共射杀了九十几只变异的黄鼠狼，从数米长到十几米长不等，一百支铁箭几乎用完。

当楚风再次回到盆灵山上时，孔卓与黄云看着他，宛若在面对魔神，它们浑身瑟瑟发抖，惊恐不已。

早期就是它们两个最先合谋，命令楚风来盆灵山赔罪，想借此羞辱他，它们怎么也没有料到楚风真的敢来，竟然还独自一人平山灭寨，镇压一族！连这里的兽王都被他杀了！

“噗噗噗！”

楚风手持黑色短剑，朝孔卓与黄云斩了几剑，虽然这几剑让它们永远失去了攻击力，但还是留下了它们的性命。

楚风联系陆通，道：“老头子，我已平山灭寨！”

仅此一句话，就令陆通震撼不已。他许久都没有说话，虽然他对大战的结局早有预感与猜测，但是当它真正发生的时候，他还是觉得楚风果然是强大得逆天！

一个人打下一座名山，镇压一族，击杀了一个老牌兽王，这是何等壮举！

楚风告诉他，自己答应送给实验室的黄鼠狼到头来只剩下了两只，其余的黄鼠狼已经被他杀掉了。

陆通又被楚风震撼了，他只是张了张嘴，最终都没有能说出一句话来。

盆灵山，楚风从乱石堆中找到那柄赤色飞剑，它只有巴掌长，通体鲜红，晶莹透亮，看起来非常艳丽。

楚风虽然不知道赤色飞剑是由何种材料制成的，但黑色短剑跟它碰撞成百上千次，都没有在上面留下任何痕迹，就证明它确实坚不可摧。

“只有巴掌大，是真正的飞剑！”楚风肯定地自言自语道，这不可能是盆灵山老祖铸造的飞剑，这只会是一件神秘古器。

它不仅坚硬、锋利，还非常精美，晶莹剔透，世上罕见。

“真是好东西。”楚风赞叹道。

他非常想得到这种惊世骇俗的御剑术，因为它的攻击力实在是太超凡了，所以他急切地朝着盆灵山的后山走去，试图掌握御剑术。

楚风相信，他一旦掌握了御剑术，一身战力必将随之暴增！

此时，外界很不平静。

在人们看来，孔雀族、盆灵山一脉共同施压，楚风处境艰难，究竟如何取舍是一个非常棘手的难题。

“楚风到底该怎么做？”

“他应该避一避风头，这没有什么丢脸的，我觉得这才是上策！”

一些人议论道。

除却陆通外，其他人根本不知道楚风已经一个人打下了一座名山，各大财团也没有料到盆灵山这里已经发生惊天变局！

第74章
神奇

楚风来到了盆灵山的后山，这里花木繁盛，含苞欲放的花蕾成簇，晶莹的露珠在花叶上滚动，还有丝丝缕缕并不能遮挡住金色阳光的白雾，如同起舞的丽人在这里袅袅娜娜地飘动着，顿时增添了几许仙家洞府的出尘之感。

亭台点缀在飞瀑流泉之间，坐落在小桥流水之畔，这里简直就像是世外桃源。

楚风站在这里，欣赏着这如同画卷中出现的美景，空气中散发着清香，他顿时觉得心旷神怡，这的确是一处修身养性的好地方。

他在此处停留了片刻，随后就穿过了草木葱郁的后山，来到了更为生机勃勃的净土之地。

盆灵山肯定不是一般的地方，不然也不可能助盆灵山老祖挣脱兽王领域的两道枷锁，并练成了御剑术。

“异树！”

楚风一眼就看到了几棵非同一般的小树，它们就扎根在前方不远处，这个地方是盆灵山最为重要之地，生长着可以让人类与飞禽猛兽进化的神秘植物。

一棵、两棵……

楚风颇为惊讶，这里光神秘小树就有五棵，至于异草就更不用说了，有不少于五十株，青翠欲滴，如同玉石一般。

“这就是一座名山孕育出的灵物吗？”楚风颇为感慨地自言自语道。在别处寻到一株异草就已经了不得了，而在这里却发现了一片异草，这里就像是一个价值连城的仙家药园！

对于普通人来说，这里的异树和异草的确可以称得上是“仙家药草”，因为此地结出的果实可以使人在很短的时间内进化成有超凡实力的异人。

那些小树大多为两三尺高，色彩各异，颜色鲜艳。不过，其中一棵较为特殊，它的高度接近两米，通体鲜红如红玛瑙，叶红如火，算是一棵“大树”。

楚风猜测，盆灵山老祖能够打开两道枷锁，一定跟这棵树有关，别的异树应该没有那么大的效果。

很可惜的是，所有的异树上都没有果实，全都被采摘干净了。

然而，楚风并不觉得遗憾，盆灵山上有一个兽王、两个准兽王以及近百头异兽，还能留下异果才怪，肯定早就被消耗光了。

不过，在数十株异草中，有两株异草倒是还开着花朵，花朵飘散出沁人心脾的花香，楚风蹲下来，运转特别的呼吸法，尝试汲取里面的花粉。

但是，片刻之后他就放弃了，因为这种级别的异草对他而言并没有什么效果。

他成为王级强者后，其实可以料想到，一般的可以促进人体进化的植物，对他而言已经没用了。

这里只有那棵近两米高的鲜红如红玛瑙的“大树”才对他有用，但是现在异树上的果实早没了，只能等待来年再来采摘。

这就是名山的好处，所有草木都可以在来年再开花结果，不是仅限一次的。

各大财团为何拼命地攻打天下名山，即使血流成河、尸骸如山也要占据一座？就是因为这一点，他们都想把名山作为自身立足的根本。

只要掌握一座名山，就可以确保让一族不断地进化，到头来就会拥有一种不会断绝的传承。

楚风离开了净土之地，转而寻找地宫。

“地宫在哪里？”楚风自言自语道。他早已从黄小仙的口中了解到盆灵山的传承之地在后山，然而，他遍寻这个地方，也没有发现什么端倪，连地宫的影子都没有。

蓦地，他抬头向远方望去，只见更远处的山间云雾缭绕，而且有一个庞然大物立在那里，若隐若现。

楚风无所畏惧，他连打开两道枷锁的兽王都杀了，更没有什么可以顾虑的，于是他大步向前走去。

“巨树？”他心头顿时一凛，那云雾中的庞然大物竟然是一棵恐怖的大树，它虽然扎根在山脚之下，树干却高耸入半空之中。

它有八百米高，枝繁叶茂，无比葱翠，叶片像是碧玉一般，泛出晶莹的光泽。

最为重要的是，它扎根的地方已经彻底裂开，可以明显看到那里有一座地宫，散发着沧桑的古意。

楚风大喜，他终于找到了地宫。

但是，这棵树实在太过庞大，它扎根在地宫那里，总让人觉得不对劲，有一种危险的感觉。

楚风确信他的感应无误，应该有一股意识藏在树体之中。

他已经在玉虚宫了解到，天地变异时，国家动用了大量的导弹清除外太空的植物，包括遮天蔽日、笼罩天际的巨藤等。

“我来这里只为进地宫，别无他意。”楚风不管它能否听懂，开口说道。

巨树并没有任何反应，寂静无声。

楚风随即向前迈步，试图接近地宫，突然间，他的身体紧绷，他猛地抬头，看到整棵巨树都动了，有些枝杈甚至剧烈摇动起来。而后，散发着耀眼光芒的果实坠落下来，径直朝着楚风砸去。

“栗子树？”楚风惊诧不已，他早先并没有注意到巨树上有果实，因为这八百米高的巨树枝叶繁茂，所有果实都藏在叶子背后，现在才显露出来。

“什么情况？”楚风疾速倒退，那棵巨树的果实可不是平日里见到的那种板栗。

很多人虽然喜欢吃板栗，却没有见过这种像是刺猬般的果实，那果皮上面的东西尖锐如针，能够轻易地刺破皮肉。

半空中落下的果实太大了，每一颗的直径都足有九米，它通体金黄，就像一只又一只巨型刺猬。并且，它们在半空中时就爆开了，响声巨大，密密麻麻的“黄金刺”穿过虚空，疾速朝着楚风飞去。

楚风见状，立刻以超音速倒退，他吃惊地发现，那些“黄金刺”都有半米多长，有的甚至有一米多长，它们落下时的速度竟然突破了音障，像是成片的黄金短矛飞来，景象十分恐怖。

“咻咻咻！”

飞来的“短矛”响声密集。

楚风避过了那漫天激射下来的金色“短矛”，最后还是成功地退走了。“黄金刺”的力量实在太惊人了，它能够轻易地将数米高的岩石击穿，在地上留下一个又一个不知道有多深的洞眼，可见它的杀伤力无比巨大。一般的异兽如果在这里的话，绝对会被瞬间钉死在地上！

巨树的果实解体之后，“黄金刺”飞来，果皮里面的板栗也随之落下，每一个板栗都很大，都砸落在楚风刚才站立的地方。

“轰！”

巨大的爆炸声传来，地表崩裂，乱石纷飞，磨盘大的石块瞬间四散开来。

每一个板栗都好比一枚重型炸弹，具有超强的破坏力。

楚风站在远处，顿时目瞪口呆，这还是栗子树吗？他简直不敢相信，这也太离谱了。

楚风数了数地上的果实，发现总共就落下来五颗，果皮爆裂后，像是漫天黄金短矛飞射而来，而里面包裹的板栗落下后则像是大炸弹，杀伤力十分惊人！

楚风过了很长时间才回过神来，暗想，这是什么情况？天地变异后，连栗子树都变得这么妖邪？

“我不管你是什么，如果你再敢阻拦我的去路，就别怪我斩断你所有的根茎！”楚风威胁道。

无论如何，他都要进入那座地宫，得到盆灵山的传承，因为御剑术可以让他的实力大增，他不能错过。

楚风浑身发出光芒，尤其是他的右手臂那里，挣断枷锁后释放出的银白能量弥散开来，布满全身。当他开始运转特别的呼吸法时，王级肉身所蕴含的神秘能量迅速激增，气势会变得更加磅礴！

楚风向前走去，口中发声，震慑与警告这棵巨树。

然而，当他接近巨树时，巨树再次摇动枝叶，十几颗果实从半空中坠落下来，比刚才落下的果实更多。

一刹那，这个地方漫天落下“黄金刺”，它们呼啸而来，景象十分恐怖。这种攻击连准兽王都抵挡不住，如果站在此处的话，多半会被击杀。

因为那些“黄金刺”无坚不摧，并且速度超越了音速，给人造成一种密集型恐惧感。

楚风怒了，他杀死兽王后，居然还有一棵巨树与他为敌。他毫无保留地出手，施展出大力牛魔拳的同时，催动了右手上打开枷锁后所获得的近乎神通般的能力。

“哞！”

伴着若隐若无的太古莽牛的吼声，一道巨大的银白光束飞了出去，将所有比钢铁还坚硬的“黄金刺”都震碎。

楚风横空而行，每一次都飞出去两三百米远，而后他用脚稍微在地上一蹬，便再次飞起。

他以强大的王级神觉避过漫天的“黄金刺”，并喝道：“我连此地的兽王都杀了，你若执意与我为敌，那你也去死吧！”

“什么，那只黄鼠狼死了？”栗子树发出模糊的声音，似乎十分震惊。

而后，地面隆隆作响，一些根茎拔地而出，栗子树贴着山地滑行，逃向山脉深处。

楚风瞬间愕然，他已经冲到地宫所在地，结果栗子树逃了，它竟然能够将根拔出地面，沿着山地滑行逃遁。

楚风不再理会它，而是第一时间冲进地宫内，御剑术实在太重要了，不容有失，他想先进地宫探个究竟。

他很快就皱起眉头，地宫不是很大，里面简单而古朴，有石床、石椅和石蒲团，但就是没有刻图，没有御剑术。

“嗖！”

下一刻，楚风冲出地宫朝着栗子树逃遁的方向追去，他以超音速横空而行，踏着山峰，踩着巨石，从各种大树上方越过。

八百米高的栗子树滑行逃遁的动静实在太大了，无论如何也会留下非常明显的痕迹，所以它没有办法摆脱追兵。

“人类你要赶尽杀绝吗？我与你拼了！”它咆哮着，这一次落下的果实没有那么简单，虽然只有一颗果实，但是居然近乎透明，落下时的速度达到了音速。

当透明的果实爆炸开来后，景象十分恐怖。

楚风不了解情况，便没有硬接这一招，他急忙掉头，这一次朝着另一片区域冲去，速度达到了自身的极致。

“轰！”

后方的景象十分恐怖，那透明的果实爆炸开来之后，宛如成千上万根晶莹的“短矛”飞出，将一座矮山彻底洞穿，矮山顿时如同蜂窝一般。

这让楚风倒吸一口凉气，他估摸着就是盆灵山老祖这种兽王真要去硬抗的话，也得被刺透，透明果实的威力实在是太惊人了。与此同时，透明果皮中包裹着的几个板栗也跟着坠落，速度同样是超音速，它们触地后也轰然爆炸。

楚风一阵发毛，那附近的两座矮山被炸得崩裂，而后彻底消失。

但是，楚风岂会被一棵栗子树吓住，他喝道：“即便如此，你也依旧不是我的对手，我费一番手脚后，必然可以杀你！”

“我并没有惹你，你要对战的话，那就来吧！”栗子树开口道。

它其实很心虚，因为那种透明的果实已经没有多少了，最为关键的是，如果打不中那个人类的话，果实的威力再大也没有什么用。

“地宫中的传承呢，是否被你带走了？”楚风问道。

栗子树叫屈道：“传承在你身上！”

“胡说，如果在我身上，我还要找那座地宫吗？”楚风盯着它说道。

“我曾经看到那只黄鼠狼将飞剑贴在额前参悟，飞剑里面必定有精神烙印，我想所谓的传承应该都在剑体中。”栗子树告诉楚风。

楚风取出飞剑，释放出精神力稍微感应了一下，他顿时一惊，因为他觉察到了一股非同一般的精神能量，并且有些危险。

他相信了栗子树说的话，他看着栗子树，道：“既然这样，你就不必逃了，你回去帮我守盆灵山吧。”

“不去！”栗子树对他非常忌惮，说完话后，它一路在山脉中滑行，又逃了。

“我不会为难你。”楚风在后面追赶着说道。

“等你离开后，我可以考虑回盆灵山，你别再追我了，不然我就跟你拼了。”栗子树慌乱地说道。

最终，楚风转身回去，没有再去逼迫它。他觉得真是不可思议，连一棵栗子树都能如此神奇，竟然可以发射出类似短矛和炸弹的攻击。

楚风回到后山，将身上的种子还有石盒埋在药园中，地下有两色异土，晶莹透亮，他想试一试看能否让种子再次发芽!

而后，他盘坐在地上，端详着那柄巴掌大的赤色飞剑，最后贴在额头前，用精神力去感应它。

“轰！”

楚风被一股精神烙印冲击，顿时闷哼一声，身体一阵摇动，眼前发黑，险些昏厥过去。

这让他骇然失色，这股烙印太强大了，像是一柄仙剑斩落下来，要劈碎人的意志，磨灭人的精神能量。

他确信，哪怕达到了王级领域，如果精神力不济的话，也会发生意外，甚至可能会死在这次冲击之下。

很快他看到了几幅看起来非常古老的刻图，那就是御剑术!

第75章
回归

赤色飞剑内部共有四幅刻图，没有配文字描述，因为根本不需要文字，这原本就是精神烙印传承。只要让精神力深入进去，就可以体会到玄奥莫测的御剑术。

不过在这柄赤色飞剑中，楚风感受到了危险，那种烙印几乎要撕裂人的心神，斩杀人的意志。

他已经抵挡住了赤色飞剑初始时的侵袭，如果换作其他王级强者的话，恐怕就死掉了，精神被摧毁后，哪怕还有王级肉身，也只能算是行尸走肉。

楚风不得不佩服盆灵山老祖，黄鼠狼一族天生精神力强大，原本就远胜一般的凶兽，所以它最终得到了御剑术。

不过相比而言，楚风更为强悍，不然他也不会挫败盆灵山老祖的元神入侵，并且最终将它击杀。

赤色飞剑剑体内仿佛有一片恢宏的空间，四幅刻图发出灿烂的光芒，摄人心魄，“嗖”的一声，楚风的精神体冲进了第一幅刻图之中。

一刹那，如同万剑穿心，让他有一种撕裂感，他的精神体仿佛就要被斩开了，剧痛让他难以忍受。

他强忍着，抵抗这种精神冲击。

外界，他的额头处跳动着银色光焰，此时，王级精神能量全都冲入赤色飞剑中，对他的精神体进行支援。

“轰！”

第一幅刻图内，楚风终于稳住了，刻图内的图形瞬间都冲了过来，烙印在他的精神之中。

这就是御剑术的传承，没有书册，只是以精神烙印来准确无误地传承。

当然，想得到这种传承十分艰难，因为门槛太高，王级生物中也只有小部分精神力超强的生物才有资格接受这种传承。否则的话，强行尝试只能送死，精神体会被飞剑毁掉！

楚风默默体会，仔细参悟，而后彻底记下了。

他以精神体的方式退了出来，出现在赤色飞剑内部的宏大空间中，片刻后，他便开始进入第二幅带着沧桑古意的刻图之中。

有了第一次的经验，楚风这一次进入就容易了一些，他确信没有危险后，便全力以赴，如同银色光焰般的精神体全部冲入第二幅刻图之中。

外界，楚风盘坐着，一动不动。他除却留下少许精神在肉身中戒备之外，其他的精神都以精神体的形式进入赤色飞剑之中，认真地参悟御剑术。

最终，四幅刻图都被楚风攻克，他完全得到了御剑术的传承。

“盆灵山老祖只是得到了两幅刻图，就已经如此强大，看来这种传承的威力比我想象的还要强大！”楚风自言自语道。

他在前两幅刻图中感应到了盆灵山老祖留下的气息，其他两幅图中则没有它残余的精神力。

楚风灭掉盆灵山老祖残留的精神力后便退了出来，他盘坐在山上默默地体会御剑术，四幅精神烙印刻图完整地记述了御剑术的所有剑法。

他闭上眼睛，仔细琢磨，所谓的御剑术并没有想象中那么神秘，只是精神能量的运用而已。

肉身可以施展浅显或者高深莫测的拳脚功夫，精神同样能展现出这种威力，可以直接进行攻击或者控物杀敌。

按照御剑术的这种记载来推测，达到神话传说中的那个层次后，就可以杀敌于百里之外！

总的来说，既然有肉身拳法，自然也就有这种“精神武功”。

“原来如此！”楚风点头叹道。

最怕的就是将御剑术神化，将它与传说中的故事联系起来，那样去练的话，等于在无形中为自己设置了许多障碍。

“肉身、精神，孰强孰弱，并不能明确地区分出来，二者都无比重要。”

楚风洞悉御剑术的本质后，便开始练“精神武功”，自然能事半功倍，楚风的御剑术从笨拙到熟练，再到初步控物，称得上是进展神速。

晚霞染红了天空，整片山地都一片通红，楚风沐浴着一天中最后的光辉，睁开了眼睛。

同一时间，他身前的赤色飞剑“锵”的一声飞了出去，如同切豆腐般，射入不远处的一块岩石之中。

楚风欣喜不已，在辛勤练习之下，他的御剑术果然有了一番成果。

“嗖！”

下一刻，赤色飞剑劈开岩石，在半空中一个旋转，又向着不远处的一块五米高的巨石劈去。

“哧！”

数米高的褐色山石被劈为两半，断面处平整而光滑。

又是“嗖”的一声，赤色飞剑又飞了回来，落在楚风的手掌中，它如红宝石般晶莹剔透，鲜艳欲滴，没有一丝损伤。

远处传来了武装直升机的轰鸣声，数架武装直升机先后降落在盆灵山脚下，许多异人从武装直升机上跳下，随即快速登山。

他们十分震撼，一路上看到一头又一头凶兽，都是被一箭毙命，有的躯体爆碎，有的还留着残尸，那情景让人惊悚不已。

当他们登上盆灵山，看到这一片狼藉的山地后，顿时都惊呆了。

山体几乎要崩塌，山崖被飞剑斩开，剑痕明显，被拳印打碎的十几米高的巨石散落得到处都是，还有斑斑血迹等，种种迹象让他们深刻感受到这一战是多么的恐怖。

“这是兽王啊，快搜集血液，不要浪费！”有实验室的人跟来，冷藏兽王残碎的尸体，一些老专家更是无比心疼，兽王的尸体要是再完整一些的话，研究价值会更高。

“这里还有活着的！”有人发现了黄云和孔卓，顿时让实验室的人大喜不已。

两只异兽发现这些人看到它们时眼睛都冒着绿光，顿时感到毛骨悚然。

楚风看到武装直升机降落在盆灵山脚下，随即决定明日重返雷天城。

楚风很快出现在众人面前，所有人都停了下来，对他敬畏无比，更有不少人露出狂热之色，很想凑过去跟他说上几句话。

“给我安排一架明天早晨要用的飞机。”楚风简短地说道，他准备明早回雷天城，反正已经打下盆灵山了，剩下的事情交给陆通处理就可以了。

这里对他来说没有什么意义了，他得到御剑术，就什么都值得了。他现在还等在这里，是因为他在药园里埋下了种子与石盒。

楚风吃下一些干粮后便回到了后山，守着埋种之地，并且继续参悟御剑术，他想争取在最短的时间内完全掌握御剑术。

天还没有亮，楚风便睁开了眼睛，他挖出石盒看了看，轻轻一叹，果然如他预料的那般，种子没有任何变化。

清晨，他乘坐飞机离开了盆灵山。

因为这里还需要善后，所以消息并没有透漏出去。

朝霞透过机窗洒落进来，照在楚风的身上，他的身体沐浴着金色光芒，让他宛若神灵一般，最起码机舱中的几名异人是这么认为的。

一个人就打下了一座名山，这种战绩实在太恐怖了，注定要震动天下！而且他们几人都看到了那兽王的尸骸，那可是被生生打死的！

要知道兽王是可以轻易屠城的，兽王拥有无法想象的可怕力量，但是它最终还是被机舱中这个安静的年轻人杀死了。

最后，他们实在抑制不住心中的激动之情，仗着胆子上前，想跟楚风拍一张合照。

“没问题。”楚风微笑地说道，痛快地满足了他们的要求。

大战结束后，他很放松，尤其是得到御剑术后，他的心情更是大好，因为他确信自己短期内就能彻底掌握御剑术，实力将暴增！

临近中午时分，楚风回到了雷天城。

从山林回到城市，楚风有种异样的感觉。一边是蛮荒大山，异兽盘踞，凶兽横行；一边是现代化城市，高楼林立，车水马龙。二者之间的反差太强烈。

“老大，你在哪里？我们去接你！”杜怀瑾拨打楚风的通信器，他非常激动，即使隔着通信器，他的大嗓门都震得楚风耳朵疼。

就连叶轻柔都很不矜持，十分兴奋地喊道：“楚风，你还真是给了我们一个天大的意外，这种消息也太刺激了吧！”

盆灵山一战后需要善后，免得有意外发生，消息虽然还没有传开，但是这几人已经从陆通那里了解到这一战的内幕。

几人最初打死也不愿意相信，他们都认为陆通是个老忽悠，是在蒙骗他们，可是当他们看到那几张照片后，就彻底地被震撼了。

照片上，兽王的躯体被楚风打爆了，整片山都差点被两大高手削平，到处都是裂缝和碎石，实在吓人。

“老大，我们要为你接风洗尘，去青云大厦八十八层吃大餐！”欧阳青在通信器那边怪叫道。

“好，我等你们。”楚风说道。因为那几人都已经赶来，马上就要到了，所以楚风站在路边，等那几人来接他。

他站在一条商业街边，立刻有人认出了他。

“那不是楚风吗？他还没有离开雷天城？天啊，这里非常危险，我听闻有些异兽可能要赶来对付他。”

“是啊，这可不是什么好消息，他应该去避一避风头才对。”

瞬间，有不少人走过来激动地跟他打招呼，还很认真地劝他应该忍一忍，去外面躲避一下。

幸好杜怀瑾、叶轻柔他们来得及时，他赶忙趁机离去。

“放心，我不会有事。”临去前楚风告诉众人。

很快，这句话就被人传了出去，所有人都知道了楚风并没有逃走，他还在雷天城，这则消息引起了巨大的轰动！

“老大，你这是要放核弹啊，兽王死掉的消息马上就会被陆通那老狐狸公开，别说其他人，估计就连各大财团的人都会震惊不已。”欧阳青在车上嘿嘿地笑着，他很激动，连开车都开不稳了。

“老实开车，别闹。”叶轻柔警告他道。

“怎么又是这地方？”楚风想到了上一次相亲的事，他跟姜洛神和夏千语就是在这里吃饭，结果闹出各种风波。

“没办法，这里的大餐最好吃，尤其是各地出现大山后，一些闻所未闻的凶禽与猛兽成为食材，被摆上餐桌，这里的名气就更大了，绝对算雷天城里数一数二的地方。”杜怀瑾称赞道。

“放心，我打过招呼了，我专门为你选了一个安静的地方，不会被其他人打扰。”叶轻柔说道。

这是一个临窗的包间，不仅可以俯瞰雷天城，更可以眺望城外的大山，甚至能看到一些正在相互搏杀的飞禽与猛兽。

这个包间因为位置太好，所以平日里很难预订到。

“咦，我怎么看那人像是楚风，他居然没有离开雷天城？”

楚风虽然很低调，但是到了这种地方，还是被人轻易认了出来，他们一行人的行踪被人发现，许多人甚至在拍照。

直到楚风关上了包间门，还是不时有人前来打招呼。

餐厅经理也来了，脸色有些不对，他悄声告诉叶轻柔：“有些异兽出现在本店，请问你们……还要用餐吗？”

餐厅经理是一番好心，因为他深知楚风现在遇到了麻烦，楚风杀了孔雀族与盆灵山一脉的准兽王，正处在风口浪尖上。

尤其是盆灵山的兽王，它都发话了，让他去盆灵山请罪，目前的情况对他十分不利。在这种关口，万一有异兽跟他们遇上，说不定又会发生什么冲突。

“不用！”叶轻柔摇头道。

餐厅经理十分诧异，因为房间中的几人都太淡定了，根本就没把异兽当回事，他自然也不好再劝，心意尽到即可。

陈洛言开口道：“我也听闻了，楚风被孔雀族与盆灵山一脉惦记上后，其他族也有不安分的，有一些异兽甚至特地赶到雷天城，该不会就是这些异兽吧？”

事实上，没过多久，楚风所在的包间的房门就被推开了，有客不请自到。

楚风来到这里吃饭的消息已经泄露，不少人在低声议论，这已经不是秘密了。

显然，来者是异兽，现在长成了人形。尽管他的长相颇为不俗，身材高挑，有一头淡金色的长发，只是眼睛略显细长。

进门后，这个年轻人皮笑肉不笑，一眼看到楚风，道："楚风？真是悠闲啊，我们还以为你已经离开雷天城了呢，想不到还能有幸见到赫赫有名的楚准王。"

他的笑容虚伪，神色略微复杂，既有一丝惧怕，也有一丝狂妄。

他这副姿态很容易让人猜测到他的底气很足，不然他绝对不敢来楚风这个"杀神"面前挑衅。

"既然楚准王在这里，那就请你移驾一叙，如何？"他伸出手做了一个请的动作。

楚风平静地看着他，没有说一句话。

这个年轻人不知道为何心中一阵紧张，他感觉汗毛倒竖，但是很快又有些痛恨自己的胆小，对方一句话都没有说，怎么自己就吓成了这样？

他眯着细长的眼睛，提高声音，道："既然楚准王还在雷天城，没有出去躲避，那就请你随我过去谈一谈吧！"

"滚。"楚风只说了一个字，他连兽王都杀了，难道还在乎这些异兽中的年轻强者不成？

"你！"这个眼睛细长的年轻人非常恼怒，再怎么说他也是王族嫡系，居然被人这么蔑视。

"再多说一个字，我就斩了你！"楚风冷漠地看着他说道。

第76章

楚魔王

胡生听到楚风的话后，气得一头淡金色的长发都变得蓬松了，他动怒了，眼睛中要喷出火来，他觉得自己被羞辱了。

然而，就在胡生想要发作，呵斥楚风时，他看到了楚风平静神情下的冷漠的眼神，顿时如冷水泼头，打了个冷战，将到嘴边的话生生咽了回去。

胡生想到自己此时面对的是一位“魔王”，楚风杀过孔雀族与盆灵山一脉的准兽王，他不是容易捏的软柿子。

他咬了咬牙，握紧拳头，随即用力闭上了嘴巴，到头来一句话也没敢多说，他还真怕这位“楚魔王”脑子一热，干净利落地干掉他。

包间中的几人都在看着胡生，没有任何人打圆场，现场非常安静！

胡生虽然愤懑不已，但是真的没有敢再多说一个字，他觉得心里十分憋屈，他已经没有办法在这个地方继续待下去了，所以他选择转身就走。

“回来！”楚风开口叫住了他。

胡生闻言，身体顿时一僵，他背对着房门站在门外，一动不动。他既有些害怕也有些恼恨，心中暗自思忖，对方还想做什么？

“把门关好。”楚风说道。他虽然原本不想为难胡生，但是他对胡生实在没有一点好感，这个人居然敢在他面前出言不逊，还拿他是否该逃离雷天城躲避风头说事。

胡生身体紧绷，非常恼怒，满脸通红，他是堂堂王族嫡系，居然被一个人这么轻视，他觉得自己被羞辱了。

然而，下一刻，他敏锐地捕捉到身后好像有一头冷酷的巨兽盯上了他，让他全身发寒，毛骨悚然。

胡生虽然身体僵硬，但是最后还是慢慢转身，把包间的门关上，而后他迈开大步远去，一刻也不想停留。

“啊！”

等离开足够远的距离后，他忍不住发出一声嘶吼，他都要气炸了。他也有些痛恨自己刚才太过软弱，居然被楚风压得低下头来，不敢反抗。

现在，他都要抓狂了，恨不得转身回去跟那个魔头拼命，对他来说，这实在是奇耻大辱。

虽然餐厅很大，但是许多人都扭头看向他，面露异色，低声议论。

一个服务生走来，脸上带着微笑，道：“先生您好，请问您有什么需要帮助的吗？”

他客气地暗示胡生，很多客人在用餐，请胡生保持安静。

“滚！”胡生冷冷地说道，随即快速朝着远处一个大包间走去。

“砰！”

他推开房门，里面有不少或英俊或妖娆的男男女女，他们看起来很年轻，气质十分妖异。

胡生离开后，杜怀瑾、欧阳青大笑不止，觉得心中甚是痛快。

“老大，你简直就是一股清流啊。”杜怀瑾赞叹道。

“什么意思，找打吧。”楚风说道。

“这可不是取笑，最近这段日子以来，雷天城实在是乌烟瘴气，连一些大财团都派人跟这些异兽接触，变相示好，哪像老大这般直接呵斥，让这些年轻的异兽强者俯首帖耳，实在是太痛快了。”欧阳青说道。

欧阳青说的是实情，异兽崛起得实在太过迅猛，这导致许多大势力都不得不放低姿态，殷勤地接待它们。

尤其是到了争夺天下名山的关键时期，形势越来越严峻，没有人敢轻易得罪那些王族嫡系。

许多人虽然看不过眼，但是没有办法，毕竟这就是现实。

陈洛言开口道：“你还是要小心一些，最近异兽很活跃，尤其是那些年轻强者行事颇为高调，据闻可能有老家伙来雷天城了。”

另一个大包间内，胡生气愤不已，虽然很丢人，但是他还是愤慨地讲述了事情的全部经过。

包间里有一个体格健壮的年轻男子，名叫熊坤，他满头黑发披散着，眼中凶光大盛，直接拍桌子，道：“一个准王就敢这么张扬，欺人太甚，我们一起过去向他讨个说法！”

“别冲动，这个人连孔雀族与盆灵山一脉的准兽王都敢杀，就说明他很危险！”有人劝阻道。

这群年轻的异兽虽然强势惯了，但是现在也有些害怕，毕竟楚风杀出了凶名，在许多异兽看来，他就是一个魔王。

胡生不满，道：“各位，我实在咽不下这口气，难道我们就这么算了吗？”他面色难看，细长的眼睛中闪动着仇恨的光芒。

一个黄衣女子微笑着道：“他蹦跶不了几天了，不过他胆子不小，居然没有逃离雷天城，你们说孔雀族与盆灵山一脉能放过他吗？显然不能，必定会杀了他立威！”她叫陆晴，是异兽中的一个五色鹿王，实力很强悍。

房间中的几人闻言全都点头，并露出冷笑，他们来雷天城本就是为了看戏，他们都知道孔雀族与盆灵山一脉会有大动作，必然要杀一儆百，杀了楚风立威！

“其实也没什么。”有一人道。

胡生还是不甘心，他越想越觉得窝火，道：“我们的族中都有王级强者，我们一起过去，我就不信他敢得罪所有王级强者。”

他撺掇众人，想要去出一口气。

“好，我赞成！”熊坤直接站起来说道。

“稍等，今日会有一位贵客前来，等它到了，就无惧楚风了。”黄衣女子陆晴微笑着说道。她面容姣好，显然地位也不低。

“谁要来？”有人问道。

有些人知道今日的贵客是谁，闻言便露出了笑容，心想，只要那个人来了，便可以无惧楚风。

“金蝠！”陆晴告诉其他人。

“蝠王的子孙？”一些人恍然大悟，还有一些人则心中一凛。

金蝠是一只道行高深的金色蝙蝠，它受到了老蝠王的大力栽培，早已达到准兽王级别，一身实力深不可测。

平日间金蝠令人类忌惮不已，因为金蝠喜欢喝有灵性的血液，这样能够促进自身进化。

“金蝠来的话，哪怕楚风再厉害，他也不敢太霸道，一会儿我们就去讨个说法。”熊坤哈哈大笑道。

不久之后，楚风他们包间的门再次被人推开，一些人不请自到，先后走了进来。

杜怀瑾站起身，提高嗓门，道：“你们是什么人，不知道这里已经被预订了吗？为什么要闯进来？”

“楚准王的架子果然大啊，我们这么多人一起来拜会，你都不起身，真是镇定自若啊。”有人阴阳怪气地在那里挑衅道。

陈洛言看不过眼，道：“你们自以为身份地位很高吗？非得让楚风起身相迎，你们分明都抱着敌意而来！”

“还真是霸道，看不起我们几大王族吗？不愧是楚魔王！”有人讽刺道。

欧阳青冷笑道：“你们想挑事？别后悔！”

“呵，张狂，连身边的人都敢这么跟我们说话。”有人阴森森地说道。

“你们都想找死吗？”楚风开口道。他的声音不大，甚至语气都很平和，却一下子让这里安静了下来。

他一开口，哪怕没有发怒，无形中也带有一股压迫感，让这些人心生忌惮。

“我说过，你如果再敢多说一个字，我就立刻斩了你，你还敢来？”楚风看向胡生说道。

胡生被楚风单独盯上，他的冷汗“唰”的一下流了出来，他嘴巴紧闭，不敢吭声。事实上，自从到了这个包间后，他就没有开口说话。

“既然不敢说话，还不给我滚！”楚风寒声呵斥道。

胡生顿时汗毛倒竖，心惊肉跳，他在心中暗骂自己不争气，他自己都不明白，为什么一看到楚风，他就像是老鼠见到猫一样，心中发怵。

其实，那是王级的精神威压让他战栗，从而生不出一丝反抗的念头。

胡生不由自主地倒退，直接退出包间，最终站在房门之外。

很快，他觉得无比羞愧，涨红了脸，又想迈步走回去。

其他年轻异兽见状，都觉得胡生丢了异兽的脸，他们的气势直接就变弱了，场面十分难堪。

陆晴开口道："楚准王，你行事实在是太霸道了，我们好心来看你，却被你这么呵斥！"

这个黄衣女子虽然姿色不俗，但是楚风连头都没有抬，他跟叶轻柔、陈洛言碰杯，喝了一杯酒，直接无视她。

陆晴被晾在那里，颇为尴尬。

熊坤因为是黑熊王的子孙，所以脾气一向很冲，此时，他的满头黑发飘舞，目光冷厉，他冷冷地开口道："不就是一个准王吗？居然这么狂妄，你真当自己天下无敌了吗？我看你早已自身难保，孔雀族与盆灵山一脉一定不会放过你！"

叶轻柔开口道："我劝你们还是赶紧走吧，别惹祸上身！"

"真是笑话，凭你们也敢威胁我等？"异兽中有人不忿地说道。

"你们是不是觉得自己都是王族，这样联合在一起，我便不敢动你们？"楚风语气平和地问道，并没有发怒的迹象。

陆晴开口道："楚准王，我们没有别的意思，这么多王族子孙过来，只是想请你移驾一叙，有位贵客想和你谈一谈。"

"黑熊一脉在此！"

"五色鹿一脉在此！"

这些人自报家门，他们差不多都是王族子孙，最差的王族内也有两个准兽王。如今他们联合在一起，如果是其他人的话，还真可能会被他们镇住，毕竟，就连一些大财团面对王族时都无比忌惮，不敢得罪他们。

楚风笑了，冷冷地道："你们这是在为我报菜名吗？让我看一看哪一族更加可口？"

"你真是大胆，居然敢亵渎各大王族！"熊坤气愤地说道，目露凶光。

"呵呵，就是你们的老祖宗来了，都不敢这么跟我说话，他们要是知道你们为族人树敌，估计会首先暴打你们一顿再说！”楚风声音低沉地说道，他的眼神炽烈无比，双目中更是露出骇人的光芒。

“你敢与各族为敌！”陆晴尖叫道，但是这一刻她感觉无比恐惧，像是被凶兽盯上了一样。

“你敢！”还有异兽壮着胆子叫道。

楚风冷冷地说道：“让我替你们的老祖宗管教一下你们，回头哪天再登上你们家山头时，我得向他们讨要管教费！”

这些异兽愤懑不已，连族中的王级生物都被奚落了，他们觉得自己被羞辱了。

但是，叶轻柔、陈洛言、欧阳青他们知道，楚风并没有开玩笑，以他目前的实力来说，他真要登上哪家山头的话，估计会让那一族无比紧张。

盆灵山老祖是挣断了两道枷锁的兽王，并且会使用御剑术，可还是被楚风杀掉了，一般的兽王怎么可能是他的对手？

“你居然敢亵渎王族，到时候……”熊坤说道。

当他还想喊的时候，“轰”的一声，恐怖的精神能量弥散开来，令他当场说不出话来，浑身战栗，到了最后他根本承受不住这种威压。

“扑通！”

熊坤直接跪在了地上，身躯不受控制地瑟瑟发抖。

熊坤无比震惊，他看着楚风，心中讶异无比。

“你！”陆晴惊叫道。

与此同时，这些年轻异兽都感受到了从楚风体内释放的恐怖的精神能量，他们顿时全都大叫出声，被吓住了。

“扑通！扑通！”

他们接二连三地承受不住这种精神压力，脸色变得苍白，有的瘫倒在地，有的低头跪伏。

楚风得到御剑术后，领悟到了“精神武功”，他对于精神能量的运用已经非常娴熟，这些异兽怎么可能抵挡得住。

这些人惊恐不已，虽然他们想要大叫出来，却发现自己开不了口，反而全部被压制在地上难以动弹。

有人路过这里时，心中顿时万分震惊。那些不是异兽中的年轻强者吗？他们居然都跪在了那里！里面到底发生了什么事情？

消息迅速传开，餐厅中顿时一阵骚动，有人开始拍照，但是餐厅经理很快就赶来了，急忙阻拦拍照的人，并劝阻人们往后退去。

一些异兽中的年轻强者居然跪伏或瘫软在楚风的包间外，怎能不让人产生诸多联想，所有人都知道这里一定有大事发生！

第77章

战绩曝光

楚风所在的包间外面越来越热闹，哪怕餐厅经理拦着也没用，他的阻拦根本挡不住人们的“热情”，他们全都跑来围观。

“一传十，十传百”的效果实在是太好了，听闻异兽中的年轻强者在某一包间中跪了一地，所有人都被惊呆了，他们怎能错过这样的一场好戏？

黑熊族的熊坤、五色鹿一脉的陆晴、狐族的胡生等王族嫡系都被人当场认出，这件事顿时引起巨大的轰动。

他们现在都老老实实地跪伏在地上，甚至还在瑟瑟发抖，围观的人们难以理解，他们到底是经历了什么变故，才如此害怕？

有人了解内情，知道楚风在包间中，因为他早先曾看到楚风进入包间之中。

“楚风在里面？难怪！”有人恍然大悟地说道。

楚风所在的包间的地上，熊坤、陆晴、胡生这些人羞恼无比，这一次他们丢人丢到家了，他们恨不得找条地缝钻下去。但是，他们现在被压制在这里一动也不能动，并且心中充满了恐惧。

异兽崛起的速度虽然很快，称得上十分迅猛，但是他们依旧对人类怀有忌惮之心，因为这是一直以来烙印在他们骨子里的东西。

各种生物实现超级进化后，哪怕变得非常强大了，也依旧不约而同地开始结盟，就是怕人类反扑。

“坏了，出大事啦，楚风又惹出大祸了，他竟然让一群异兽中的年轻强者跪成了一排，给他赔罪。”

这则消息像是深水炸弹一般，将网络上许多平日很少发言的人都给炸了出来。

什么情况，牛神王又摊上大事了？他不是遇到危及性命的大麻烦了吗？怎么还敢惹出这等大事？

人们的心情已经不能平静了，他们纷纷在网络上了解详情。

一些照片被人发在了网络上，虽然都是背影，但是经过专人确认，那跪了一地的年轻强者都是异兽，并且来头极大。

“老天啊，这些都是王族子孙，他们竟然就这么整齐地跪了一地？实在是太不可思议了！”

这些照片如同惊涛骇浪一般，镇住了所有人，因为这可不是一两个异兽，而是一群来头极大的异族的年轻人，是王族子孙，他们居然都跪在楚风面前。

许多人都感到一阵兴奋，牛神王虽然十分硬气，但是这也太威猛了吧？楚风简直是无所畏惧，要将天捅破一个大窟窿。

在人们看来，楚风已经摊上大事了，孔雀族、盆灵山一脉都要杀他，他没有出去躲避也就罢了，反而还逼着兽王子孙跪了一地。

“不愧是牛神王，是他的风格！”有人叹道。

人们不能不叹，楚风真的很厉害。因为就算是那些大财团，在面对王族子孙时，都选择放低了姿态，除了他，谁还敢这么做？

“谁知道楚风在哪里，我想去现场看一看，哪怕帮不上忙，我也得给他加油助威啊！”有人发帖询问道。

“在青云大厦八十八层，我们组团一起去！”

结果，一大批人出发赶往现场，声势极其浩大。

青云大厦八十八层，某一包间中。

金蝠来了，他神色冷峻地看着跪了一地的熟人，双目中射出两道火光，绚烂如同太阳，炽热而慑人。

一般的蝙蝠视觉极差，但是他不同，实现超级进化，成为准兽王后，他拥有了一双火眼金睛。

金蝠虽然个子不高，中等身材，但是站在那里就给人一种压迫感，因为他的体内蕴藏着恐怖的神秘能量，所以让其他人都非常忌惮。

他是一个准兽王，随时会成为真正的王级生物。

“你们真是有出息！”他低头看着这群年轻的异兽，双眼璀璨，喷出炽热的金色火焰。

金蝠有一头金黄色长发，连皮肤上都有淡金色的光泽，脸若刀削，看得出这是一个性格坚毅的准兽王。

“楚风你的确很强，但是你这么做是不是太过分了，你对几大王族如此不敬，是不想活下去了吗？”金蝠厉声呵斥道。他很强势，面对楚风时也非常严厉，因为他是准兽王，所以根本无惧所谓的楚魔王。

楚风扫了他一眼，道：“你们的老祖宗如果了解到真相，只会觉得我的处罚太轻，你什么都不懂，就不要掺和进来。”

“放肆！”金蝠瞪眼呵斥道，对方在轻慢他，根本就没有将他放在眼中，这令他的目光冷厉如刀锋。

“你这样跟我说话，才是不想活了吧！”楚风沉声问道。

所有人都一惊，暗自叹道，不愧为楚魔王，一路强势到底。

地上的年轻异兽有些恐惧，心中也都在打鼓，他们虽然希望金蝠能够出手解救他们，却害怕他不是楚风的对手，因为他们已经深深体会到了楚魔王的恐怖之处。

他们若非一直被误导，坚信楚风就是准王，早就该猜测到楚风是王级强者了。

其实他们现在也在动摇，难道准王会有这么骇人的精神能量吗？他们不能确定，毕竟他们没有真正地跟准王战斗过。

“别人怕你，我可不怕，我又不是没有击败过准兽王，你没资格在我面前放肆！”金蝠寒声喝道。

下一刻，他的双目中喷出两道金色火焰，温度高得骇人，径直向着楚风喷射而去。可以看到，其中一粒金色火星迸溅出来，落在了桌上，瞬间将酒杯熔化，最后酒杯更是蒸腾为一团气体。

楚风的右手中有银白光焰在跳动，他轻轻地探出手掌，不费吹灰之力，直接就将那簇飞来的金色火焰攥灭。

金蝠神色凝重，眼里溅出的火星可以焚石熔金，火焰温度高得骇人，就连准兽王都不敢撄其锋，楚风竟然可以轻易接下一整簇！

“吼！”

金蝠感觉到事情有些不对，他开始全力以赴，张口间便喷出了金色涟漪，这金色涟漪是神秘的能量波，是蝙蝠一族实现超级进化后拥有的天赋本领。

楚风的一声轻叱里面蕴含着牛魔音功。

如果是他自己在这里便无所谓，他静静地看着就是了，但是这里还有杜怀瑾、欧阳青等人，他们肯定承受不了。

“砰！”

虚空中，两团能量相互碰撞，金蝠发出“噗”的一声，一口鲜血喷出，整个人都踉跄着倒退了几步，面露惊骇之色。

这不可能是准王！他第一时间意识到所有人都被骗了，想到这里，他的头皮一阵发麻。

与此同时，楚风庞大的精神能量乘虚而入，像是一柄利剑劈斩而来，“噗”的一声，金蝠再次咯血，精神遭创，顿时萎靡不振。

身为准兽王的金蝠，原本不可能会被人轻易用精神能量压制，但是他刚才心神大乱，再加上楚风掌握着御剑术，练成了“精神武功”，所以直接突破了他所有的防御。

“啊！”金蝠惨叫一声，先是头痛欲裂，最后一头栽倒在地上，也跪在了那些年轻强者之中。

“那是一个准兽王？”

餐厅中有不少人在围观，他们见到这一幕后真不知道说什么好，异兽的跪拜队伍中又多了一个，而且这一个是准兽王！

许多人都震撼不已，这楚风得有多强大，一个准兽王居然也给他下跪了！

刹那间，这则消息被迅速传到网上，并且有照片为证，人们瞠目结舌，感到事情闹得更大了。

“准兽王都跪了？”这在外界激起了巨大波澜，所有人都蒙了，楚风的实力到底有多强大，这可是在强势压制啊！

此时，各大财团也接到了消息，那些高层都被惊呆了。

青云大厦八十八层，“嘀”的一声轻响之后，电梯门打开了，一位穿着唐装的老者走出，脸上带着淡淡的微笑。

“这些年轻强者平日里张扬惯了，吃个亏也好，想必以金蝠的手段能挡住那个楚风吧，我再来收拾残局，怎么也不能让一个人类小子压制得各族抬不起头来。”

这是一个兽王！

金蝠之所以底气十足，就是因为知道他来到雷天城了。

“嗯？”老者虽然不高，但是气场很足，他拨开人群走到包间里后，一下被惊呆了，金蝠竟然也跪下了？与此同时，他感到头皮发紧，毛骨悚然。这是遇到同阶强者时才会出现的反应，这种反应让他的眼皮狂跳不止。

难道有王级强者为那个小子撑腰？他心中十分狐疑，向包间内望去，却一眼看到了面色平和的楚风露出雪白的牙齿，正在对着他笑。

“唰！”老者身上的汗毛全部倒竖了起来，他立刻就知道了，所谓的王级强者就是楚风，这对他来说简直是一种惊吓。

他身手矫健，立刻倒退出去很远，与楚风拉开了足够的距离。他总觉得那个年轻人太危险，让他这个老牌王者都心生忌惮。

“燕王！”金蝠大叫道。他虽然很痛苦，被压制得跪伏在那里，却依旧能开口说话。

其他异兽听到金蝠的叫声，顿时惊悚不已，这老者居然是一个王级生物？

餐厅中围观的人更是受到了惊吓，“呼啦”一声全都跑了出去，只有少数胆子大的人在慢慢后退，他们十分想看到最后的结果。

与此同时，有人在网络上发出了一则消息，称楚风遇到了一个兽王！网络上顿时炸开了锅。在许多人看来，楚风危矣。楚风无论如何也不可能是兽王的对手，他早就应该离开雷天城才对，但他没有，结果现在大难临头了。

很多人的心情因此而久久不能平静。

“楚风到底怎么样了？有谁在那里，请告知结果！”一些人迫切地想知道最终的结果。然而，一张令人目瞪口呆的照片随即传出，那名王级老者居然对楚风拱手示好，态度谦和，根本就没有兽王盛气凌人、唯我独尊的样子。

“你们都给我起来，向楚王道歉！”

包间中，老者一脚一个地将那些异兽踢得飞起。老者让他们暂时能动了，他一顿呵斥，让跪在地上的人都起身给楚风赔罪。

熊坤、陆晴、胡生等人一个个都傻掉了，这名老者居然要他们向楚风行大礼请罪，这实在是太过分了。

楚风不是准王吗？他怎么变成了真正的王级强者？这些异兽想到自己早先对他的挑衅，那简直就是找死，光想一想这一点，就让他们不寒而栗。

“这次我就饶你们一次，下不为例。”楚风说道。

网络上就像是被投下了核武器一般，顿时掀起了恐怖的波澜。楚风是王级强者？所有人都被震撼了。

网络上顿时一片喧闹，而后彻底沸腾。

“现在楚风已经成了王级强者，不见得怕盆灵山一脉了！”

“我很想知道，那只老黄鼠狼怎么让楚风去赔罪！”

人们兴奋无比，纷纷热议。

就连各大财团都被镇住了，那些高层瞠目结舌，听到这则消息时，他们既心惊肉跳，又有一些怀疑。

很快，另一则消息引爆网络，比之前的消息更加震撼。

“爆炸性消息，简直像是十八级飓风席卷天下，让人难以置信！盆灵山一脉被平山灭寨了！”

“我的天啊，这是真的吗？楚风一个人打下了盆灵山，杀死了那里的兽王！”

这则消息确实太惊人了。

玉虚宫中，陆通适时揭开真相，震动天下！

各地兽王惊悚不已，各大财团的高层也都彻底石化了。

（本册完）

《万灵进化》第4册8月上市！敬请关注！